Des vents contraires

Du même auteur

Je vais bien, ne t'en fais pas
Le Dilettante, 2000
Pocket, 2001

À l'ouest
Éditions de l'Olivier, 2001
Pocket, 2001

Poids léger
Éditions de l'Olivier, 2002
Le Seuil, « Points » n° P1150

Passer l'hiver
Bourse Goncourt de la Nouvelle
Éditions de l'Olivier, 2005
Le Seuil, « Points » n° P1364

Falaises
Éditions de l'Olivier, 2004
Le Seuil, « Points » n° P1511

À l'abri de rien
prix France Télévisions 2007
prix Populiste 2007
Éditions de l'Olivier, 2007
Le Seuil, « Points » n° P1975

OLIVIER ADAM

Des vents contraires

ÉDITIONS DE L'OLIVIER

ISBN 978.2.87929.646.3

© Éditions de l'Olivier, 2008.

Pour Karine,
à plus d'un titre.

« On ne refait pas sa vie
On continue seulement
On dort moins bien la nuit
On écoute patiemment
De la maison les bruits
Du dehors
L'effondrement »

I

HORS SAISON

Les enfants quittaient la classe un à un, abandonnaient leurs coloriages et se levaient de leurs chaises miniatures pour se précipiter dans les bras de leurs parents sous le regard bienveillant de l'institutrice, une fille timide et fluette à qui je n'avais rien eu à reprocher en presque trois mois. En guise d'adieu, Manon l'avait embrassée sur les lèvres et l'instit n'avait pas bronché, les yeux brillants elle nous avait souhaité bonne chance : aller vivre au bord de l'eau elle nous enviait. J'ai rejoint Manon dans le fond de la pièce, au beau milieu des étals de légumes en plastique elle serrait Hannah contre son cœur, elles s'accrochaient l'une à l'autre, inquiètes de se perdre. C'était une gamine pâlotte dont j'ignorais si elle était seulement douée de parole. Je l'avais pourtant accueillie deux ou trois fois à la maison, elles avaient joué tout l'après-midi, planquées sous le tamaris dont les branches tombaient si bas qu'elles faisaient une cabane, je ne les avais vues qu'à peine, le temps de leur servir un verre de lait un bout de pain un morceau de chocolat pour le goûter, elles avaient avalé ça assises à la table en fer rouillée, peinture blanche écaillée par endroits. Parfois, la petite Hannah levait les yeux vers la tour B des Bosquets, elle y vivait et ça devait lui sembler étrange cette vision inversée des choses, de sa chambre elle pouvait nous voir dans le jardin, mais c'était devenu si rare, c'était si loin les nuits d'été la musique, la guirlande dans le vieux cerisier la fumée du barbecue, les bières et tous les voisins qui rappliquaient, les derniers temps je ne prenais même plus la peine d'ouvrir les volets et tout était à l'abandon.

On a quitté l'école, il n'était pas cinq heures et déjà vers l'ouest, le ciel s'obscurcissait. De l'autre côté des voies ferrées, la rue grimpait vers l'horizon barré d'immeubles. La maison en occupait l'extrémité, avec son crépi lézardé on l'aurait dite posée là au hasard, après ce n'étaient plus que des blocs monochromes qui s'agglutinaient sans fin vers les réseaux autoroutiers. Manon marchait à pas lents, progressait à contrecœur et redoutait la suite. Le long du trottoir, un camion grand ouvert lui donnait raison. S'y entassaient la plupart de nos meubles, tout juste cachés par les cartons. La petite a laissé échapper un cri. J'ai pris sa main et l'ai guidée à l'intérieur de la maison. Tout y était vide et lépreux, de notre vie ne demeuraient que des traces. Sur les murs jaunis les cadres avaient laissé leur empreinte, rectangles blancs aux formats divers, contours brunis par les années, le tabac, la poussière. Cinq ans plus tôt nous entrions là et Clément courait au beau milieu des pièces repeintes. Sarah, ventre gonflé sous sa robe vert pomme, carnet à la main, prenait des mesures, simulait des aménagements futurs. Je mordais sa nuque en relevant ses cheveux. Manon s'est avancée au milieu du salon, un sol un plafond quatre murs et rien d'autre. J'ai posé ma main sur son épaule.

– Ça va mon ange?

Elle ne m'a pas répondu, raide et livide elle contemplait l'étendue du désastre. Dans le garage on entendait les gars s'affairer, de temps à autre un objet dégringolait dans un grand fracas et aussitôt suivaient des jurons. Quand elle s'est tournée vers moi, elle tremblait, les larmes aux yeux. Je l'ai prise dans mes bras. Je ne savais plus faire que ça. Les mots manquaient, ne restaient plus que les gestes. Son visage est venu se loger dans le creux de mon épaule et elle s'est mise à pleurer bruyamment.

— Je ne veux pas. Je ne veux pas.

— Tu ne veux pas quoi, mon ange ?

— Partir d'ici. Si on s'en va, maman ne pourra pas nous trouver, elle ne pourra pas revenir.

Pour toute réponse je l'ai serrée plus fort encore, je n'avais rien de plus solide à lui proposer, aucun argument valable. Ses larmes me coulaient dans le cou et mouillaient ma chemise. Dehors la nuit avait tout recouvert, réduisant le monde à des feux troubles, des traînées, des ombres et des reflets liquides. Le visage trempé et la bouche pleine de morve elle s'est endormie, c'était toujours ainsi que ça finissait : dans l'épuisement tiède et humide du chagrin.

Je l'ai installée sur une couverture étendue à même le sol. Les joues cramoisies et les cheveux collés au front elle s'est recroquevillée en grognant. Elle était si petite encore. J'avais parfois tendance à l'oublier. Genoux à terre j'ai embrassé son front fiévreux et sa bouche minuscule. Je me suis allongé près d'elle. Elle s'est blottie contre mon ventre. Le carrelage était lisse et gelé, Sarah le détestait et l'avait entièrement recouvert, des tapis se chevauchaient et traquaient la moindre parcelle. J'ai entendu tousser dans mon dos. Plantés côte à côte et embarrassés, les déménageurs nous observaient. Je me suis relevé le plus doucement possible pour ne pas réveiller Manon.

— C'est pas toujours facile pour les enfants, a fait le plus grand.

Il avait l'air sincèrement désolé et couvait la petite d'un regard attendri. D'une voix sourde il m'a annoncé qu'ils étaient prêts à partir, ne restait plus qu'à embarquer les vélos. J'en revenais à peine. Les meubles à démonter, les cartons à remplir, le garage à vider, le lave-linge le canapé le frigo, tout ça ne leur avait pas pris quatre heures. Je les ai remerciés et leur ai souhaité bonne route, moi-même je n'allais pas tarder, on se retrouverait sans doute sur la quatre voies. Ils ont quitté la pièce sur la pointe des pieds, puis j'ai entendu leurs pas craquer sur le gravier blond de la cour. Le moteur a bourdonné une minute ou deux avant de se dissoudre dans la rumeur du soir.

Clément est arrivé peu après, le visage clos et les mains dans les poches. Ce qu'il avait bien pu foutre dehors tout ce temps je n'en savais rien, je n'allais plus le chercher à l'école depuis septembre et le plus souvent il débarquait vers six heures, se servait un grand verre de Coca attrapait des biscuits et disparaissait dans sa chambre. Je l'imaginais traînant sur les berges, shootant dans des cailloux ou tentant de les faire rebondir à la surface, perdant ses yeux dans le flot boueux ininterrompu. Il aimait vraiment cet endroit : tous les week-ends il fallait prendre les vélos et longer le fleuve, le chemin s'étrécissait derrière la rangée d'arbres, une légère dépression l'affaissait et la terre se confondait avec le sable, une plage miniature à deux pas des voitures. De l'autre côté derrière les immeubles, l'hôpital dominait la ville et il ne le lâchait pas du regard, comme si sa mère avait pu s'y trouver encore.

Je l'ai laissé faire le tour des pièces, coller son front à la fenêtre et jeter un œil aux orties, aux champignons, au gazon jauni par le mouron. À la lueur des réverbères tout semblait lisse et peigné mais en plein jour, ce n'était plus qu'un terrain vague et désolé. À sa manière mutique et concentrée, Clément faisait ses adieux à la seule maison dont il pouvait se souvenir. Mais c'était à tout le reste qu'il tentait de dire au revoir.

— Ça va aller ? ai-je demandé.

Il a respiré profondément et m'a offert une parodie de sourire, le voir se forcer comme ça m'a anéanti, il ressemblait tellement à sa mère : soucieux de ne peser en rien, inquiet de l'autre et oublieux de lui-même, éludant sa propre douleur pour ne pas m'alarmer. D'un geste absent il a ôté son blouson et l'a laissé glisser jusqu'au sol, puis s'est allongé près de sa sœur, les paumes à plat sur le grès blanc et les yeux au plafond où ne pendait plus qu'une ampoule. Cheveux mêlés mains s'effleurant et bras écartés du corps ils formaient un début d'étoile. Je me suis allongé à mon tour et j'ai refermé le cercle.

L'essuie-glace n'essuyait pas grand-chose et des pans entiers du pare-brise demeuraient troubles. Manon dormait, à moitié affalée sur son frère. J'ai mis Johnny Cash et sa voix s'est fondue dans le bruit du moteur, le chuintement des pneus sur l'asphalte humide.

— Tu as pu dire au revoir à tes amis ?

— Oui.

— Tu leur as donné l'adresse ?

— Oui oui.

— Tu leur as bien dit qu'ils pouvaient venir cet été…

Clément fixait la route et répondait d'un air absent, dans le rétroviseur je l'ai vu repousser discrètement sa sœur et sortir sa console de la poche de son blouson, ses doigts se sont mis à cliqueter sur les touches. La route était presque déserte, ne circulaient que des camions alourdis par la nuit. Un instant je me suis attardé sur son visage, il avait grandi d'un coup, sans que je m'en aperçoive vraiment, et ne quittait plus cette expression lisse et sérieuse de petit garçon renfermé qui le vieillissait plus encore. Renfermé, mystérieux et narquois, ainsi que me l'avait confié un jour son institutrice, une femme ronde à lunettes et toujours vêtue de robes à fleurs, qui semblait puiser son vocabulaire dans les pages psychologie d'une revue féminine. Elle ne cessait de m'enjoindre de consulter un de ses amis pédopsychiatre, à l'en croire seul un toubib pouvait aider Clément «à sortir de sa léthargie, à se déverrouiller et à surmonter la phase de déni

18

dans laquelle il était empêtré jusqu'au cou ». À la fin, je ne prenais même plus la peine de cacher mon agacement devant toutes ces conneries et l'avais priée de bien vouloir se cantonner à l'enseignement du calcul et de l'orthographe, le reste je m'en chargeais et qu'elle veuille bien me lâcher la grappe. J'avais pris Clément par la main et nous étions sortis de l'école en silence. Au McDo, tandis qu'il mâchait ses nuggets, un sourire s'était frayé un chemin sur son visage et ça faisait si longtemps que je n'en étais pas revenu.

— Pourquoi tu souris ?

— Pour rien. À cause de ce que tu as dit à la grosse vache.

— La grosse vache ?

— Ouais. C'est comme ça qu'on l'appelle.

— Ça ne t'a pas embêté que je lui parle comme ça ?

— Non. Au contraire. Comme ça elle va peut-être me lâcher la grappe à moi aussi.

Manon s'est réveillée un peu avant Rennes, elle ne savait plus où elle était ni où on allait, Je veux rentrer à la maison, je veux rentrer à la maison, s'entêtait-elle à dire. J'ai eu beau tout faire pour la distraire, passer en revue les disques et les jeux que je connaissais, elle n'en a pas démordu. J'ai fini par mettre le clignotant. La station-service était moche et bondée, on a erré un moment dans les rayons, Manon reniflait et me tenait la main comme si elle avait peur de se perdre. Je l'ai attirée vers les peluches, des panthères aux yeux brillants un mouton au poil terne et un cochon bizarroïde se disputaient la plus haute étagère, mais rien ne lui a plu. Dans son coin, Clément feuilletait des magazines de jeux vidéo. Je voyais mal l'intérêt qu'on pouvait trouver à ce genre de trucs, dans ce domaine comme dans bien d'autres rien ne me semblait valoir la pratique, mais j'ai quand même sorti quatre euros de la poche arrière de mon jean et nous sommes repartis.

Les gamins se sont précipités dans la voiture, Manon avait l'air calmée et Clément serrait sa revue contre son cœur, je les ai regardés s'emmitoufler dans la vieille couverture tout en grillant deux cigarettes. Les moteurs bourdonnaient sous le ciel opaque et le ruban de l'autoroute fendait l'horizon d'un trait de lumière. Je me suis étiré, du bout des doigts j'ai tenté de toucher la pointe de mes pieds, tout le long de ma colonne vertébrale mes nerfs formaient des nœuds entre mes os. Remplir des cartons vider la maison avait achevé de me foutre en l'air, j'avais le dos en pièces et mon corps me tiraillait sans relâche, me faisait payer des années de mauvais traitements, goudron nicotine alcools en tout genre et le quintal que portaient mes os. Dans le rétroviseur, avant de repartir, j'ai examiné mon visage et ce n'était pas brillant : des cernes sous les yeux, le teint jaune, les traits tirés et une dentition de vieillard. C'est Alamo là-dedans, m'avait avoué le dernier dentiste que j'avais eu le courage de consulter, avant de lâcher un soupir qui en disait long sur l'étendue des dégâts et la somme que j'allais devoir débourser pour pouvoir mâcher mon steak encore quelques années et lui payer des clubs de golf flambant neufs. Évidemment je ne l'avais jamais revu, au prétexte qu'il ne me plaisait pas, que sa conversation m'éreintait, et Sarah avait haussé les épaules, C'est tes dents après tout, m'avait-elle dit, me parlant comme à un petit enfant déraisonnable et capricieux.

L'hôtel donnait sur la plage, demeure bourgeoise et surannée livrée aux embruns, de la salle à manger aux chambres c'était une débauche invraisemblable de tissus fleuris et de bouquets séchés, partout le bois des meubles luisait et diffusait un parfum doux de miel et d'encaustique. Manon s'est précipitée sur le matelas, un édredon profond comme une poudreuse le couvrait de roses. J'ai ouvert les rideaux et la mer éclaboussait la promenade, on la distinguait mal du ciel, des gerbes d'écume jaillissaient en éclats blanchâtres, surprenaient les passants rares, qui s'écartaient en poussant des cris aigus. La petite a sauté sur le lit pendant une bonne demi-heure. Les ressorts hurlaient à la mort. Clément l'ignorait, enfoncé dans un fauteuil, les jambes prises dans la liane de ses bras minces, il fixait le téléviseur où les chaînes défilaient à un rythme hypnotique. Je lui ai demandé de l'éteindre et nous sommes sortis sur le balcon, deux transats grelottaient sur le bois du plancher et la nuit s'argentait aux abords des lampadaires. La mer déferlait en un fracas croissant. On ne s'entendait plus parler. Je me suis mis à gueuler. Pour rien ni personne. Un cri noir et profond comme le monde.

Les enfants crevaient de faim et bâillaient de fatigue. J'ai regardé l'heure et c'était peine perdue. On a quand même tenté notre chance. Dans la vieille ville, les lumières de Noël étaient précoces et ne brillaient que pour nous, la rue Saint-Vincent était déserte et montait sous une voûte d'étoiles scintillantes. J'ai poussé la porte de la seule crêperie encore ouverte. Un couple s'attardait au café et sur les murs, une forêt gagnait où se planquaient des elfes, des fées et des korrigans. Des sorcières punaisées au plafond tournaient dans l'air, à cheval sur leurs balais. Manon contemplait ça avec des yeux émerveillés, la patronne n'a pas eu le cœur de nous renvoyer à la nuit.

On a mangé nos galettes en un temps record. La petite était aux anges, n'arrêtait pas de chanter et d'inventer des comptines, des histoires bourrées de lapins, d'écureuils, de lutins, de clairières et de bois sombres. De son sac africain elle avait sorti une dizaine de figurines : un dragon, un chevalier sur sa monture, Merlin, trois princes et deux princesses. Au milieu des assiettes entre deux bouchées, nous avons simulé des combats sanglants, des baisers qui sans faillir réveillaient les belles assoupies et quelques bals ennuyeux. On est repartis comme deux amoureux, Clément bougonnait quelques pas derrière, il était fatigué et il avait froid. De tout le repas il n'avait pas décroché le moindre mot mais je n'étais pas inquiet, il me semblait que les choses allaient déjà mieux, mieux que je ne l'avais espéré en tout cas. Nous sommes rentrés à l'hôtel et le minibar était plein, j'ai disposé les six mignonnettes sur la table de la terrasse, sorti trois couvertures et tandis que Clément sombrait dans le sommeil, tordu dans son transat, j'ai bu dans le froid qu'attisait le vent, Manon lovée dans mes bras. De temps à autre elle sortait la tête de son écrin de laine et, le sourire aux lèvres et la voix engourdie, m'annonçait qu'elle m'aimait, ou qu'elle n'avait pas sommeil. J'ai dû m'endormir avant elle.

Quand j'ai rouvert les yeux nous étions gelés tous les trois, le bruit de la mer était devenu le monde entier, nous contenait, nous digérait et c'était doux d'être ainsi dévorés, ensevelis, noyés, oubliés pour de bon. La nuit nous protégeait et à ce moment précis j'avoue avoir pensé que les choses allaient redevenir possibles, ici j'allais pouvoir recoller les morceaux et reprendre pied, nous arracher les enfants et moi à cette douleur poisseuse qui nous clouait au sol depuis des mois, à la fin la maison, les traces et les souvenirs qu'elle gardait de nous quatre, c'était devenu invivable, je ne sortais presque plus et les enfants se fanaient sous mes yeux, j'avais l'impression que la lumière rechignait à entrer et que tout ça finirait tôt ou tard par nous engloutir. Les herbes du jardin, le lierre et la vigne, le tamaris, tout semblait se refermer sur nous, nous recouvrir et nous enterrer vivants. Tout devenait jungle, et je nous croyais perdus dans le cœur noir des forêts. Il nous fallait fuir, je ne voyais plus d'autre issue, j'avais mis la maison en vente et nous étions là, c'était ici que nous allions tenter de vivre, dans cette ville au bord de la mer, j'y avais passé mon enfance et sans même avoir pris la peine d'y réfléchir, c'était à elle que je nous confiais désormais.

— Bon, ben, on va y aller.

Le grand a fini son café et m'a tendu une main molle et râpée, avec son regard de cocker, ses yeux humides et ses poches grises juste en dessous il me rappelait le voisin du quatrième quand j'étais môme, même teint de cendre et même odeur de tabac, mêmes pantalons tachés de peinture même pull camionneur mêmes cheveux filasses. Un type que je n'avais jamais vu autrement qu'avec une cigarette coincée entre les dents. Personne ne savait comment il gagnait sa vie. Officiellement il débarrassait des caves, des greniers, ce genre de choses. Il embarquait tout dans sa camionnette blanche déglinguée, emmenait une partie de son butin à la déchetterie et plaçait le reste où il pouvait, dans des brocantes ou des dépôts-ventes, ou bien le distribuait autour de lui. Souvent il sonnait chez nous, ma mère lui proposait de boire le café mais il n'avait jamais le temps, il passait juste nous refiler ses sacs plastique remplis de tas de trucs pourris qui nous émerveillaient Alex et moi : robots rouillés, voitures cabossées, collection de BD puant la poussière et gonflées d'humidité. Maman nous regardait en secouant la tête. C'est bien la peine de se ruiner à Noël et aux anniversaires, disait-elle avant de retourner à la cuisine.

— J'espère que vous allez vous plaire ici, il a fait…

— Moi aussi, moi aussi, j'ai éludé et il a fini par lâcher ma main. Son long corps maigre s'est cassé pour ramasser sa caisse à outils. Ce type était bâti comme un tas d'allumettes et pourtant, il venait de passer deux jours à porter mes meubles et mes cartons sans laisser deviner le moindre signe de fatigue. J'ai jeté un œil au camion vide, un engin rutilant d'un beau gris d'huître, il avait dû y rester la nuit, garé dans l'impasse, face à la mer invisible, je l'imaginais sur sa couchette étroite, incapable de trouver le sommeil et grillant ses Gauloises les yeux ouverts. La veille à la maison pendant la pause, les yeux rivés sur le jardin et les immeubles qui nous faisaient été comme hiver une ombre vert bouteille, il m'avait confié l'air maussade que son ex-femme vivait à Saint-Malo elle aussi, avec leur fils et son nouveau compagnon, un type qui tenait la concession Honda dans la zone d'activités. Son gamin, avec le boulot, il ne le voyait jamais, je ne connaissais pas ma chance d'avoir les miens à mes côtés, c'est ce qu'il m'avait dit alors, les yeux embués mais c'était sans doute autre chose, la poussière, la fumée, un cil.

Son collègue m'a salué à son tour, il était beaucoup plus petit, plus dense aussi, un corps d'iguane. En une matinée, il avait vidé deux cafetières de colombien. Il travaillait en silence, concentré, et soulevait des cartons comme s'il s'était agi de sacs de plumes. Rien ne semblait lui peser. Rien de concret en tout cas. Du menton il a désigné la pièce. Le soleil se posait sur les meubles. On aurait dit qu'ils étaient là depuis toujours.

— Vous avez encore pas mal de boulot.

J'ai hoché la tête mais à vrai dire, il ne restait plus grand-chose à faire, je n'avais emmené que le strict minimum, la vaisselle, les vêtements, les jouets des enfants. Tout le reste était quelque part loin d'ici, vendu, jeté ou donné aux voisins. La maison était comme un lieu neuf et sans mémoire. Elle ressemblait à ce que j'aurais voulu faire de mon cerveau : des murs blancs, des sols et des plafonds clairs, des fenêtres où entrait une lumière de verre.

Au moment de sortir, ils ont jeté un œil à la rue. L'impasse s'échouait en surplomb de la mer. Un escalier frayait à pic au milieu des roches, et soixante-seize marches vous menaient à la plage. En face, ce n'était plus qu'une infinie variété d'arrangements entre le ciel et l'eau, le granit et le sable, plus ou moins découvert et planté d'oiseaux, au gré des marées, du vent, de la pluie. Le plus petit m'a demandé si c'était l'Atlantique au bout. J'ai hoché la tête, je ne l'ai pas corrigé, moi-même sans trop savoir pourquoi je préférais me dire que ce n'était plus la Manche ici, mais déjà l'océan.

– C'est quand même dingue, il a fait. On a dormi là et on ne s'est même pas rendu compte. C'est vrai qu'il y avait un sacré paquet de mouettes ce matin. On peut aller voir ?

– Bien sûr.

On s'est engagés dans la rue et à chaque pas, le bleu mangeait un peu plus le paysage. Les maisons s'effaçaient pour laisser place aux vagues et au ciel, la rumeur des voitures s'assourdissait peu à peu et le ressac a fini par tout emplir. J'ai senti mes poumons s'ouvrir et mon cerveau retrouver sa place dans ma boîte crânienne. Je me souviens d'avoir eu l'impression confuse d'être enfin rentré chez moi. On s'est assis sur le banc, le vent nous transperçait et sous nos pieds, la falaise tombait dans le sable, mangée par les lichens, les perce-pierres et les girofflées.

– Putain, ce que c'est beau, a dit le grand.

La mer était calme et retirée, d'un bleu tendre et glacé, au loin affleuraient des îlots noirs, et la plage s'étendait sur plusieurs centaines de mètres, lisse et dorée, striée d'eau et parcourue de filets de sable, sinueux et fantomatiques. On a fumé en silence, absorbés par l'horizon.

Le grand a fermé le hayon tandis que le petit me faisait signer les papiers. Je leur ai souhaité bonne route, les ai remerciés pour leur efficacité et leurs conseils : le jardin était un ramassis d'herbes mauvaises et d'arbres malades, ceint de murs gris et lépreux, ils m'avaient fait un plan et en un clin d'œil mon terrain vague s'était mué en un carré fleuri à la pelouse épaisse comme un tapis, avec barbecue, balançoire et jardin potager. Le camion s'est ébroué avant de quitter le cadre de la fenêtre, je suis resté seul au milieu du salon. Silencieuse et baignée de lumière, la maison avait quelque chose de familier, une modestie rassurante. C'est bien, me suis-je dit. C'était de ça dont avaient besoin les enfants. D'être rassurés. Et ce n'était pas loin d'être pareil pour moi.

À l'étage, recroquevillée au centre de mon lit, à même le matelas, Manon dormait. Le soleil tombait sur ses cheveux et rougissait sa joue droite. Elle tétait son pouce et ronflait. Elle s'était assoupie sans prévenir, lassée d'attendre que sortent du camion ses cartons de Playmobil. J'ai ouvert la fenêtre et une odeur de vent tiède s'est engouffrée, un parfum de ciel, de printemps à deux doigts de l'hiver. Je me suis allongé près d'elle, j'ai embrassé ses quatre ans et j'ai fermé les yeux un long moment.

Dans la chambre jaune, Clément arrachait des kilomètres de gros scotch. Méthodique et consciencieux, il extirpait des tonnes de jouets, de puzzles et de jeux de société de ses cartons éventrés et les plaçait sur les étagères de sa bibliothèque, dans les tiroirs de son bureau ou sous son lit. Je l'ai observé un moment. De temps à autre il suspendait ses gestes, fixait du regard une de ses maquettes d'avion, ses figurines ou ses robots et c'était tout. Il jouait comme ça depuis toujours. Depuis bien avant. J'avais beau le savoir je ne pouvais pas m'empêcher de trouver ça étrange et inquiétant. Il procédait toujours de la même manière, se contentait de disposer ses jouets à sa guise, en un tableau précis figurant une situation de départ qui n'évoluerait plus que dans son crâne. Des batailles féroces avaient beau s'y tramer, des voyages, des tempêtes, des abordages s'y succéder, rien ne bougeait. Cela pouvait durer des heures. Il se tenait accroupi les yeux rivés à des Action Men immobiles, des pirates statufiés en pleine action, des armées de Warhammers aux campagnes sédentaires. Il a posé son dernier Rafale sur la plus haute étagère. Je me suis approché sans bruit, j'ai posé ma main sur son épaule. Il a fait un bond et un cri s'est échappé de ses lèvres.

– Tu m'as fait peur.

– Excuse-moi. Tu t'en sors ?

– Ça va.

– Je te file un coup de main ?

– Si tu veux.

Je me suis assis près de lui et on s'est attaqués aux vêtements, dehors le soleil était monté d'un cran, se déversait sur le parquet et dorait les murs. Un trait chargé de particules et de poussière fendait la pièce en deux. J'ai sorti ses affaires de sa valise et il les a rangées dans sa commode, parfois il dépliait un pull ou un tee-shirt pour le replier avec plus de soin, le défroissant au passage. Après ça on est passés aux livres et aux affaires d'école. On a bossé pendant plus d'une heure, côte à côte et en silence. À la fin tout était en ordre, ne restait plus qu'à faire son lit et à choisir l'emplacement des affiches.

– Ça te plaît ?

– Oui. C'est bien.

– Tu n'as pas faim ?

– Non. Pas encore.

– Alors tu m'aides pour la chambre de Manon ?

On s'est remis au boulot, la pièce était plus vaste et le papier peint moche, des semaines plus tôt Manon était tombée en arrêt devant ce rose saumon approximatif. Elle avait décrété, C'est ma chambre, avant de sortir examiner le jardin. Les escargots y étaient légion. Je leur devais une fière chandelle. La petite les adorait et je crois que c'est grâce à eux que j'avais emporté le morceau.

J'ai ouvert la fenêtre, de ce côté par temps calme le bruit de la mer s'étouffait en murmures mais on percevait son odeur de sel et d'algues, à chaque marée le vent du nord en abandonnait de longues chevelures rousses et mauves. Régulièrement, tandis qu'il défaisait les cartons, Clément s'interrompait pour jeter un œil à sa sœur, elle dormait les joues rouges et la nuque moite, il tenait à finir avant qu'elle ne se réveille. On avançait à toute vitesse, les cartons déchirés s'amoncelaient dans le couloir et les rubans de scotch marron faisaient des guirlandes qui collaient au bois de l'escalier. Mon cœur battait rien que d'imaginer ses yeux écarquillés, son émerveillement quand elle verrait se dresser autour de son lit sa maison de poupée entièrement meublée, son château bleu et rose où ne manqueraient pas le moindre bosquet, la moindre fleur, le moindre luminaire, ses peluches alignées par ordre croissant de taille, ses poupées attablées autour de la dînette, prêtes à partager un thé Darjeeling et de minuscules cakes en plastique. Bientôt ne restèrent que les Barbie, Clément leur lissait les cheveux et rajustait leurs vêtements avant de me les tendre, je les disposais soigneusement sur la commode, un meuble qui avait appartenu à Sarah enfant et que je n'avais pu me résoudre à jeter : il me suffisait de fermer les yeux pour la revoir s'affairer dessus dans le jardin, elle portait cette salopette rayée que je détestais et par deux fois l'avait décapée puis repeinte, en bleu et blanc pour Clément puis en rose et vert cinq ans plus tard, dans ma tête tout ça défilait comme un film super huit, son coupé image trouée par la lumière et coins brûlés, tout me revenait en mémoire à la vitesse foudroyante du passé, je pouvais même sentir le vent d'été qui nous caressait alors, le parfum sucré des fleurs et celui de l'herbe asséchée, la morsure du soleil et la touffeur de l'air qui peu à peu s'allégeait, la fraîcheur des bières qu'on s'envoyait dans la tiédeur du soir tandis qu'au front des tours s'allumaient les fenêtres, au bout d'un moment la pellicule a pris feu, Sarah a fondu jusqu'à disparaître et Manon s'est mise à hurler, Maman. J'ai regardé Clément, il n'en menait pas large et sur son visage s'était formée une grimace impuissante qui le défigurait. J'aurais voulu faire quelque chose pour lui mais il n'y avait rien à faire, je me suis précipité dans ma chambre : assise au milieu du lit, le visage couvert de morve et cramoisi, elle suffoquait. Quand elle m'a vu ça a été pire. Je veux pas papa je veux maman je veux maman je veux maman, elle s'est mise à gueuler ça en boucle. Je savais comment ça allait se terminer. Je l'ai prise dans mes bras et j'ai collé mon oreille contre sa poitrine. Elle avait beau se débattre et m'envoyer de grands coups de pied dans le ventre, me griffer au visage et me tirer les cheveux je n'ai pas bougé d'un pouce. Je n'ai pas eu besoin d'écouter longtemps pour comprendre. J'ai dévalé les escaliers. Le salon la cuisine le garage, les armoires la penderie la commode les tiroirs, j'ai tout fouillé. La gamine me rouait de coups et son souffle s'amenuisait à toute allure, ses poumons sifflaient raclaient tout ce qu'ils pouvaient, l'air commençait à lui manquer je le sentais bien, rien qu'au bruit je pouvais imaginer la brûlure que c'était à l'intérieur. Son putain de sac à dos rose bonbon restait introuvable. Du pied j'ai poussé le carton de médicaments et j'ai hurlé à Clément de l'ouvrir, il a tout vidé sur le tapis et on a fouillé là-dedans à grandes brassées, le petit ouvrait toutes les boîtes il faisait ça comme un dément en balançant les cartons vides et les sachets dans tous les sens des fois qu'une pompe se serait planquée dans une boîte d'aspirine ou d'Alka-Selzer. On a tout passé en revue. Il fallait bien se rendre à l'évidence. Cette saloperie de Ventoline s'était volatilisée.

On est sortis sans prendre de veste ni de manteau. J'ai dit à Clément de ne pas s'inquiéter, on revenait dans une minute j'allais trouver une solution, fallait pas qu'il s'en fasse, il était blême et se contrôlait, il faisait son grand garçon et je me suis demandé quand ça finirait par craquer cette belle façade. J'ai descendu la rue jusqu'au carrefour, à gauche le boulevard grimpait vers le bourg, bordé d'arbres et de villas aux jardins soignés, à droite ça filait étroit pour déboucher sur la plage, le petit snack en terrasse le fish and chips l'hôtel et le bar aux baies vitrées donnant sur le sable, rien n'avait changé depuis mon enfance. D'une voix de verre brisé Manon couinait qu'elle avait mal. Je suis entré dans la première pharmacie venue, une boutique antique et minuscule où s'entassaient cinq ou six vieilles permanentées. Certaines étaient assises, d'autres s'appuyaient sur des cannes, les vitrines étaient bourrées de publicités pour les bas de contention, le monde avait pris cent ans. Je me suis précipité au comptoir et j'ai demandé une pompe de Ventoline. La pharmacienne, une rousse un peu pincée, m'a poliment prié d'attendre mon tour.

—Je n'ai pas le temps, j'ai fait en désignant la petite. Elle étouffe, là, vous voyez bien.

Entre mes bras, Manon cherchait l'air comme un poisson sorti de l'eau, chaque sifflement l'écorchait. La rousse l'a jaugée d'un œil froid et m'a demandé si j'avais une ordonnance. J'ai haussé les épaules. Ça n'a pas eu l'air de la satisfaire.

—Dans ce cas je ne peux rien faire pour vous, a-t-elle lâché, avant de passer à la cliente suivante.

—Attendez, elle est en pleine crise…

—Je suis vraiment désolée mais sans ordonnance, je ne peux rien pour vous, vous le savez aussi bien que moi. Et puis si votre fille est vraiment asthmatique, vous devriez toujours avoir sa pompe avec vous.

—Comment ça, *si* elle est vraiment asthmatique? Vous vous foutez de moi? Filez-moi une pompe, bordel.

—Monsieur, je…

Je ne l'ai pas laissée finir sa phrase, je me suis engouffré dans la réserve et je me suis perdu au milieu des armoires métalliques, un foutu dédale de tiroirs coulissants. Dans mon dos, des voix m'ordonnaient de sortir, menaçaient d'appeler les flics. J'ai fini par tomber sur une dizaine de boîtes de Ventoline. J'en ai pris deux, j'ai jeté un billet de vingt euros sur le comptoir et je me suis cassé. La pharmacienne tremblait de colère et les petites vieilles se demandaient où allait le monde. Sur le trottoir, j'ai administré quatre doses du produit à Manon et je l'ai emmenée près du front de mer. On s'est assis sur un banc et on a remis ça. Il faisait froid, l'air coupait mais je ne sentais rien, et elle non plus je crois. Dans mes bras elle était calme et cherchait son souffle, me répétait qu'elle m'aimait, que j'étais son papa et qu'elle n'en voulait pas d'autre. Devant nous s'étendait le sable humide, couvert d'un glacis d'eau, miroir immense où passaient des nuages à l'envers. Tout ça me semblait si familier. Les joggers, les enfants après leurs ballons, les chiens trempés. Deux cerfs-volants clinquants fendaient l'air congelé et les goélands faisaient mine de les courser. C'était comme si je n'avais jamais quitté les lieux. Dans l'eau, entièrement vêtus de noir, des adolescents allongés sur leurs planches attendaient les dernières vagues avant la nuit, des araignées sur une flaque d'argent liquide.

— Tu sais, quand j'avais ton âge, j'habitais ici, j'ai dit à Manon.

— Quand tu avais quatre ans ?

— Oui, et puis aussi six ans, et douze, et dix-huit.

— Tu habitais ici avec ton papa et ta maman ?

J'ai hoché la tête et le soleil déclinant m'a obligé à fermer un œil.

— Où ils sont ton papa et ta maman ?

— Partis, j'ai répondu.

— Partis comme maman ? elle a fait.

— Non. Pas comme maman. Partis pour toujours, tu vois.

— Comme la maman dans *Bambi* ?

— C'est ça, comme la maman dans *Bambi*. Allez, tu viens ? Tu vas attraper froid.

On est rentrés par les rochers, les yeux tournés vers la pointe et le soleil orange dans le dos. Sous nos pieds les moules craquaient et l'eau gelée mouillait nos chaussettes. On a parlé de tout et de rien, des châteaux qu'on ferait sur la plage, des baignades l'été, des fleurs qui allaient pousser dans le jardin et de sa balançoire, on irait l'acheter dans quelques jours, on en choisirait une en bois clair avec un toboggan vert, ses yeux se sont mis à flamber. Je l'ai portée dans les escaliers, le long de l'impasse les maisons aux volets clos s'alignaient, on les ouvrirait au printemps, à Pâques ou à l'Ascension, à l'arrière on devinait des jardins d'herbes hautes et les boîtes aux lettres vomissaient des liasses de publicités humides, prospectus gonflés de crachin, collés les uns aux autres, indéchiffrables.

Quand nous sommes arrivés, Clément avait fini d'aménager la chambre de sa sœur, tout était parfait jusque dans les moindres détails, les affiches étaient collées et je me suis demandé comment il avait pu les placer à cette hauteur et si parfaitement les disposer, les cadres eux aussi étaient accrochés, la boîte de clous et le marteau traînaient sur la commode.

Les enfants ont pris leur bain pendant que je préparais le repas, je me suis servi mes deux premiers whiskies et on a mangé sur le canapé, penchés sur la table basse et nos spaghettis bolognaise, les yeux rivés sur l'écran où pour la millième fois Buzz l'éclair réalisait qu'il n'était qu'un jouet. Clément s'est endormi avant la fin, une banane quasi intacte dans la main droite. Je l'ai porté dans son lit. Les cheveux humides et lissés en arrière, dans son pyjama bleu turquoise, il n'avait plus neuf ans soudain, il me semblait encore le sentir contre mon torse, ma main coincée dans celle de Sarah, nos pas sur les landes de Fréhel, le premier été de sa vie, mes lèvres sur son crâne encore mou, ses petits cheveux noirs et épars, son odeur de lait caillé, de réglisse et de savon doux. J'ai embrassé son front, j'ai éteint les lumières et j'ai fermé la porte sur son sommeil. Manon ne s'est endormie que tard dans la soirée, pendant une heure ou deux elle m'a regardé m'affairer puis elle s'est lassée, elle est tombée comme une pierre.

Vers trois heures du matin les cartons s'empilaient dans le garage, à part les chambres des enfants la maison avait l'air un peu vide mais tout y était : les appareils étaient branchés, les outils rangés dans la remise, la batterie de casseroles et les piles d'assiettes au fond des placards. Ma chambre n'était munie que d'un matelas posé à même le sol et d'une table de jardin dont j'avais fait mon bureau. La porte vitrée donnait sur la mer fondue dans la nuit et le ciel punaisé d'étoiles, quand on l'ouvrait les vagues étaient si proches qu'elles semblaient battre contre le mur. Le jardin était d'une pâleur irréelle, sous la lueur malade des lampadaires il pouvait faire illusion mais je savais qu'en plein jour, il me faudrait pendant des heures arracher les mauvaises herbes, les lambeaux de gazon jauni et sec comme du foin, tailler les buissons, les arbres rares et les rosiers mourants. Mon dos allait morfler, ce serait un boulot ingrat, dont les résultats ne seraient visibles que dans plusieurs années quand j'aurais tout retourné, semé, planté des bambous, des camélias, un mimosa pourquoi pas, un ou deux conifères, un érable du Japon, que tout ça aurait poussé comme le lierre sur les murs qui cernaient le terrain, que tout serait recouvert de vert tendre, de fleurs pimpantes, de vigne ressuscitée, de glycines et de lilas, mais j'avais hâte de m'y mettre, de sentir la terre sous mes ongles, de passer mes doigts dans les herbes comme dans une chevelure humide, de regarder grouiller les insectes et d'avoir sur la langue, sans savoir pourquoi, comme un goût d'humus et de racines.

Dans la maison voisine, une lampe s'est allumée. C'était une bicoque minuscule et bizarrement foutue, entièrement de plain-pied et je n'aurais pas misé cher sur la tenue des murs en cas de tempête. Une femme est passée comme une ombre, elle était blonde et sans âge vue d'ici, ses vêtements de nuit flottaient sur son corps mince. Je pouvais distinguer sa silhouette s'affairer dans la cuisine, fouiller dans les placards, mettre de l'eau à chauffer au micro-ondes. Au bout de quelques minutes, elle est revenue dans la lumière, le nez collé à la vitre elle trempait ses lèvres dans une tasse fumante. Derrière elle, une porte s'ouvrait sur le salon et on devinait le clignotement d'un maigre sapin, sans doute en plastique. Il était pourtant beaucoup trop tôt pour ça. Ses yeux se sont levés vers moi et nos regards se sont croisés. Je la voyais mieux à présent, elle pouvait avoir quarante ans, peut-être plus, peut-être moins, c'était difficile à dire, ses traits semblaient tirés par la fatigue. Sans y penser, je lui ai adressé un signe et ma main est restée suspendue dans les airs un long moment. Elle m'a répondu d'un sourire vague avant de reposer sa tasse et la fenêtre est redevenue noire, troublée à peine par les lumières rouges et vertes. Même encore loin, Noël finirait bien par arriver. Il faudrait acheter un sapin, le décorer, déposer toutes sortes de cadeaux à son pied. Faire bonne figure, avoir le cœur à la fête. Ce serait la deuxième fois sans Sarah. Un grand silence a paru soudain s'abattre sur la maison. J'ai fait une dernière fois le tour des pièces, éteint les lampes, monté le chauffage, puis je me suis glissé sous les draps. Le sommeil serait encore long à venir, pourtant la nuit tirait déjà vers le matin mais ça n'avait plus d'importance, passé un certain stade la fatigue demeurait intacte, on en atteignait le fond. J'ai fermé les yeux. Toutes sortes de bruits infimes montaient du rez-de-chaussée, pleuvaient de la toiture. Le monde était là pour toujours et vibrait en sourdine.

Les jours qui suivirent me firent l'effet d'une promesse, la vie prenait des airs de vacances, les gamins dormaient tard, se levaient sans grognements ni larmes, et les heures filaient comme un long trait de lumière. On a fignolé deux trois trucs dans la maison, dévalisé quelques boutiques, mais l'essentiel on l'a passé dehors, à profiter de la mer et du sable qui s'offraient sans compter sous un soleil suspect, trop généreux pour la saison. J'ai pris ce qu'on me donnait sans broncher, ça faisait trop longtemps que la vie nous battait froid pour rechigner. J'étais juste un peu sur mes gardes, la méfiance m'était devenue une seconde peau, la parenthèse se refermerait sans prévenir. En attendant, les petits étaient calmes et sereins, de temps à autre un éclair de joie illuminait leurs visages, le paysage agissait sur eux comme un baume. On jouait au ballon pendant des heures, on se lançait des frisbees sous le ciel limpide, Manon creusait le sable sans jamais s'en lasser. Je m'installais à une table en plastique de la buvette, Denise m'apportait mon café et rentrait se réchauffer dans son salon de cuir. Elle m'avait vu grandir et se réjouissait de me revoir. Elle ne m'a rien demandé concernant Sarah. Ici tout le monde était au courant. Même exilés à Paris les enfants du pays restaient les enfants du pays, on prenait de leurs nouvelles par la bande en attendant leur retour, aux vacances ou pour toujours, personne ne partait jamais vraiment, on finissait par revenir, privés d'air et de ciel on pourrissait lentement. Je lisais le journal en surveillant les gamins d'un œil, je passais de page en page et rien ne me touchait vraiment, rien ne pouvait m'atteindre, tout était si définitivement lointain. Je m'obstinais pourtant, au milieu de ces jours dévastés où nous dérivions hagards, je n'avais jamais cessé de le lire, j'avais alors l'illusion de tenter quelque chose. De maintenir un lien avec le monde, quand tout autour de nous s'effondrait. Parfois la pluie s'abattait sans prévenir, on se réfugiait dans la maison nette et presque nue, toutes lumières allumées on se sentait perdus comme en pleine mer. On chuchotait en écoutant l'averse, dehors le ciel était mauve et plus loin un rideau jaune annonçait la suite, on se collait le nez à la fenêtre pour admirer les arcs-en-ciel et le soleil entrait, projetait sur le sol le dessin noir des croisillons où Manon voyait une marelle. On n'attendait pas une minute de plus pour ressortir, on délaissait l'escalier pour descendre à même le granit, sa paroi lisse et mouillée nous faisait un toboggan idéal. Les chaussures finissaient dans le glacé d'une flaque où vibraient des algues et luisaient des anémones. Manon décrochait les bigorneaux et Clément traquait les coquillages, le dernier soir son sac en était plein, on les a triés par forme et par couleur, ça nous a pris un temps dingue et ça ne menait à rien, mais les enfants le faisaient avec un sérieux épatant, quelque chose là-dedans semblait revêtir une importance particulière, relever d'enjeux mystérieux et indéchiffrables.

La sourde angoisse des dimanches soir est retombée sur tout ça comme un voile. Ça ne m'a pas alarmé. Le lendemain l'école reprenait et ce serait mon premier jour, c'était même rassurant d'être pris à la gorge par un sentiment si familier, identifiable et dont on connaissait la source. Une sensation qui vous remontait de l'enfance, en pyjama les cheveux mouillés on dînait devant la télévision, après les frites du samedi midi les hot-dogs du soir et le rôti du dimanche le repas lui-même avait quelque chose d'austère et indiquait qu'on reprenait le cours des choses, devant notre assiette tout nous paraissait soudain rétrécir, nos poumons la dimension des pièces, le temps lui-même. Une tristesse diffuse nous collait aux pattes jusqu'au coucher et des années plus tard, alors même que je n'aurais plus à me rendre nulle part, ni dans aucun bureau ni dans aucune classe, alors que rien de précis ne permettrait de différencier le lundi du dimanche, le même sentiment me viendrait, d'air raréfié et de ventre noué.

J'ai couché les enfants vers vingt et une heures. L'impasse était morte et aux fenêtres des maisons on abaissait les volets. Tout m'a semblé suspendu, au cadran de la montre les aiguilles immobiles, sortant marcher dans la nuit on aurait trouvé les oiseaux figés en plein vol et la mer arrêtée, entrant dans les chambres des hommes endormis aux respirations coupées, des femmes statufiées dans le silence des cuisines. La ville entière retenait son souffle avant la reprise.

L'école maternelle jouxtait la primaire et les deux cours communiquaient par une grille, Manon pourrait voir son frère et lui faire signe aux récréations, ça m'a rassuré de les imaginer tous les deux, séparés mais solidaires, toujours inquiets l'un de l'autre, sans qu'on sache tout à fait qui veillait sur qui. Clément a refusé que je l'accompagne, je lui ai demandé s'il était vraiment sûr mais il n'a pas pris la peine de répondre, je l'ai regardé se diriger vers sa classe mangé par son cartable, démarche de cow-boy miniature. Devant la porte, une femme aux longs cheveux noirs lui a souri, ils ont échangé quelques mots puis Clément s'est retourné et m'a désigné du doigt, elle a hoché la tête et il m'a semblé voir son visage se crisper. Ça commençait mal. Je suppose qu'accompagner son gosse un premier jour d'école et se présenter à son enseignante devaient constituer le minimum réglementaire, en dessous de quoi on était immédiatement relégué au rang des pères irresponsables.

La nouvelle classe de Manon était identique à l'ancienne : les murs, les meubles, tout hésitait entre la pomme et la framboise. Mme Désiles nous attendait de pied ferme. C'était une femme énergique aux vêtements improbables, bardés de poches, de zips et de cordons noirs dont la fonction m'échappait.

— Ah, voilà Manon...

La petite s'est collée à mes jambes comme un animal apeuré, j'ai senti sa main se glisser dans la mienne et serrer mes doigts. Mme Désiles lui a lancé un sourire forcé, elle paraissait presque déçue. Nous sommes entrés dans la classe, massés dans le fond de la pièce, se divisant selon des règles antiques, les filles s'affairaient autour d'une cuisine en bois clair tandis qu'à leur droite les garçons se disputaient des voitures qu'il fallait mener au garage pour d'obscures réparations. Tout était en ordre en somme, on n'en finirait jamais vraiment.

—Et la mère de l'enfant ?

—Elle n'est pas avec nous.

— Elle est restée à Paris ?

— Oui. Enfin non.

—Vous êtes séparés peut-être…

Je n'ai rien trouvé à répondre, je suis resté les bras ballants à la regarder, je devais avoir l'air d'une carpe ou d'une tortue. J'aurais voulu disparaître sur-le-champ ou bien revenir en arrière.

—Non, parce que si vous êtes divorcés, il vaut mieux que je le sache. Surtout si c'est récent. Ce genre de situation, ça a toujours des conséquences sur les enfants, alors c'est mieux d'être prévenu. On est plus… attentifs.

J'avais des fourmis dans les jambes, je les sentais monter dans mes cuisses, emprunter les réseaux veineux, bientôt elles gagneraient le bassin, la colonne vertébrale et viendraient me ronger le cerveau. J'ai hoché la tête et je me suis excusé, il fallait que j'y aille, je donnais ma première leçon à neuf heures.

—Ça va aller, mon ange ?

Manon a respiré profondément, s'est mordu les joues puis, d'un maigre sourire agrémenté d'un hochement de tête, m'a signifié que oui, tout irait bien. Je suis sorti comme on remonte à la surface. Dans la cour en longeant les fenêtres de sa classe, baies graissées par le sable et les particules d'eau salée, je ne l'ai pas quittée du regard : deux amoureux sur un quai de gare tandis que le train s'éloigne. Bientôt elle a disparu de mon champ de vision et j'ai eu la sensation de la perdre. J'ai rejoint la voiture, des retardataires se hâtaient vers les grilles, traînaient des pieds sous la menace, les yeux gonflés de sommeil ils grelottaient et leurs parents les tiraient par le bras.

J'ai roulé vers l'est, son ciel lacéré de crème et de citron. Le jour se levait et la ville se désagrégeait dans les champs. Le long de la route en contrebas, la mer s'animait peu à peu, son bleu s'électrisait et paraissait avaler la lumière. La nuit s'était tout à fait dissoute quand je suis arrivé près des dunes. Des herbes hautes et un peu jaunes piquaient le sable blanchi. La plage formait une anse, un croissant parfait entre deux pointes bouffées par les fougères, l'aubépine, la bruyère, les genêts et les ajoncs. Des deux côtés après ça, on pouvait suivre l'eau sur des kilomètres, la côte se déchiquetait, la roche et la lande plongeaient dans les eaux vertes, ou bien s'échouaient sur une bande de sable. Devant moi s'élevait un îlot bombé comme un sein où nichaient des nuées de cormorans, des goélands et quelques huîtriers. Au loin les nuages étaient de simples rubans phosphorescents coupant l'azur en lambeaux acides. Sur Fréhel, un voile d'un beau gris mauve annonçait un grain. Je me suis allongé. Le soleil jaunissait tout, peignait le monde d'or froid. Le vent couvrait ma bouche de cristaux blancs et jaunes, ça crissait entre mes dents. J'ai fermé les yeux et je me suis endormi là, seul au milieu de l'étendue blonde, face à l'horizon translucide et comme allumé de l'intérieur, bercé par le ressac.

C'est la mer qui m'a réveillé, elle me léchait les pieds et mouillait mes chaussures. Le ciel s'était couvert d'ardoises et sur le sable, un couple emmitouflé se hâtait, précédé d'un chien, ses pattes foulaient le sable sans le toucher jamais. Membres engourdis, visage poncé, ma peau ne se résumait plus qu'à une fine membrane. J'ai regardé l'heure. Mon téléphone clignotait, dérisoire loupiote, sémaphore de poche. J'ai écouté les messages. Ils étaient tous de mon frère, il me demandait ce que je foutais, ça faisait vingt minutes que j'aurais dû être là il allait devoir donner la première leçon lui-même, je commençais à le faire chier.

Nadine buvait un café à son bureau, un meuble gris en métal gondolé que ma mère avait occupé avant elle. Dans la pièce voisine, combinaison classique de murs couverts de moquette et de chaises alignées face à un téléviseur suspendu, une vidéo diffusait des séries de questions sans queue ni tête. Il y était principalement question de priorité, de dépassement autorisé et de panneaux indicateurs, et le plus grand soin semblait avoir été apporté pour qu'aucune des situations décrites ne puisse se présenter dans la vraie vie, au volant d'une vraie voiture, sur une vraie route. Dans l'obscurité, une dizaine d'élèves cochaient des cases en bâillant. Nadine a levé le nez de sa tasse et m'a souri.

– Ton frère est furieux. Qu'est-ce que t'as foutu ?

– Rien, je suis allé me balader sur la plage. Je me suis allongé, je me suis endormi.

Elle a secoué la tête d'un air gentiment accablé et m'a tendu sa joue pour que j'y pose mes lèvres. Je me suis servi un café trop clair et j'ai jeté un œil autour de moi, rien n'avait changé depuis l'époque où j'étais gamin, maman faisait le secrétariat et s'occupait du code, papa donnait les leçons, et ni Alex ni moi n'imaginions nous retrouver un jour à leur place. J'ai pensé que ça ferait bientôt dix ans qu'ils étaient morts, et aussi que finir encastrés dans une voiture avait quelque chose de douloureusement ironique quand on avait voué une partie de sa vie à la sécurité routière.

– Les enfants, ça va ?

– Manon a fait une crise hier. Mais je crois que ça va aller.

Nadine m'a regardé avec tendresse et pitié, ses yeux vibraient, elle avait toujours bien aimé Sarah. Elles ne se voyaient que rarement, quelques jours en été, une année sur deux à Noël et c'était à peu près tout, mais elles s'entendaient bien, passaient leur temps à marcher sur la plage, les pieds dans l'eau et les chaussures à la main, leurs jupes retroussées. Le soir, elles traînaient dans la cuisine et descendaient des bières en riant, leurs éclats de rire nous parvenaient au jardin une fois les enfants couchés, tandis qu'Alex et moi nous fumions nos cigares en scrutant le ciel noir.

— Et toi ?

— Moi quoi ?

— Toi, ça va ?

Je n'ai pas eu le temps de répondre, mon frère est entré et m'a tendu les clés. Il avait un peu grossi ces derniers mois, et ses cheveux coupés court accusaient l'empâtement de son visage, un instant je me suis demandé ce qui clochait chez lui mais ce n'était pas le moment de discuter.

— Elle est à toi, il a fait en regardant par la vitre. C'est sa dixième leçon. Je t'avais promis de ne pas te filer de débutantes…

Je l'ai embrassé et je me suis dirigé vers la porte, au passage j'ai attrapé le programme de la journée, c'était plutôt léger, trois élèves en tout. Alex m'a demandé si j'étais sûr de moi et en le regardant, j'ai pensé qu'au fond on restait toute sa vie le petit frère de son grand frère.

— Pas de conneries, hein ?

J'ai quitté le bureau et j'ai senti ses yeux se poser sur moi et ne plus me lâcher, je l'avais appelé deux mois plus tôt et j'avais besoin d'argent, je n'avais rien publié depuis trois ans, je n'avais rien écrit depuis le départ de Sarah et rien dans les tiroirs, les réserves commençaient à sérieusement s'épuiser, tout le monde semblait m'avoir oublié et rien ne se présentait, pas le plus modeste scénario, pas la moindre intervention en milieu scolaire ou dans la plus petite bibliothèque du fin fond de la Sarthe, c'était un service énorme je le savais bien, et qu'est-ce qui pouvait bien justifier qu'il me le rende. L'enfance était loin, l'adolescence pas tellement moins et pour le reste, la vie était passée par là et si nous nous étions croisés dans la rue ou ailleurs sans nous connaître, il n'était pas certain que nous nous serions adressé la parole. Il avait souhaité quelques jours de réflexion mais m'avait rappelé aussitôt, bien sûr c'était oui qu'est-ce que je croyais, il n'allait pas laisser tomber son petit frère.

Je me suis engouffré dans la voiture, j'ai pris la place du mort, ça faisait bien dix ans que je n'avais pas touché de doubles commandes. Je les ai tâtées du pied pour vérifier. De la main gauche j'ai attrapé le volant, le levier de vitesses, le frein à main. Je n'avais jamais donné de leçon, je n'avais aucune idée de la manière dont on était censé s'y prendre mais tout me revenait. Je connaissais ces voitures comme ma poche. On tirait au sort et selon les jours, Alex prenait le volant et moi les pédales, ou bien c'était le contraire, on roulait en tandem dans la nuit noire, on rentrait des bars complètement saouls, chacun de nous tenant la moitié de notre destin entre ses mains ou sous ses pieds. J'ignore comment nous avons pu nous sortir de tout ça sans choc ni égratignure. J'ai regardé ma fiche et j'ai dit à Justine de démarrer. Pour ce que je pouvais en juger, elle avait dans les dix-huit ans et se rongeait les ongles. Elle a tourné la clé et son pied a écrasé l'accélérateur. La voiture s'est mise à hurler.

– Doucement…

Elle a tout lâché et m'a fixé droit dans les yeux.

– Je fais ce que je peux.

J'ai tout de suite compris à qui j'avais affaire.

Nous nous sommes engagés dans une rue étroite, tout au bout

on distinguait la mer, d'ici c'était juste une bande acier, un scintillement aluminium. Justine conduisait sans souplesse, envoyait de grands coups de frein qui nous propulsaient vers le pare-brise, ne changeait de vitesse que lorsque je lui ordonnais de le faire, sa mauvaise volonté n'avait d'égale que son humeur massacrante. On a quand même réussi à quitter la ville, non sans avoir terrorisé deux trois piétons. Les maisons se faisaient rares et la route est devenue déserte, aucun obstacle ne se dressait plus devant nous, les virages épousaient suavement le morcelé de la côte. On longeait des champs de choux, des rangées d'arbres déplumés, des prés s'échouaient dans l'émeraude. Peu à peu Justine a paru se détendre. Elle me jetait des coups d'œil furtifs, retenait sa respiration mais elle avait enfin renoncé à s'accrocher à son volant comme à une bouée. La route s'est élevée et soudain il n'y a plus eu que le ciel au-dessus des falaises. J'ai mis mes lunettes de soleil et j'ai baissé la vitre. La mer s'étendait à perte de vue, l'air était frais et chargé d'embruns, des parfums de terre et d'herbe humide envahissaient l'habitacle. J'ai respiré ça à pleins poumons. Quelque chose en moi s'est allégé. On se dirigeait vers Cancale et je me suis dit que ce ne serait pas si mal d'en profiter pour acheter des huîtres. Ça m'a surpris d'être capable de penser à un truc pareil. Je n'ai pas pu m'empêcher d'y voir un signe, une éclaircie. Je me suis même imaginé en aspirer la chair luisante et la perle, le nez collé à la fenêtre entrouverte, une fois les enfants endormis. Le bruit sourd de la Manche et son parfum cru viendraient m'effleurer et j'aurais la sensation de mordre dans une vague. La voiture a dévié légèrement.

– Serrez un peu plus à droite…

– Il n'y a personne.

– Ce n'est pas une raison.

Justine a lâché un soupir excédé et sans même que je le lui

demande, s'est garée sur le bas-côté. La mer battait tout près, s'écrasait contre les rochers, sous le nez de Notre-Dame-des-Flots surgie des mûriers et des ajoncs. Au loin, un petit bateau de pêcheur rejoignait la côte, ballotté comme un sac plastique. Elle a pris un paquet de Lucky et s'en est allumé une.

— J'ai envie d'une cigarette.

Sans un mot elle a détaché sa ceinture puis elle est sortie de la voiture. Je l'ai imitée. Le vent cinglait, je l'ai senti m'envahir les poumons et me racler la peau, un frisson m'a parcouru l'échine. L'horizon semblait le bout du monde. Je m'y suis repris à plusieurs fois pour allumer ma Craven, j'ai inspiré une grande bouffée, elle s'est propagée jusqu'au bout de mes doigts. Justine s'est engagée sur le sentier, comme une équilibriste elle s'avançait sur l'étroit fil de terre, cernée par la bruyère et les chardons, les queues-de-lièvre et les raisins de mer. Ses cheveux barraient son visage intense, elle avait chaussé des lunettes de soleil et leur monture épaisse et sombre rendait sa peau plus blanche encore. Du bord de la falaise, elle s'est retournée.

— Vous venez, j'ai envie de me promener.

Je n'étais pas certain qu'on me payait pour ça mais c'était son beau-père qui casquait et à l'entendre, ce type était un porc. Je me suis demandé si elle avait fait pareil avec le vieux Raymond, je devais avoir une dizaine d'années quand papa l'avait embauché, désormais il était à la retraite, c'est moi qui le remplaçais et il devait se la couler douce dans sa petite maison près du port. Nous avons marché quelques minutes à deux pas du vide, le sentier cheminait sur la lande rase, s'effondrait parfois et nos pieds s'enfonçaient dans les herbes souples. Justine s'est assise sur un rocher. Le vent lui tirait les cheveux. Nous sommes restés là un long moment, silencieux et songeurs, à mâchonner des herbes amères, les yeux mi-clos. À l'ouest s'étendait la dentelle douce et mitée de la côte et au large, on devinait, pareilles à un ruban de brume, les îles anglo-normandes. J'ai regardé l'heure. Il était temps de rentrer. M'arracher au silence et à la lumière, ça a été comme une déchirure.

Justine vérifiait son rétroviseur et s'apprêtait à mettre le contact. Mon téléphone a vibré, c'était Alex, ma prochaine leçon était annulée.

– J'ai faim. On va manger un morceau ?

C'était une question mais ça ressemblait surtout à un ordre, elle me fixait d'un air enjoué, illuminée comme ça elle devenait quelqu'un d'autre. Qu'une fille comme elle n'ait rien de mieux à faire que de partager un repas avec un type usé jusqu'à la corde et trop lourd de vingt kilos relevait pour moi de l'énigme, mais je n'ai pas cherché à comprendre. Sans prendre garde à quoi que ce soit elle s'est engagée sur la route, un camping-car nous a évités de justesse et si j'avais cru en Dieu je crois que je l'aurais remercié pour tant d'égards. Justine n'a même pas frémi, elle paraissait s'en foutre et fredonnait un vieux standard des Stones. On roulait à quarante et la pointe du Grouin gagnait sur la mer, j'ai pensé aux oiseaux qui nichaient là, Sarah disait qu'ils étaient des milliers, on s'asseyait dans les herbes pour les observer, elle semblait ne devoir jamais s'en lasser. Dix minutes plus tard, nous étions sur le port, à plisser les yeux pour contempler la baie. L'eau miroitait à vous brûler la rétine. Les parcs à huîtres affleuraient à peine. À l'arrière des tracteurs, des types en salopette et bottés de caoutchouc vert fumaient au milieu des casiers. La vitre du restaurant laissait passer le soleil qui nous cramait la joue. Justine se bourrait de pain en attendant son poisson grillé. Je venais de vider mon premier demi de rouge quand mon plat est arrivé. Je ne sais plus de quoi on a parlé. De tout et de rien. D'elle, sans doute, un peu. À la fin de l'année, elle aurait dix-huit ans, son bac en poche elle pourrait enfin partir de chez elle, elle irait tenter sa chance à Paris, prendrait ce qui se présenterait, serveuse, caissière peu importe, de toute manière sa vie était ailleurs. Elle n'était pas sûre de tenir jusque-là, ici les hivers étaient trop longs les gens trop vieux les nuits trop noires, elle voulait l'électricité le battement et la foule, c'est ainsi qu'elle imaginait la ville et je n'ai pas voulu la détromper.

— Tu connais des gens là-bas ?

— Non. Mais je ferai connaissance. On verra bien. De toute façon, je n'ai pas le choix. Je dois me tirer avant de devenir complètement folle. Il faudra bien que je me pose quelque part. Ça ne sera jamais pire que chez moi.

J'avais fini mon deuxième demi de rouge et je l'écoutais, j'étais juste bien, j'avais chaud et les plates se plantaient dans la vase. Elle s'est remise à chantonner en m'observant de biais, je lui rappelais quelqu'un, un type qui écrivait des livres. J'ai haussé les épaules et j'ai demandé la note.

Nous sommes rentrés par les terres. Pendant des kilomètres, ce n'était qu'une succession de prés et de champs, où se plantaient çà et là des corps de ferme et des tracteurs. Puis les panneaux publicitaires se faisaient plus fréquents et les maisons se mettaient à pousser collées les unes aux autres. Je l'ai déposée devant chez elle, un immeuble au milieu de cinq autres identiques. Des blocs de six étages, tout en longueur, au crépi blond percé de granit. Au moment de partir, machinalement je crois, comme si nous étions de vieux amis, elle a posé une bise sur ma joue. Je suis resté garé là, je connaissais ces immeubles mieux que personne, j'y avais passé les dix premières années de ma vie, après ça mon père avait rangé son taxi, ma mère quitté le guichet de la caisse des allocations familiales, ils s'étaient lancés dans cette histoire d'auto-école et nous avions déménagé pour un pavillon individuel à quelques centaines de mètres de la mer. Rien n'avait vraiment changé depuis tout ce temps, les peintures avaient été refaites et des antennes satellites punaisées aux façades, on avait réquisitionné vingt places de parking pour aménager un terrain de basket, partout au même moment dans toutes les cités de France les paniers avaient poussé comme des champignons. On habitait au quatrième et le balcon nous servait de garage à vélos, les murs de papier laissaient tout entendre de l'appartement d'à côté et les odeurs de cuisine se mélangeaient, se neutralisaient en une chimie fade. Ma mère était souvent à la maison, toujours à préparer le café les biscuits pour les voisins qui passaient, qu'elle sorte si peu m'était un mystère, elle s'ennuyait dans cet appartement et la mer était à portée de main. Au fond je n'ai jamais su qui elle était véritablement, qui se cachait derrière ses robes à fleurs et le soin qu'elle prenait de nous. Je ne lui savais ni passion ni véritables amis, je l'avais toujours connue d'humeur égale, ni triste ni joyeuse, discrète et monochrome. Dans l'esprit des gens je crois qu'elle se confondait avec nous, qu'elle se fondait dans la famille, une pièce du puzzle. Quant à mon père il proposait ce mélange classique et trompeur de silence autoritaire, de froideur et d'attentions réprimées, d'approches maladroites, de virilité bourrue et d'élans contrariés, et je m'en suis toujours tenu là. J'imagine qu'il en est ainsi partout, qu'on grandit côte à côte sans jamais se croiser vraiment, méconnus et indéchiffrables. Le concret nous cimente, le quotidien nous lie, l'espace nous colle les uns aux autres, et on s'aime d'un amour étrange, inconditionnel, d'une tendresse injustifiable et profonde, qui ne prend pourtant sa source qu'aux lisières. Quand j'ai commencé à me soucier d'eux il était trop tard, le bloc de silence était trop dur, la pudeur trop ancrée, les liens trop fortement noués pour qu'on les questionne. Mon frère et moi partagions la même chambre, des 205 de rallye mouchetaient les murs beiges, franchissaient de maigres dunes punaisées de posters, U2 Platini Cure McEnroe puis Nirvana Cantona Boris Becker. Il occupait le lit du dessus et souvent m'interdisait d'entrer au prétexte qu'il faisait ses devoirs. Je fermais la porte et aussitôt l'entendais branler la manette reliée à l'ordinateur Amstrad. Je traversais le salon aux meubles lourds, ma mère causait avec la dame du troisième, une grosse qui ne se séparait jamais de son caniche, son parfum sentait trop fort et ses blouses atroces m'angoissaient je ne saurais pas dire pourquoi. Je ne sais plus non plus ce que je foutais toutes ces heures dans la cage d'escalier, l'hiver dès cinq heures j'étais plongé dans le sombre, je ne prenais même pas la peine d'allumer les lumières, j'écoutais les bruits qui montaient des étages en dessous, les vieux du rez-de-chaussée qui me donnaient des bonbons collant au papier, et la musique des jeunes d'en face, quand on passait devant chez eux on ne voyait rien les fenêtres étaient voilées par des tentures indiennes, ils avaient les cheveux longs et elle, je ne pouvais pas m'empêcher de voir ses seins sous ses tuniques orange. J'aimais bien ses cheveux tressés et son brillant sur l'aile droite du nez. Souvent ils me faisaient entrer chez eux et ça sentait des odeurs bizarres, la musique afghane faisait un bruit de fond doux et per-manent. Ils n'avaient pas la télé et je ne me souviens pas de ce que je faisais avec eux, je crois que je m'installais dans un coin et que je me contentais de ça, je feuilletais des bandes dessinées, des livres de peinture, pendant qu'il grattait sa guitare et qu'elle fabriquait des bijoux, fils de fer tordus qu'elle enroulait autour de pierres rouges ou émeraude. Au premier, Lucas vivait avec son père et je n'ai jamais su s'il avait seulement eu une mère un jour. Le vieux puait la bière et me filait des frissons chaque fois que je le croisais, au bout de sa laisse il essayait de contenir un molosse noir et tout en muscles, ce chien je ne l'ai jamais vu autrement que les crocs luisant sous les babines retroussées. Parfois Lucas me racontait les trempes qu'il se prenait pour un oui ou pour un non, quand j'en parlais aux parents ils secouaient la tête, à la fois impuissants et tristes. Qu'est-ce que tu veux qu'on fasse ? disaient-ils, c'est vrai qu'il boit trop son père ça tout le monde le sait mais faut le comprendre, il n'a pas toujours été comme ça tu sais. Non je ne savais pas et je ne voyais pas ce que ça changeait. Souvent je pense à Lucas et je me demande ce qu'il a bien pu devenir, si on peut devenir quelqu'un ou quoi que ce soit quand on a grandi comme ça dans la peur et les torgnoles. Je m'imagine toujours le croiser au coin d'une rue, il lui manque des dents ses yeux sont creusés sa peau cireuse, il semble avoir mille ans. La dernière fois que je l'ai vu il avait son sac sur le dos, je n'habitais plus là mais on se voyait quand même, il avait quinze ans et il se tirait, il avait besoin d'argent j'avais piqué dans la caisse de l'auto-école. Je l'avais rejoint près de la gare. Il était sept heures du matin. Je revois encore le ciel rouge au-dessus des voies ferrées, l'ancienne gare au crépi beige, les oiseaux sur le toit qui gueulaient. Le vent traversait le hall en sifflant. Où tu vas ? je lui avais demandé. Il m'avait souri en haussant les épaules, puis s'était éloigné sur le quai, une cigarette entre les dents. Il commençait à pleuvoir.

J'ai démarré dans les vapeurs du souvenir. Les rues étaient floues, comme noyées sous la bruine. Ça défilait liquide à travers le pare-brise, en plein cœur de la ville une pointe sauvage gagnait sur la mer, une lande décharnée et des blocs au cutter. Perdu au beau milieu des ronces et des bruyères, sous un déluge de vert tendre ou forêt, une Irlande miniature, un long bâtiment écaillé s'échouait en surplomb des flots. Des tuyaux dévalaient la falaise et s'enfonçaient sous la surface, pompaient l'eau du large. Au flan on soulevait des bâches et se frayait un passage, les odeurs d'algues et de crustacés vous laissaient un goût d'oursin sur la langue. Yann s'est pointé douché de frais mais encore enrobé d'huîtres, de crabes et de palourdes. De l'aube au milieu de l'après-midi, il trempait ses gants dans les viviers, emballait des litres de moules et de Saint-Jacques, de praires d'amandes de berniques, titillait les langoustes, agaçait les étrilles, les fourraient dans des sacs ou des caisses, tout ça partait aux quatre coins de la France et il s'en foutait au fond, il détestait tous ces trucs. Ce qu'il aimait, c'était sortir fumer sa cigarette, du vent plein la gueule, arriver là aux premières lueurs comme on débarque en terre inconnue, vierge et vaguement hostile. En repartir en plein après-midi, enfourcher sa moto et longer la côte au hasard. La voiture il aimait moins mais qu'est-ce que je voulais, il allait devoir s'y mettre, sa copine attendait un enfant, une fille, il l'appellerait Lola et c'était bien ça qu'il regretterait, rouler enlacé par ses bras, leurs deux corps serrés dans l'air mouvant, rendu solide par la vitesse. Il avait beau dire, il conduisait comme un chef, maniait tout ça mieux qu'un jouet, passait les vitesses en sifflotant et bavard comme une pie se garait sans serrer les dents. Avec lui, donner une leçon revenait à se laisser promener, bercé par la conversation. Ma première journée tirait sur sa fin et les choses ne s'annonçaient pas si mal. Si léger qu'il fût le travail m'occupait l'esprit et remplissait les heures, colmatait les fissures et les brèches. C'était juste un vernis je le savais bien, l'illusion des premiers jours, ça tiendrait ce que ça tiendrait mais il fallait me rendre à l'évidence, pendant six heures Sarah n'avait fait que de furtives apparitions dans mon cerveau, la morsure s'était faite plus lâche, et la laisse m'avait laissé plus de mou qu'à l'accoutumée.

– T'as vu ? a fait Manon. C'est le monsieur du camion, là-bas…

Autour de nous les gamins sortaient par grappes, deux fois plus petits que leurs cartables ils traversaient la cour en trottinant, des monospaces les engloutissaient dans un bruit de moteur et de portes claquées. J'ai regardé près des grilles, une poignée de mères de famille guettaient leurs mômes, la plupart enceintes ou munies de poussettes où roupillaient des nouveau-nés. Elles avaient l'âge de Sarah mais paraissaient plus vieilles, c'était difficile à expliquer, quelque chose dans l'allure, la coupe de cheveux, le choix des vêtements. Une sorte de consentement. Pourtant les dernières semaines, Sarah aussi semblait fatiguée, ça se voyait à son visage, à ses épaules, à la courbure imperceptible de son dos.

– Où ça ? j'ai demandé.

– Le monsieur, là.

J'ai suivi son doigt et elle avait raison, grisâtre, maigre et les yeux pochés de cendre, il se tenait légèrement en retrait et scrutait la cour. Qu'est-ce qu'il foutait là ? Pour ce que j'en savais, il aurait dû être à Paris ou à Marseille, un déménagement énorme, deux pianos une bibliothèque et trois cents mètres carrés de meubles anciens. Nos regards se sont croisés, ses yeux délavés flirtaient avec le translucide. Je l'ai salué d'un signe de tête. Il a paru surpris de me voir et m'a répondu d'un geste vague, j'allais pour le rejoindre quand Clément s'est planté face à moi, l'air préoccupé.

Je ne l'avais pas vu venir. J'ai embrassé son front, pris son cartable et on s'est dirigés vers la voiture.

— Alors, ça s'est bien passé ?

— Oui.

— Tu t'es fait des copains ?

Il a haussé les épaules. Il faudrait se contenter de ça. J'avais connu pire. J'ai ouvert le coffre pour y fourrer ses affaires, il n'a pas eu le moindre regard pour le long étui noir qui gisait sur le rectangle de moquette sale, ça m'a presque déçu. J'ai jeté un œil au ciel et tout allait bien, un bleu coupant à peine entravé par la laine effilochée des nuages. Clément s'est installé sur la banquette en soupirant.

— Tu sais, l'a entrepris Manon, je me suis fait une copine. Elle s'appelle Jade. C'est beau, hein : Jade…

— Bof.

— Et son père il est policier tu te rends compte ?

— Qu'est-ce que tu veux que ça me foute ?

La petite a encaissé sans flancher, elle avait l'habitude, l'amour inconditionnel qu'elle portait à son frère et sa capacité à tout lui pardonner forçaient l'admiration.

— Eh oh, j'ai fait. Tu pourrais être gentil avec ta sœur…

Clément s'est renfrogné et ses yeux se sont mis à luire d'une colère rentrée qu'il n'adresserait plus qu'au-dehors, au paysage immobile aux voitures garées, à l'arrêt de bus et au fleuriste, au café-tabac et à la mairie annexe. Avant de démarrer, j'ai lancé un dernier regard vers les grilles. Le grand avait disparu. Il n'y avait plus personne de toute manière. Juste quelques gosses qu'on laissait à l'étude, dans le rétroviseur je les voyais discuter assis sur des bancs, on ne viendrait les chercher qu'à la nuit tombée, ils sont devenus minuscules puis carrément invisibles lorsque j'ai pris la rue qui descendait vers la mer.

Sur la plage, le vent soufflait net et franc, sans discontinuer ni faiblir. Les rares promeneurs se penchaient en avant pour progresser, il n'y avait guère que les chiens pour s'ébrouer là-dedans comme si de rien n'était. Ici et là, des paquets d'algues noires couvraient le sable, la mer les avait abandonnés en se retirant, maintenant elle peinait à seulement encercler les forts au large. J'ai jeté un œil vers l'ouest, au bout de la plage la vieille ville n'allait pas tarder à s'embraser : le soleil rasait déjà les flots et le ciel commençait à rosir. La toile vibrait dans mes mains, impatiente elle palpitait comme un oiseau. J'ai enfoncé le dernier tube d'armature dans son embout et l'engin s'est gonflé à craquer. Clément a attrapé les poignées, il a hurlé, C'est bon, et j'ai tout lâché. C'est monté d'un coup, parfaitement vertical, dans un vrombissement sourd. J'ai rejoint Manon, le visage fouetté par les embruns. Accroupie elle grattait le sable à l'aide d'un bâton, dessinait des figures censées représenter ici une fleur, là un monstre, ailleurs une maison et enfin, là-bas, son prénom. Il fallait quand même y mettre du sien pour reconnaître quoi que ce soit. Nous avons gagné le sommet d'un bloc de granit. Elle s'accrochait à ma main et ne tenait qu'à moi lorsque ses pieds ripaient dans le vide. On a escaladé ça en bavardant, on a fait un rapide bilan de la journée et pour l'essentiel, il en ressortait que sa maîtresse lui faisait peur et criait trop à son goût, mais elle avait fait des dessins, une couronne en papier et un peu de gymnastique. Perchés là-haut, le nez en l'air, on a suivi des yeux les courbes limpides que dessinait le cerf-volant dans le ciel rose : des trajectoires parfaites, des grands huit sans accrocs. Clément pilotait ce truc comme s'il avait fait ça toute sa vie, la force du vent le tirait vers la mer, de temps en temps ses pieds décollaient légèrement du sol, on aurait dit qu'il allait s'envoler. Manon a vidé son paquet de Miel Pops sans quitter son frère du regard. Son visage et l'air qu'il a eu, quand il a réussi à immobiliser le triangle à quelques centimètres seulement de la surface des flots, je crois que même moi je les avais oubliés.

Le froid est tombé comme la nuit, massif et inéluctable. Le long de la promenade, les lampadaires se sont allumés l'un après l'autre, il suffisait de plisser les yeux pour voir la lumière filer vers les remparts, pareille à une traînée de poudre. Manon resterait comme ça toute la soirée ; dans la voiture, à la maison, partout, elle chercherait des taches de lumières floues. Au front des villas, les fenêtres éclairées laissaient deviner des ombres. Dans les salons aux meubles cirés, longues vues montées sur des trépieds dorés, grands échassiers de bois clair, aquarelles aux murs, fauteuils club et tables basses en bois exotique, on s'apprêtait à ouvrir le Chivas.

J'ai pris le pack de bières dans le frigo, je l'ai déposé au centre de la table et j'en ai extrait la première bouteille. En face de moi, la télévision n'était qu'un rectangle inutile et gris-marron et sur la chaîne, s'égosillait Otis Redding. Les enfants s'étaient endormis vers neuf heures, ils étaient lessivés, et toujours l'été, l'air bourré d'iode et le vent qui les giflait par paquets leur sciaient les pattes. Sarah et moi, on confiait leur sommeil d'ange à Nadine et on descendait sur la plage, il faisait doux et vers le Décollé, le soleil tombait dans les falaises. Je l'embrassais à chaque pas ou presque, je ne pouvais pas m'en empêcher, pas plus que d'effleurer son cul sous le tissu léger de sa robe, caresser ses seins quand elle s'appuyait contre moi et que nous contemplions la mer, ma queue dure comme du bois entre ses fesses. À l'arrière des cabines, elle avait une manière adorable de retirer son slip et sa bouche était fraîche. On restait tard les chaussures à la main, pantalon et robe aux genoux, sous le ciel criblé d'étoiles et les nuages électriques, à attendre que les vagues en finissent de se casser et de retomber huileuses et perlées d'écume sur le sable où elles crépitaient doucement.

J'ai bu ma bière d'un trait, la musique me déchirait les entrailles, je suis sorti dans la nuit figée par le froid. Le bruit de la mer grondait au bout de la rue, emplissait tout, cognait contre mon crâne, jusqu'à l'ouvrir et s'y déverser. J'ai fumé un cigare, planté dans la terre meuble. La pelouse était dans un sale état, mitée comme un vieux tissu, bouffée par les herbes folles et toutes sortes de saloperies qui n'allaient pas manquer de s'étendre dès les premiers beaux jours. Autour du terrain, le mur de parpaings s'écroulait, le précédent locataire s'était contenté d'en colmater grossièrement les trous à coups de ciment gris. La vigne le parcourait en un dessin compliqué, de gros clous tentaient de lui indiquer le chemin mais en vain. La fenêtre de la maison d'en face ne dépassait qu'à peine, dévoilait un rectangle de lumière jaune ouvert sur le plafond de la cuisine où pendait une boule de papier fripé. Je me suis hissé sur la pointe des pieds et la voisine a sursauté en me voyant apparaître. Elle a tiré une bouffée de sa cigarette et m'a souri un moment, tandis que mes lèvres esquissaient un bonsoir muet. Elle était très pâle et ses cheveux si clairs qu'ils en paraissaient presque blancs, sous ses yeux creusés noircissaient des cernes dont on devinait qu'ils ne s'effaçaient jamais tout à fait. Elle a entrouvert la fenêtre et j'ai grimpé sur le gros tronc coupé. Accoudés au mur on a discuté un petit moment, de tout et de rien, de la région, des balades à faire, des coins à découvrir. Je connaissais tout ça par cœur, j'avais passé mon enfance et ma jeunesse ici, quelques Toussaint et pas mal d'étés mais je l'ai laissée parler. Elle aimait la douceur des bords de Rance et la presqu'île de Saint-Jacut-de-la-mer, à marée basse on pouvait marcher des heures sur le sable constellé de minuscules coquillages blancs, la mer l'effleurait tout juste et ne montait jamais plus haut que le tibia, les algues et les rochers lui prêtaient des couleurs invraisemblables, de l'émeraude au turquoise en passant par le bleu canard, le marine ou le vert d'eau. J'étais à moitié congelé quand elle m'a annoncé qu'elle devait y aller, elle travaillait à l'hôpital et faisait la nuit, un instant j'ai hésité à lui dire que Sarah aussi était infirmière, mais ça n'avait aucun sens, c'était comme un vieux réflexe absurde, le résidu d'une autre vie. Elle a refermé sa fenêtre en me demandant de ne surtout jamais hésiter, en cas de besoin, pour quoi que ce soit, garder les enfants, me dépanner d'un paquet de sucre, d'une baguette de pain, papoter autour d'un verre ou d'une cigarette. Quelques minutes plus tard, le moteur de sa voiture couvrait la rumeur de la marée montante.

L'impasse était déserte. J'ai marché vers le large et c'était comme s'enfoncer dans la nuit pour ne plus jamais revenir. Tout sentait la pluie, l'iode et la terre gelée. Sarah se tenait là, invisible et mouillée, je sentais sa présence auprès de moi, sa main dans mon cou, ses doigts frigorifiés qui jouaient sur mon ventre. L'escalier plongeait dans le vide, le vent sifflait dans les herbes accrochées à rien. J'avançais vers des flots invisibles et perdus dans le ciel noir, le ventre tordu et la poitrine serrée dans un étau. Il s'est mis à pleuvoir, des gouttes lourdes comme des balles, je me suis laissé trouer, transpercer, je me suis laissé laver de fond en comble, jusqu'à ce que Sarah s'en aille, son visage et son corps, et l'empreinte que creusait son absence.

Quand je suis rentré, les lampes étaient allumées et Manon pleurait. Je me suis précipité dans sa chambre mais son lit était vide, elle s'était réfugiée dans celui de Clément. Il l'encerclait de ses bras, la berçait et la couvrait de baisers, il faisait ce qu'il pouvait le pauvre, la vie lui en demandait trop depuis trop longtemps. En fidèle équipier il écopait, mais même à deux, armés de nos petites cuillers face aux océans déchaînés, on ne pesait pas lourd.

– Elle a fait un cauchemar.

– Je te l'avais dit. C'est tes putains de monstres et Cie, aussi.
– Non. C'est pas ça.
– C'est quoi alors.
– C'est maman.

Je n'ai pas voulu en savoir plus, il n'y avait rien à savoir, elle faisait toujours ce rêve où sa mère semblait l'attendre au bout de la rue. Elle courait vers elle et s'approchait sans jamais pouvoir l'atteindre, et au bout d'un moment celle-ci finissait par disparaître et tout devenait noir. Elle me l'avait raconté des dizaines de fois. J'ai fait signe à Clément de se rendormir et j'ai pris Manon dans mes bras. Je me suis déshabillé, j'ai mis mes vêtements à sécher sur le radiateur, et on s'est allongés sur le lit, elle était collée à moi et rien ne pouvait nous séparer. La nuit résonnait autour de nous, imposait sa rumeur sifflante, la pluie s'abattait en poignées de gravier sur les vitres et le vent faisait tout craquer. On s'est endormis les cheveux mouillés, les miens par la pluie et les siens par les larmes qui coulaient de mes yeux comme l'eau des robinets, je ne pouvais rien y faire, il fallait que ça s'écoule, ça ne servait à rien de lutter contre ça.

Vers trois heures du matin, je me suis réveillé en sursaut. La pièce était gelée. Je me suis approché du radiateur, j'ai fait le tour de la maison et aucun ne fonctionnait. Dehors les rafales se succédaient, se jetaient contre les murs par paquets compacts mais en vain, la maison ne bougeait pas d'un pouce, se contentait de faire claquer ses bois et ses tuyaux. J'ai sorti deux couettes de la penderie, j'ai bordé les enfants, Clément dormait paisiblement, la nuque mouillée de sueur malgré le froid. Par la fenêtre, le ciel était blanc, à croire qu'il allait neiger, la chambre nageait dans une lueur incertaine et pâle. J'ai embrassé son front livide et froid, je suis resté un moment près de lui à l'écouter respirer, à contempler son beau visage immobile, à croiser les doigts pour que rien, plus jamais, ne lui arrive, ne le blesse, pour que jamais il ne meure. Après ça, je me suis servi un whisky haut comme un verre d'eau et j'ai passé le restant de la nuit à purger les radiateurs et à décrasser les conduits de la chaudière. À la fin l'eau brûlante circulait là-dedans comme l'huile dans un moteur neuf et la maison s'est réchauffée peu à peu. J'ai rejoint Manon dans le grand lit, j'étais lessivé, mes jambes pesaient huit tonnes et mes paupières se fermaient sans résistance possible, on aurait dit qu'elles étaient lestées de plomb.

Le réveil a sonné tandis qu'un éléphant m'écrasait contre le matelas et semblait bien décidé à m'y clouer. Dehors, la nuit n'avait rien pour vous convaincre de vous lever. Clément est entré dans la chambre en se frottant les yeux, il réclamait son chocolat en reniflant.

— J'ai eu froid cette nuit.

— Je sais. Les radiateurs ne voulaient plus rien savoir, mais maintenant ça va.

Je me suis redressé et ma tête bourdonnait comme un nid de guêpes en été, un hall d'aéroport. Une moitié de mon cerveau baignait dans du coton, l'autre était le jouet d'un pressoir manipulé par un sadique de première. J'ai chatouillé Manon pour la réveiller et sans même ouvrir les yeux elle a réclamé son biberon. Sur la table du salon, une bouteille de Jack Daniel's me narguait, je l'avais vidée en faisant le plombier.

J'ai regardé par la porte vitrée, elle était couverte de flocons de papier blanc et dans les interstices, on apercevait les enfants, ils dormaient debout, grelottaient les yeux mi-clos tandis qu'au tableau, Mme Désiles tentait de leur expliquer qu'on était mardi et qu'il était essentiel pour eux de le savoir. Son visage suintait l'impatience et l'exaspération. Au-dessus d'elle, près d'un poster jauni représentant les lettres de l'alphabet, une horloge affichait pas loin de neuf heures. Je me suis demandé comment Clément avait bien pu s'en sortir, tel que je le connaissais il avait dû inventer un mensonge quelconque mais tout à fait crédible, il était malin comme un singe sous ses airs réservés. Manon n'en menait pas large, elle serrait ma main de toutes ses forces et moi-même, je ne me sentais pas d'attaque. J'ai quand même frappé à la porte, la petite est entrée en piétinant comme elle fait toujours dans ces cas-là, et l'institutrice l'a priée de s'asseoir. D'une voix sèche elle a ordonné aux gamins de rester sages et m'a entraîné hors de la classe. Dans le couloir, sous les sorcières et les citrouilles suspendues à des fils invisibles, je me suis excusé du mieux que j'ai pu mais elle n'en avait rien à foutre. Elle voulait me parler d'autre chose. Elle chuchotait presque. Pourtant nous étions seuls.

— Mr Anderen, je voulais vous voir, justement.

— Déjà? ai-je plaisanté.

61

Visiblement, elle n'avait pas envie de rire. Elle tapait du pied et lançait des regards excédés à l'intérieur de sa classe.

– Ils ne peuvent pas rester tranquilles deux secondes, elle a marmonné.

J'ai jeté un œil à mon tour, pour ce que je pouvais en juger, les enfants remuaient un peu mais rien de bien grave, ça me semblait surtout prouver qu'ils étaient vivants.

– Oui. Déjà. Voilà : Manon me semble, comment dire… hypersensible… Ou disons, extrêmement susceptible.

– Comment ça ?

– Hier je l'ai grondée et elle a fondu en larmes de manière démesurée, comme si c'était la première fois…

– Évidemment… Si vous la grondez.

– Vous ne la grondez jamais ?

– Jamais.

– Vous n'élevez jamais la voix.

– Jamais. C'est contre mes principes.

– Vos principes ?

– Oui.

– Vous savez, tout passer à ses enfants, ce n'est pas toujours leur rendre service.

– Ne vous inquiétez pas. Elle en a assez bavé par ailleurs. Et puis ça ne vous regarde pas.

Elle m'a fixé un long moment, on aurait dit qu'elle essayait de me passer au scanner. Visiblement quelque chose la chiffonnait, son œil se heurtait à ma surface opaque. Je m'en foutais à vrai dire. Je lui ai demandé si c'était tout, elle n'a pas pris la peine de répondre et m'a planté là, s'est précipitée dans sa classe en claquant la porte, peu après j'ai entendu sa voix s'élever et gueuler aux enfants de se tenir tranquilles. Dans la cour, les marques au sol figuraient une piste de course miniature et les panneaux de basket m'arrivaient au menton, le long d'un grand pin où pendaient des nichoirs un écureuil grimpait à la verticale, comme s'il voulait toucher le ciel. J'ai pensé que la petite aurait aimé voir ça.

Nadine avait l'air crevée mais rayonnait d'un éclat bizarre, ses yeux brillaient et ses longs cheveux réunis en chignon laissaient sa nuque à découvert. Un bout de bois muni de perles rouges et bleues tenait tout ça on se demandait comment. Dans le bureau stagnait un parfum de café et de fleurs coupées, toujours le même, comme surgi du passé et de l'enfance. Elle feuilletait un vieux *Elle*, égarée au beau milieu des revues automobiles Emmanuelle Béart en montrait plus que nécessaire. Je n'en ai pas perdu une miette. Elle m'a tendu ma fiche en soupirant, il y avait un changement, de toute façon ça change tout le temps elle a dit d'une voix lasse, tous les jours ou presque, s'il y a une chose qui ne change pas c'est bien ça. J'ai médité un moment là-dessus, puis j'ai pris les clés de la Clio et lui ai soufflé un baiser. Devant moi l'église se dressait triste et sombre, une petite vieille y est entrée, elle tirait un caddie en toile écossaise et se tenait si voûtée qu'elle en devenait minuscule, à peine plus haute qu'un enfant. Pour qui allait-elle prier ? J'ai démarré et j'ai roulé au hasard, j'aurais pu conduire les yeux fermés, les rues déroulaient de vieux itinéraires, des parcours familiers. Au bout des impasses on apercevait la mer et des morceaux de plage, par-dessus tout ça le ciel battait comme un muscle. J'avais oublié le secret des automnes ici, la lumière intense et violente qui régnait sur les vagues, l'air qui vous giflait en vous caressant, le désert des dunes abandonnées aux oiseaux et piquées d'herbes hautes, la sauvagerie des côtes, le vert profond des falaises, le gris plus sombre des îlots et des pointes, la ville silencieuse qui paraissait abandonnée soudain, après les foules de l'été, les marées qui cognaient contre les digues et semblaient vouloir les faire éclater, éclaboussaient les routes en gerbes hautes, jusqu'à les rendre impraticables, brûlant de tout recouvrir. J'ai pris la rue des Marais et la maison était méconnaissable. Année après année les nouveaux propriétaires l'avaient défigurée et je n'aurais su dire si elle était plus ou moins belle ainsi. Elle était juste différente, n'était plus celle que j'avais connue, où nous avions fini de grandir Alex et moi, où mon père et ma mère avaient passé les derniers vingt ans de leur vie, avant de défoncer une balustrade et de sombrer dans la Rance. Par-dessus la haie de lauriers, j'ai fait le compte de ce qui avait disparu. Le vieux cerisier où pendait une grosse ficelle attachée à un pneu, papa l'avait installé pour les petits-enfants avant même qu'ils n'arrivent et au final il n'avait jamais servi qu'à Sarah, elle tournait sur elle-même dans le soir tombant, les yeux dans les feuilles et le ciel. La dalle de béton et le barbecue de briques orangées, le potager ses tomates ses salades et ses carottes, les fruitiers de ma mère, mûres framboises groseilles et cassis, les poiriers le long du mur. La maison avait été crépie de blanc au lieu du bleu pâle de mon adolescence, le tour des fenêtres d'un jaune crème quand ils étaient d'un bleu plus soutenu, les volets de bois remplacés par des stores en plastique. J'ai longé le mur et sur la pelouse entretenue traînaient un vélo, un ballon, et un gros camion rouge. Sur des dalles de bois, une table peinte en framboise se dressait parmi quatre chaises en teck. Derrière la fenêtre de la cuisine, une femme d'une quarantaine d'années buvait son thé, sous ses yeux les oiseaux se battaient pour picorer la boule de graisse suspendue aux branches du cerisier. J'ai regardé tout ça et ça ne signifiait pas grand-chose. Nous n'y étions plus, ni mes parents ni moi ni mon frère, et les lieux ne gardaient jamais rien, se donnaient au premier venu et effaçaient tout en quelques secondes à peine. J'ai repris la route et dans la cuisine aux meubles jaunes, maman préparait le repas et mon père rentrerait vers sept heures. Elle enfournait des courgettes nappées de fromage et sur la table en formica, je finissais mes devoirs au son des informations régionales. Mon frère garait sa mobylette au fond du jardin, entrait en demandant ce qu'on mangeait ce soir, embrassait maman du bout des lèvres et allait se doucher en m'annonçant d'un air satisfait le nombre de buts qu'il avait inscrits. Puis c'était le tour de mon père, il me saluait en me décoiffant et on mangeait à huit heures, après qu'il avait bu son apéritif et parcouru le journal. La soirée se poursuivait sans heurt, repas où s'échangeaient des nouvelles banales, des considérations financières visant à réduire des dépenses déjà minimales, des projets d'achats niant les conclusions de la discussion précédente, le compte-rendu des notes obtenues, le calendrier des prochains déjeuners à venir, les négociations concernant l'argent de poche et l'achat exceptionnel d'un vêtement de marque, d'un disque, d'une place de cinéma ou de chaussures neuves alors que les autres n'étaient pas tout à fait usées encore. Puis nous passions au salon et maman s'endormait pendant le film que je ne suivais que d'un œil. Alex annonçait qu'il sortait et mon père râlait pour la forme. Quelques années plus tard à mon tour je désertais le canapé de velours pour rejoindre les potes, juchés sur leurs mobylettes, cannette et clope au bec, ils se rassemblaient en surplomb de la plage, sur la promenade bordée de lampadaires neufs, alignement de boules orange dans la nuit pluvieuse.

Justine est entrée dans la voiture sans prononcer un mot et le vent s'est engouffré dans l'habitacle, depuis le milieu de la nuit il n'avait cessé de souffler, une fois les nuages et la pluie évacués vers les terres il s'était appliqué à lessiver la lumière, la terre brune, les vieilles pierres. Elle a démarré sans que je le lui demande et le moteur a calé en toussant.

– De toute façon, tu avais oublié de régler ton siège.

Elle a lâché un soupir excédé et s'est exécutée de mauvaise grâce.

– Et puis aussi d'ajuster tes rétros. Et de boucler ta ceinture.

Elle a plissé ses yeux et sa bouche en une grimace qui se voulait menaçante, ses gestes exagérément scolaires et appliqués relevaient du foutage de gueule. Ça me plaisait bien, je n'avais jamais eu aucun goût pour la mollesse, la soumission, les fausses politesses et Sarah non plus, il ne fallait pas l'emmerder, elle pouvait en un instant passer de la soie aux tessons.

– Monsieur est satisfait ? a-t-elle demandé d'une voix niaise.

J'ai hoché la tête, consenti un demi-sourire et nous avons roulé vers la mer. Là-bas, les nuages filaient à toute allure, bourrés de nerf et d'électricité et vues d'ici, les vagues paraissaient solides, leur sommet vous aurait coupé un membre comme un couteau fraîchement aiguisé. Le moteur faisait un boucan terrible, Justine restait bloquée en deuxième, elle faisait tourner la bête à plein régime et paraissait s'en foutre.

– Tu ne passes jamais la troisième ?

– Non. Jamais. Pourquoi ? Ça vous dérange ?

Un rire est sorti de ma bouche sans que je le veuille. Je lui ai dit de prendre à gauche et un instant, j'ai fixé son profil. Elle était d'une beauté tranchante, la regarder suffisait à vous scier les pattes.

– Vous voulez ma photo ? elle a fait d'une voix sèche.

– Non ça ira, j'ai répondu, et mes yeux ont quitté son visage.

On a roulé un petit moment sans échanger la moindre parole, la ville se diluait dans les prés, on traversait des hameaux déserts, des maisons aux murs épais semblaient avoir été bâties là par erreur, entre deux champs agricoles. Justine s'ennuyait ferme au milieu des chevaux et des tracteurs, le long des routes étrécies, trouées et constamment courbes. Elle a fini par suggérer qu'on regagne la civilisation et qu'on s'arrête quelque part, elle avait envie d'un café. Je n'avais rien contre, on a pris la tangente et cinq minutes plus tard, des rues étroites se faufilaient au milieu de villas cossues et nous guidaient jusqu'à la digue.

La mer s'y abattait hivernale et démontée, brillante et métallique, une vague plus lourde que les autres nous a trempés de la tête aux pieds. Justine a laissé échapper un cri, ses cheveux dégoulinaient et l'humidité assombrissait son manteau et le bas de sa robe. L'hôtel était à deux pas, une grande maison bourgeoise épinglée de terrasses, de balcons et de bow-windows. Le bar donnait sur la plage, des touristes y prenaient leur petit déjeuner, les yeux rivés sur les baies vitrées perlées d'eau salée, on se demandait ce qu'ils venaient foutre ici à cette période de l'année.

– Les thermes, a dit Justine. Ils passent un temps dingue à se prélasser sous l'eau tiède, à se faire masser et enduire d'algues... Ils paient des fortunes pour se faire dorloter par des jeunes smicardes et se plaignent que le « service » n'est pas encore assez aimable et souriant...

Cette fois, il m'a semblé entendre parler Sarah. Je n'ai pas pu m'empêcher de sourire. On s'est installés près du radiateur, les murs étaient couverts de croûtes aux couleurs bleutées, il suffisait de tourner la tête vers le large pour vérifier que la mer était plus belle en vrai. La serveuse nous a porté un café plein d'eau, à sa manière de le poser sur la table, on devinait qu'elle aurait préféré être ailleurs. D'une voix pincée, elle m'a fait remarquer que la veste de ma fille traînait par terre. Justine a éclaté de rire et un instant, avec ses yeux brillants ses lèvres fines découvrant des dents minuscules, elle a semblé plus jeune encore. On a bu les yeux fixés sur la vitre. Dehors, tout hésitait entre l'huître et le charbon, le vert-de-gris et l'écume. Perchés sur les brise-lames, les goélands criaient sans raison, sur la digue des joggers circulaient en combinaison fluo et la mer se retirait sans se rendre. Je me suis penché, au loin la vieille ville était nimbée de bruine et de filets vaporeux.

— Salut, qu'est-ce que tu fous là ?

J'ai sursauté. Le type était aussi gras que rougeaud et embrassait Justine sur la joue droite. Il devait faire dans les cent vingt kilos et des cheveux trop longs bouclaient mouillés de sueur dans sa nuque.

— Ben tu vois je bois un café. Et toi ?

— À ton avis ? Livraison, comme toujours…

Il m'a dévisagé, un drôle de sourire au coin des lèvres. Derrière lui, garé devant l'hôtel, j'ai aperçu son bahut, un gros logo France Boissons en barrait les flancs jaunis. Le hayon entrouvert laissait voir des fûts de bière et des caisses rouges remplies de Coca.

— Je te présente Paul, mon moniteur d'auto-école…

— Si c'est comme ça que vous leur apprenez à conduire, je comprends mieux le bordel que c'est sur la route.

J'ai souri et il m'a tendu sa main molle et potelée.

— On fait une pause là, j'ai dit.

— Veinards. Bon, ben je vous laisse. Je bosse moi… Passe le bonjour à Johnny… C'est vrai que t'es devenue un sacré bout de femme.

Sur ces mots il a pris congé, le pas lourd et le ventre en avant, large de tronc et court sur pattes. Justine l'a suivi du regard et quelque chose en elle s'est assombri, comme si soudain la lumière avait déserté son visage.

— C'était qui ? j'ai demandé.

— Un ami de mon père… Ils travaillaient ensemble, ils roulaient pour la même boîte. Il s'est occupé de nous quand papa est mort. Jusqu'à ce que ma mère rencontre Johnny…

— Johnny ?

– C'est mon beau-père. Il s'appelle Bertrand mais tout le monde l'appelle Johnny… On peut parler d'autre chose ?

Sa voix s'est brisée en disant ça et ses yeux ont fini de s'éteindre, deux billes de terre mate et durcie. Je me suis senti complètement con. Qu'est-ce qui me prenait de poser des questions comme ça, je la connaissais à peine et maintenant elle était là à fixer la mer d'un air vide et à se mordiller des bouts d'ongle qu'elle finissait par avaler. Mieux valait passer à autre chose, j'ai terminé mon café et j'ai fait signe à la serveuse.

– On y retourne ?

Elle n'a rien répondu mais je me suis levé quand même. Je lui ai tendu sa veste et elle a fini par me rejoindre. Elle était blanche et semblait perdue, se tenait à la chaise, on aurait dit que ses jambes avaient du mal à la porter.

– Ça va ?

– C'est rien. Un vertige. Ça m'arrive tout le temps. Vous pouvez me filer un sucre ?

J'ai attrapé un carré sur la table voisine et quand je le lui ai tendu c'était trop tard elle gisait déjà à mes pieds, elle s'était écroulée sans le moindre bruit, abandonnée et molle comme un chiffon. Un murmure a parcouru la salle mais personne n'a bougé. Je me suis agenouillé auprès d'elle, elle ouvrait de grands yeux égarés et inspirait de longues brassées d'air. Je lui ai collé le sucre entre les lèvres, elle l'a avalé en mâchant lentement, comme s'il s'était agi d'un bout de viande. On est restés un moment comme ça, le temps qu'elle reprenne ses esprits, ça m'a paru durer des heures. Je l'ai relevée comme j'ai pu, je l'ai soutenue de mon mieux mais elle menaçait de s'effondrer, si ça continuait elle allait se liquéfier et se répandre sur le carrelage. Tout le monde nous regardait, ça chuchotait dans les coins, certains faisaient semblant de rien et continuaient à se couvrir de miettes de croissant mais dans l'ensemble, il était clair qu'on dérangeait. La serveuse a fini par s'approcher et m'a demandé si elle pouvait faire quelque chose.

— Elle a besoin de se reposer, je crois.

— Il y a une chambre libre au premier si vous voulez.

On s'est enfoncés dans les couloirs sombres de l'hôtel. Des portes de bois clair trouaient les murs couverts de moquette rosâtre où branlaient des appliques hésitantes. La plupart des chambres étaient ouvertes et des femmes en blouse changeaient des draps, tiraient des rideaux et récuraient des salles de bains carrelées de blanc. Nous sommes entrés dans une vaste pièce donnant sur la mer. Les murs en étaient pleins eux aussi, des aquarellistes du dimanche tentaient absurdement d'en saisir quelque chose en la figeant. Avant de quitter la pièce, la serveuse m'a aidé à allonger Justine. Je lui ai proposé d'appeler un médecin mais elle n'a rien voulu savoir, d'après elle ça allait passer, elle avait juste besoin de dormir un peu. Je suis allé remplir un verre à la salle de bains. Je me suis mouillé le visage et dans le miroir, le type qui me faisait face, son corps lourd et sa barbe grisonnante, l'empâtement de son visage et les ombres sous ses yeux trop clairs, ce n'était pas moi, c'était moi sans Sarah et j'en étais certain, moi sans Sarah ça n'avait jamais voulu dire grand-chose. Quand je suis revenu, Justine s'était glissée sous les couvertures, elle avait mis sa robe à sécher près du radiateur. Je me suis assis près d'elle, j'ai soulevé sa tête et je l'ai fait boire. Elle avalait difficilement, on aurait dit que l'eau lui brûlait la gorge. Une fois le verre vide, elle a attrapé ma main et sans un mot m'a tiré sur le lit. Je me suis glissé entre les draps, allongé près d'elle malgré mes vêtements je sentais son corps menu contre le mien, la caresse involontaire de sa peau. Elle a pris mes bras pour la couvrir. La chambre était silencieuse et les doubles vitrages assourdissaient la rumeur de la mer, la muait en un bourdon d'autoroute. Justine parlait d'une voix lointaine, les mots se mêlaient les uns aux autres, se dévidaient comme un long fil sans queue ni tête. Je l'ai serrée contre moi et sa voix s'est tue. Au bout d'un moment, sa respiration est devenue calme et régulière. Elle était loin, profonde et ensablée dans la lourdeur du sommeil. Je me suis levé pour tirer les rideaux, dehors il s'était mis à pleuvoir, ça tombait diagonal et muet, le sable découvert amortissait tout et son jaune intense contredisait le ciel obscurci. Il faisait froid, j'ai sorti une deuxième couverture de l'armoire. Dans un grognement d'enfant elle s'est emmitouflée dans la laine et s'y est roulée en boule. Dans la salle de bains j'ai appelé Alex, l'heure tournait et j'allais devoir annuler la prochaine leçon. Il s'est mis en rogne et ne comprenait rien à ce que je lui racontais.

— Putain, Alex, cette fille se sentait mal, c'est tout, je n'allais pas la laisser comme ça…

— Si elle allait si mal que ça, il fallait l'emmener à l'hôpital…

J'ai raccroché et je suis retourné dans la chambre, Justine ronflait légèrement. Assis dans le fauteuil, je l'ai veillée un moment dans le matin mourant, une main entrouvrant le rideau pour observer le va-et-vient des promeneurs dans leurs blousons Aigle, leurs cabans, leurs capuches, les variations de lumière et les états du ciel. Puis je l'ai laissée à son sommeil, son visage lisse et reposé, sa pâleur d'enfant triste. J'ai payé la chambre. À la réception, la serveuse était inquiète. Quelque chose me disait qu'elle s'en faisait surtout pour son établissement. Je lui ai dit que tout allait bien maintenant, qu'il fallait juste ne pas la déranger, elle avait besoin de repos, c'était tout.

Une vingtaine de parents se pressaient devant l'école. Caché des enfants par la haie, grand corps maigre plié en quatre, origami simplifié à l'extrême il se mangeait les doigts. Plus tôt dans la journée pendant une leçon je l'avais aperçu, c'était une autre rue mais il se planquait déjà, un buisson et un poteau EDF lui faisaient un repaire discret. Mon élève s'y était repris à trois fois pour faire son demi-tour, c'était un jeune boutonneux pas très dégourdi et passionné d'informatique, le genre timide et renfermé, nerveux et complexé, moqué par les garçons et ignoré par les filles. On était restés stationnés là un petit moment, j'avais pris tout mon temps pour débiter les banalités d'usage, on papotait priorité et vitesse autorisée en cas de pluie, dans le rétroviseur le grand s'était fait minuscule et se tordait le cou pour entrevoir les fenêtres d'une maison blanche et cernée d'arbres.

Les premiers gamins sont apparus, une rumeur a électrisé l'assistance, un frisson d'excitation, des cœurs battant tous les jours à la même heure pour des retrouvailles identiques. Certains enfants couraient comme des dératés, d'autres traînaient les pieds et regardaient ailleurs, complètement indifférents à ceux qui les attendaient. Les derniers restaient pour l'étude et entamaient une partie de billes ou de football. Il a sursauté quand j'ai posé ma main sur son épaule.

– Alors, toujours là ?

– Oui, a-t-il bredouillé. Je…

– Vous avez pu le voir ?

Il a blêmi. Pendant tout l'après-midi j'avais pensé à lui, à ces heures vouées à scruter les ombres derrière les voilages, les mouvements flous du gamin traversant le cadre, passant d'une pièce à l'autre, s'écroulant dans le canapé, un jouet ou un verre de limonade à la main. Des heures à le suivre de loin, camouflé par les voitures et le cœur broyé.

– C'est fou ce qu'il a grandi...

– Vous avez parlé à sa mère ?

Il a secoué la tête d'un air abattu. Il me regardait bizarrement. Je voyais bien qu'il essayait de me sonder, qu'il hésitait, qu'il se demandait si j'étais le genre de type à qui on pouvait se fier, moi-même je n'avais pas de réponse à cette question, en général j'avais la réputation du contraire, pour des raisons qui m'échappaient mais qui devaient bien trouver leur source quelque part. Manon a déboulé dans mes pattes et ses yeux brillaient comme du quartz, on aurait dit qu'elle venait de pleurer. J'ai préféré ne rien remarquer, elle s'est pendue à mon cou sans rien dire, un vrai petit singe, elle me serrait comme si un océan nous avait séparés des journées entières, laissés sans nouvelles l'un de l'autre. Clément est arrivé à son tour, je leur ai demandé s'ils se souvenaient du déménageur, Manon n'a pas daigné répondre et Clément s'est contenté d'un bref coup de menton, ils avaient l'air pressés de rentrer.

– Bon. Je vais devoir y aller, j'ai dit.

Le grand a acquiescé sans quitter des yeux les gamins, de grands mômes criards et poussiéreux qui jouaient au foot et se flanquaient des coups de pied dans les tibias, leurs cartables figuraient des poteaux et une balle de tennis éventrée leur faisait office de ballon.

– Le vôtre, c'est le goal ? j'ai demandé.

Il a répondu oui et j'en aurais parié ma chemise, ce gosse lui ressemblait, portrait craché.

— Il est dans ma classe, a fait Clément.

Le grand n'a pas réagi, il était tellement absorbé dans la contemplation de son fils, il avait l'air hypnotisé. Autour de nous des groupes d'enfants continuaient de se déverser sur le trottoir, des voitures les aspiraient et ils disparaissaient pour le reste de la journée, on ne les verrait plus avant le lendemain, pas même dans les rues de la vieille ville ou sur les plages, à croire qu'on les enfermait à double tour dans leur chambre ou dans des caves.

— Pas de conneries, hein, j'ai dit au moment de le quitter…

Il a haussé les épaules, pour les conneries c'était trop tard, son collègue avait eu un pépin sur la route et le patron avait appris qu'il n'avait pas fait le retour avec lui, il était viré.

— Justement… Faut pas en rajouter…

Les enfants ont grimpé dans la voiture, Manon a hurlé de joie en découvrant sa Barbie sur la banquette, c'était une princesse à la coiffure compliquée et sa robe blanche était bourrée de nœuds, de voiles et de dentelles. Clément a pris son jeu vidéo dans les mains, l'a retourné d'un air incrédule et a lâché un Trop mortel, qui voulait tout dire. J'ai démarré et ça battait dans ma poitrine, ça ne rimait à rien de les inonder de cadeaux tout le temps comme ça mais je ne pouvais pas m'en empêcher, leurs moments de joie me filaient des décharges de bien-être dans la cervelle et dans le cœur. J'ai fait demi-tour. Quand je suis repassé devant l'école, le déménageur tenait son fils par la main, le petit n'avait ni blouson ni cartable et personne ne semblait leur prêter attention. Dans le rétroviseur je les ai vus s'engager dans une rue parallèle. Alors qu'il quittait mon champ de vision, le grand a sorti un pain au chocolat de sa poche et son gamin le regardait d'en bas, le visage tendu, resplendissant.

La nuit avait tout recouvert et le froid s'aiguisait, promettait un matin de givre, de mer lisse et gelée, de sable rose. Des poteaux en sapin barraient le jardin, dans l'herbe noire gisaient des cordes et des morceaux de plastique vert pomme. J'ai fait signe à Manon de me suivre.

– Qu'est-ce que c'est ? elle a fait, et sa voix s'est enrouée de fatigue, attaquée par les éclats de verre que semblait charrier l'air autour de nous.

– Ton toboggan et ta balançoire.

Sous nos chaussettes, la terre semblait du ciment. Manon s'est approchée à pas de loup, comme si tout ça pouvait s'envoler. Du bout des doigts elle a touché le bois presque blanc, la surface humide du toboggan, le siège de sa balançoire. On aurait dit qu'elle les caressait, qu'elle voulait s'assurer de leur réalité.

– Je veux en faire maintenant, elle a lâché presque aphone.

– Attends… Faut que je la monte, tu comprends.

– Quand est-ce que tu vas la faire, alors ?

– Je ne sais pas, moi, demain.

– Non, maintenant.

Elle est rentrée voir son film et à son visage, j'ai bien vu qu'elle ne plaisantait pas. Je suis resté là, glacé jusqu'aux os, à cette saison tout ne tenait qu'au soleil, il se couchait ou bien disparaissait derrière un nuage et c'était le plein hiver. J'ai examiné chaque pièce, ouvert le sac en plastique où s'entassaient des sardines, des vis et des boulons. J'ai jeté un œil au plan de montage en cinq étapes, aussi incompréhensible et inutile que n'importe quel plan de montage en cinq étapes. Puis je suis allé fumer une cigarette au bout de l'impasse. La mer ronronnait et à l'œil c'était juste une succession de noirs plus ou moins lumineux, plus ou moins opaques, plus ou moins mobiles. Les maisons perchées sur la falaise s'allumaient une à une, certaines manquaient à l'appel et prenaient une allure massive et abandonnée, on pouvait s'imaginer briser une vitre, tourner une poignée et prendre possession des lieux, personne ne viendrait nous déranger avant Pâques. On pourrait errer de pièce en pièce, faire un feu, coller son nom sur la boîte aux lettres et vivre là comme une ombre. Une de mes élèves occupait la plus grande, ses formes alambiquées, sa tourelle et ses pignons gothiques lui donnaient des airs de manoir anglais. Élise avait soixante-dix ans et son mari venait de mourir, elle n'avait pas conduit depuis des siècles elle n'en avait jamais eu besoin ici, un escalier privatif la menait à *sa* plage et chaque matin elle sortait faire ses courses chez le boucher ou à l'épicerie du coin, pour le reste son homme la conduisait mais «maintenant que son chauffeur était parti» elle n'avait plus le choix. À la fin de la leçon je l'avais déposée chez elle et elle m'avait offert un café. Le salon s'ouvrait sur le ciel, surplombait la mer immense, elle y avait installé son lit dans un coin et à l'étage, quatre chambres n'attendaient plus personne, délaissées les unes après les autres par le départ des enfants, devenus grands sans qu'on s'en aperçoive, disparus avant même qu'on ait réalisé qu'ils poussaient et s'éloignaient irrémédiablement.

J'ai fait demi-tour, la voisine se garait et pendant quelques secondes j'ai été pris dans le faisceau des phares. Elle est sortie de sa voiture en me souriant, ses yeux respiraient la bienveillance, un genre de tendresse usée à force de se donner sans compter, à tout le monde et contre rien. Je connaissais bien ce regard, à l'hôpital les collègues de Sarah avaient toutes le même. Je lui ai demandé si par hasard elle avait une perceuse, j'allais sûrement en avoir besoin pour la balançoire. Elle m'a fait signe de la suivre. La maison était minuscule et en désordre, le salon sentait la sauge et par la fenêtre on pouvait deviner ma chambre, le grand poster de Bob Dylan qui y faisait office de décoration et le bureau inutile. Je ne m'y étais pas assis depuis des mois, des années presque, je n'avais plus rien à y faire, pour tout dire écrire ne me venait plus à l'esprit, et les rares fois où je m'y étais mis tout m'avait paru si vain, j'avais même hésité à garder l'ordinateur, il était planqué dans la penderie, sous une pile de couvertures. Elle m'a guidé jusqu'à la remise. Derrière une porte à la peinture écaillée, des outils prenaient la poussière. J'ai fureté un moment parmi les ponceuses, les pelles, les truelles, les pioches, les clés anglaises, les pinces coupantes, les maillets, les tournevis, les boulons, le râteau, les bêches, les pelles et les pioches, dans une baraque aussi petite à quoi tout ça pouvait bien servir. Quand je me suis relevé la perceuse à la main, un vieil engin Bosch vert bouteille, elle se tenait dans mon dos et me tendait un verre. On est retournés au salon et on a bu nos whiskies sans rien se dire, la radio remplissait le silence, faisait tout le boulot à notre place. Par la fenêtre je voyais ma chambre, la lumière était maintenant allumée et Clément assis à mon bureau, immobile il semblait fixer le mur, qu'est-ce qu'il pouvait bien foutre comme ça, à quoi pouvait-il bien penser, j'aurais payé cher pour le savoir. On entamait notre troisième verre quand l'animateur a annoncé *Le Petit Bal perdu.*

— Ça va te paraître complètement con, mais… tu danserais avec moi ?

— Pas de problème, j'ai dit et je me suis levé, ça tanguait juste un peu, comme après trois verres d'alcool fort quand on n'a pas mangé. Juste comme il faut. Juste assez pour danser avec une femme qu'on connaît à peine et se faire tirer les larmes par une vieille chanson qui vous remonte du tréfonds de l'enfance ou même de bien avant, de toujours ou quelque chose comme ça.

Elle s'est levée à son tour et sous la boule chinoise, sur le carrelage glacé on a valsé les yeux mi-clos. *Non je ne me souviens plus du nom du bal perdu. Ce dont je me souviens c'est qu'ils étaient heureux les yeux au fond des yeux. Et c'était bien. Et c'était bien.* On tournait dans la pièce triste et vide, sur le canapé son chien nous observait, c'était un genre de yorkshire qui ne la quittait jamais des yeux, la couvait d'un regard amoureux. Elle l'appelait Richard et quand je lui ai demandé, Pourquoi Richard?, elle a répondu à cause de Ferré et ça m'a paru bien comme réponse. Ferré ça m'allait. Brautigan ça me serait allé pareil mais Ferré c'était bien. La veille, Élise m'avait montré sa maison sur une île, on n'y accédait qu'à marée basse et de là, par temps découvert on pouvait distinguer Jersey. La chanson s'est achevée et elle est restée un moment dans mes bras, la tête posée sur mon épaule, on ne bougeait plus et sous mes mains je sentais son corps maigre. Elle a fini par relever le visage, ses yeux étaient d'un bleu froid et transparent, ses lèvres ont murmuré merci et nous nous sommes rassis derrière nos verres

— Ça va? je lui ai demandé.

— Ça va. Juste un peu de fatigue. Une longue journée à l'hôpital. Depuis que je suis en psychiatrie, je ne sais pas, les journées me paraissent plus longues.

— Demande à changer.

— Non. Surtout pas. Ça me plaît. Enfin je veux dire, ça m'intéresse. Pour certains, ils n'ont que nous au monde, tu sais. Plus personne ne vient les voir. Il y a un type il est là depuis quatre ans, il n'en a pas vingt-cinq et ses parents ne sont venus que deux fois, tu te rends compte? Et puis il y en a aussi des plus vieux, on sait qu'ils

78

vont finir leurs jours là-dedans. On est comme une famille pour eux. C'est con à dire mais c'est la vérité. Tiens, rien qu'aujourd'hui, on a récupéré une fille, tu l'aurais vue, elle s'est pointée d'elle-même, belle comme le jour elle ne doit pas avoir vingt ans mais elle avait l'air complètement éteinte. On n'a rien pu en tirer, même pas son nom. C'est terrible de voir ça, on dirait qu'on l'a vidée de l'intérieur. On l'a mise sur un lit, elle est restée toute la journée les yeux ouverts à regarder le plafond en gémissant.

Je l'ai laissée parler encore un peu en buvant un dernier verre, elle était intarissable, son boulot l'épuisait mais une fois dehors elle y était encore, elle n'en sortait jamais vraiment, traînait avec elle sa cohorte de déclassés de psychotiques d'anorexiques de schizophrènes et de suicidaires. Comme tout le monde à l'hôpital, elle faisait ce qu'elle pouvait pour les remettre sur pied, mais quand ils finissaient par partir c'était toujours trop tôt, elle avait l'impression de les perdre et ne pouvait pas s'empêcher de s'inquiéter pour eux : ils lui semblaient trop fragiles pour affronter l'extérieur. Quant aux autres il s'agissait surtout de les rassurer, pour la plupart ils avaient cet éclair de terreur au fond des yeux que rien ne pouvait vraiment calmer. Je connaissais vaguement tout ça, j'avais mis les pieds là-dedans à plusieurs reprises pour y faire des lectures, c'était à la fois très calme et nerveux, très doux et très violent. J'ai fini mon verre et je me suis excusé, mon frère nous attendait pour dîner. J'ai jeté un œil à ma chambre, Clément avait disparu, la fenêtre n'était plus qu'un rectangle noir.

Quand je suis rentré Manon était couverte de peinture et son frère était près d'elle, pas beaucoup plus propre. Je n'ai pas cherché à comprendre. La table du salon était un amoncellement de feuilles où dégoulinaient des pinceaux. Des tableaux indéchiffrables séchaient les uns sur les autres, elle me les a présentés tour à tour et c'étaient d'obscures cartes au trésor, des monstres informes et des montagnes aux découpes compliquées. À sa demande, Clément avait essayé de peindre un lapin mais ça ressemblait plutôt à une sorte de souris multicolore. Je les ai emmenés au lavabo, débarbouillés avec un gant. Manon a hurlé que ça lui piquait les yeux. Je leur ai dit de se changer et on s'est mis en route.

La maison se cachait à l'autre bout de la ville et les fenêtres du salon donnaient sur le port. Quand on les ouvrait on entendait cliqueter les filins et le vent s'engouffrer dans les mâts, ça sifflait comme dans une forêt de sapins. À l'intérieur on se serait cru chez mes parents, Alex avait tout récupéré à leur mort et vivait au milieu de meubles vieillis et démodés. Au fond il ne déparait pas dans le décor, il avait toujours fait plus vieux que son âge et dès vingt-cinq ans avait devancé l'appel, s'enterrant bravement sous les pelletées du quotidien, de la vie matérielle et des responsabilités, enfilant le costume immuable de l'homme pondéré, raisonnable et discret qu'avait longtemps porté mon père. Il m'a servi notre whisky avant que j'aie eu le temps de poser ma veste, Manon encore pendue à mon cou. Nadine est entrée avec son sourire liquide aux lèvres, elle avait lâché ses cheveux et s'était légèrement maquillée, Clément s'est précipité dans ses bras et ils se sont serrés un bon moment. Ils n'avaient jamais été spécialement proches mais il devait avoir besoin de ça, se lover dans les bras d'une femme qu'il connaissait depuis toujours et qui aurait pu être sa mère. C'est ce que je me suis dit alors. Je l'ai embrassée à mon tour et elle sentait bon la cannelle et le jasmin. On est passés à table, deux litres de Coca, des frites au ketchup et des hamburgers hauts comme des pintes attendaient les enfants. Ils se sont mis à dévorer tout ça comme s'ils n'avaient pas mangé depuis trois jours et on ne les a plus entendus. Pendant ce temps-là, Alex Nadine et moi, on a englouti des quantités astronomiques d'huîtres arrosées de citron, décortiqué des dizaines de langoustines, on leur suçait les pattes en émettant des bruits terribles. Tout ça sortait à peine de la mer et on avait l'impression de plonger la tête sous l'eau. Le pot de mayonnaise y est passé, et trois bouteilles de mâcon village. J'observais Nadine du coin de l'œil, l'alcool la rendait toujours sentimentale et triste, elle regardait les enfants avec ce truc qui lui serrait le ventre et des litres de tendresse sans recours. Avec Alex, ils ne pouvaient pas en avoir, j'ignorais pourquoi et je n'avais jamais cherché à le savoir, Nadine disait toujours, Avec Alex, on ne peut pas en avoir, et ça suffisait à clore les débats et à lui coller des larmes sous les paupières. Des fois il suffisait de les regarder tous les deux pour voir se matérialiser le fossé que ça creusait entre eux, une foutue crevasse de silence et de malentendus qui s'élargissait peu à peu. Je ne crois pas qu'ils s'en voulaient, non, je ne crois pas qu'ils en étaient arrivés là, je crois juste qu'ils voyaient venir ça de loin et que ça les minait : la tristesse d'une vie sans enfants. Le vide que ça fore à l'intérieur et autour de soi, à un moment ou à un autre, qu'on le veuille ou non.

Après le repas, Nadine s'est pelotonnée entre les gosses sur le grand canapé. Les voir comme ça tous les trois, c'était tellement doux et déchirant, Alex a choisi deux cigares dans sa boîte étincelante, un truc en bois d'acajou que je lui avais offert des années plus tôt, et nous sommes sortis dans la nuit étrangement douce. Le vent était tombé et l'air avait quelque chose de printanier. Nos manteaux grands ouverts, la mer luisait entre les voiliers amarrés. Ils se balançaient juste pour nos beaux yeux, très doucement au milieu des clapotis. Plus loin, un croissant de sable bordait gentiment la retenue d'eau. Des maisons décaties, crépies d'orange et de bleu fissurés s'alignaient à des hauteurs variables. Du bar de nuit provenaient des rires, de la musique, des billards le bruit mat des boules entrechoquées. On y accédait par un escalier tenu par des filins, qu'on remontait à la fermeture, comme le pont d'embarquement d'un navire. On a sorti nos havanes les pieds dans le vide, assis sur le bord de la promenade, deux mètres au-dessus du sable. Dans notre dos la musique est montée d'un cran et une fille a piqué un fou rire. On s'est regardés avec Alex, et c'étaient des années qui nous remontaient au cerveau, des nuits affalés sur le grand canapé de cuir, à enchaîner les bières et les parties de billard, et toujours ça finissait au petit matin à vomir contre un mur, ou bien un sac de pains au chocolat à la main à attendre le lever du jour de l'autre côté du barrage, sur une plage à la géographie très douce, face aux îlots qui s'éclaircissaient peu à peu. Elles étaient étudiantes à Rennes ou à Paris, passaient là le week-end ou des vacances, on s'embrassait sous le ciel rose, le feu crépitait au beau milieu du sable, on baisait tapis dans les dunes, elles repartiraient sans même se souvenir de nos noms, oublieraient nos visages et nos mains, nos langues et nos sexes, certaines nous écriraient quelques lettres, d'autres se nommeraient Nadine et ne repartiraient pas, ou bien Sarah et nous ramèneraient avec elle à Paris, dans une chambre minuscule et dont l'unique fenêtre donnerait sur un mur gris et lézardé.

J'ai levé les yeux et le ciel était bourré d'étoiles, pareil qu'en été.

– Tu as des nouvelles ?

Alex a mordu la tête du Cohiba, puis l'a allumé en le faisant tourner sur lui-même. Je l'ai imité et j'ai tiré ma première bouffée.

– Non. Enfin si, il a appelé comme tous les mois, mais il n'y a rien de neuf. De toute façon ça fait longtemps qu'ils ne cherchent plus.

– Putain. Comment elle a pu vous faire ça...

Je l'ai regardé et d'aussi loin qu'il m'en soit souvenu, c'était la première fois qu'il s'exprimait aussi franchement, aussi directement sur cette histoire. Depuis son départ, Sarah était pour tout le monde un sujet tabou, et les raisons, les circonstances de sa disparition un territoire interdit. Alex et Nadine, lorsqu'on se voyait ou qu'on se parlait au téléphone, se contentaient de s'inquiéter des enfants, de la manière dont je me débrouillais avec eux, dont je gérais le quotidien, les crises de nerfs de Manon, l'enfermement progressif de Clément, son mutisme et son absence de réaction à quoi que ce soit. Alex me tannait pour que je reprenne le boulot, que j'arrête les médicaments, il me parlait comme à un gosse, avec ce ton de grand frère qui m'exaspérait, selon lui j'exagérais, il fallait que je me ressaisisse, j'avais une maison à payer des enfants à nourrir, si je continuais comme ça on allait se retrouver à la rue et il ne faudrait pas compter sur lui pour me sortir de la panade une fois de plus. Sur ce dernier point il avait eu tort.

Quand Sarah avait disparu, au fond ça n'avait étonné personne. Personne à part moi. Tout le monde semblait considérer son départ comme une évidence, un acte inéluctable et prévisible. Son boulot, mon caractère impossible et les quantités d'alcool que je m'envoyais, mes coups de sang et ma capacité invraisemblable à m'engueuler avec la moitié du monde et à me faire détester du reste, tout paraissait y concourir. Une seule question demeurait en suspens : Pourquoi n'avait-elle pas embarqué les enfants et combien de temps mettrait-elle avant de revenir les chercher ? Mais les jours avaient passé, par paquets de semaines puis de mois, Sarah n'était pas revenue et il n'était plus personne pour se risquer à évoquer son retour. On se contentait désormais de me regarder en biais et de se demander comment elle avait pu en arriver là.

— Tu ferais quoi, si elle rentrait ?

Alex tirait sur son cigare en émettant de minuscules bruits de bouche, on aurait dit un bébé qui tétait le sein. Il crachait de longs nuages de fumée qui se délitaient aux abords des voiles.

– Je l'accueillerais à bras ouverts.

– Tu es sûr ?

J'étais sûr. Au fond, je n'attendais que ça, qu'elle revienne. Et qu'on reprenne les choses où on les avait laissées. Elle n'avait qu'à se présenter et je lui ouvrirais la porte en grand, je prendrais sa main sans un mot ni le moindre reproche. Je ne lui poserais pas de question. Mais quelque chose me disait que ça n'arriverait pas. Elle ne reviendrait pas parce qu'elle n'était pas partie. C'était impossible. Elle ne pouvait pas nous avoir quittés, ni les enfants ni moi. Je le savais mieux que quiconque.

C'est ce que j'avais tenté d'expliquer à l'inspecteur, un type aux cheveux gris dont le ventre proéminent tendait la chemise. Je revois encore l'expression de son visage tandis que je lui exposais l'objet de ma visite. Je suais de panique. Narquois, il m'écoutait en mâchonnant son crayon, un vague sourire attendri aux coins des lèvres. Son bureau, gris des murs aux armoires, sentait l'animal et le tabac refroidi. Je crois qu'aucune des phrases que je prononçais n'avait le moindre sens. J'avais fini par me taire. Sa manière de voir les choses m'avait crucifié. Selon lui, chaque jour, des dizaines de femmes disparaissaient ainsi, ça les prenait sans crier gare, ce besoin de prendre le large, de tout laisser derrière elles pour suivre le premier surfeur venu, un beau parleur italien, ou n'importe qui. Ça arrivait tout le temps et des types comme moi, qui imaginaient le pire alors que leur femme se faisait tringler dans un hôtel du sud de la France, il en recevait des tonnes. Elles finissaient toujours par revenir, pour les enfants le plus souvent, et le plus difficile à comprendre demeurait la façon qu'avaient leurs maris de leur tomber dans les bras et de leur renifler les cheveux en chialant comme des gonzesses. Je me souviens d'avoir quitté le poste de police en maudissant ce type et sa morgue grasse. Les mois suivants, à de nombreuses reprises, il m'avait téléphoné et pas un instant n'avait quitté ce ton paternaliste, vulgaire et goguenard. Invariablement, il m'annonçait qu'il n'y avait rien de neuf et qu'il fallait se résoudre à accepter l'évidence, Sarah nous avait largués les enfants et moi pour une idylle quelconque, au soleil ou ailleurs, avec un type qui lui rendait ses vingt ans et la faisait se sentir de nouveau « femme ». Ce jour-là, j'étais rentré à la maison abattu et les ongles réduits à rien, Manon dormait et Clément fixait l'écran de sa PlayStation portative d'un air à la fois vide et concentré. Mon beau-père, affalé sur le canapé, regardait la télé en piochant des pop-corn dans un grand saladier. J'avais laissé passer huit jours avant de le prévenir et de l'appeler à la rescousse. Je ne savais plus comment m'y prendre, j'étais censé remettre la première version d'un scénario pour la télé, le producteur trépignait depuis déjà un mois et menaçait de me jeter un coauteur dans les pattes et je passais ma vie au commissariat ou au téléphone, appelant un à un tous les hôpitaux de France et de Navarre, les cliniques psychiatriques, faisant le tour des connaissances les plus anciennes, les plus oubliées, les plus improbables. Manon ne cessait de pleurer et de réclamer sa mère, elle hurlait et s'étouffait, passait d'une crise de larmes à une crise d'asthme et refusait d'aller à l'école. Quant à Clément, il n'ouvrait pas la bouche et ne répondait plus à mes questions que par des hochements de tête absents et indéchiffrables.

J'avais eu un mal de chien à convaincre mon beau-père, il ne voyait pas la nécessité de s'arracher à son appartement, à la mer et au soleil de Saint-Raphaël, qu'il contemplait de sa terrasse, un Stetson ivoire vissé sur le crâne et un verre de gin à la main. Il vivait là-bas une retraite imbécile et paisible, tanné comme un vieux crocodile, une vie de célibataire en peignoir, avec vue sur le bleu intense, sorties à la voile, cigares et parties de bridge, pétanques à l'ombre des palmiers, cocktails au soleil couchant, au bras de Tropéziennes tirées à craquer, dans des cafés aux devantures éclairées de néons roses. Il ne s'habillait plus qu'en blanc, se nourrissait exclusivement de poisson grillé et affectait même d'avoir pris l'accent. Ce type m'avait toujours regardé de travers, il ne m'avait jamais aimé ni accordé la moindre confiance, et le départ de Sarah n'arrangeait rien. Il m'observait d'un œil torve et se demandait à voix haute ce que j'avais bien pu lui faire pour qu'elle s'en aille ainsi, sans prendre aucune affaire, ni vêtements ni brosse à dents. Quittant un bref instant l'écran des yeux, il m'avait interrogé d'un mouvement de tête. Je m'étais contenté de lui répéter ce que m'avait dit l'inspecteur et lui, de hausser les épaules. À ce qu'il lui semblait ce type avait sûrement raison, il paraissait connaître son affaire et plein de bon sens. Lui-même n'avait d'ailleurs jamais pensé autre chose et ne comprenait pas qu'on se mette, les enfants et moi, dans des états pareils, elle était libre après tout et il suffisait de partager notre vie un jour ou deux pour comprendre qu'elle ait choisi de prendre l'air. Sur ce, il avait enfourné dans sa bouche une énorme poignée de maïs soufflé, s'était recalé dans le canapé et replongé en bâillant dans l'intrigue de sa série policière. Je l'avais congédié le soir même en me maudissant de m'être adressé à lui. Qu'est-ce qui m'avait pris ? Je le détestais et Sarah elle-même le tenait pour un con doublé d'un égoïste. Le lendemain j'étais allé voir un médecin et je n'avais pas eu à le convaincre de quoi que ce soit. Mes yeux rougis, ma tension nerveuse et les larmes que je n'avais pas su retenir en lui exposant mon cas, tout plaidait en ma faveur. Il m'avait délivré un arrêt de travail. Ç'avait été le premier d'une longue série. Le dernier avait pris la forme d'une rupture de contrat pure et simple.

Alex s'est relevé et nous nous sommes dirigés vers la maison. Il m'a parlé des enfants, il les trouvait mieux, apaisés, le déménagement avait l'air de leur faire du bien. Je n'en étais pas si sûr mais sur le coup ça m'a rassuré d'entendre ça, un instant j'ai senti se poser sur moi l'ombre du répit. Des cris de joie sont montés du bar, je ne sais pas ce qu'ils trafiquaient là-dedans, s'ils regardaient le match ou autre chose, d'un soir à l'autre la clientèle changeait du tout au tout, la semaine c'étaient des types du port qui venaient pour le foot et les Guinness d'un litre, le week-end les étudiants affluaient et la musique jouait à fond, certains soirs on l'entendait jusque sur la jetée, une bouillie de sons désarticulés, ça dépendait du vent. La main sur la poignée de porte, Alex a émis un long soupir, visiblement il avait un truc à me dire mais hésitait à se lancer. Dans un souffle las il a fini par lâcher, Nadine voit un type. Je ne lui ai pas encore dit que je le savais.

Il a ouvert la porte et j'ai posé ma main sur son bras.

— Tu le connais ?

— Oui. Mais je ne vois pas tellement ce que ça change.

— Et… Qu'est-ce que tu comptes faire ?

— Qu'est-ce que tu veux que je fasse ? Je vais attendre que ça passe. Et l'aimer du mieux que je peux, comme j'ai toujours fait…

Dans le salon, en voyant Nadine au milieu des enfants endormis, j'ai pensé que lui et moi, on faisait la paire, j'ai pensé à l'inspecteur et je me suis dit qu'il se serait bien marré en nous voyant là. Nadine nous a souri avec toute la tendresse dont elle était capable et ce n'était pas rien. En caressant les cheveux de la petite elle a murmuré, Ce qu'ils sont mignons, et de nouveau ses yeux se sont embués.

— C'est la cigarette, elle a dit.

J'ai préféré ne pas lui faire remarquer que personne n'avait fumé dans la pièce.

Nous sommes rentrés et il était minuit passé. J'ai porté les enfants l'un après l'autre de la voiture jusqu'à leurs chambres. Je les ai déshabillés, leur ai passé un pyjama, j'ai posé mes lèvres sur leurs fronts. Parfois leur sommeil m'était une déchirure, un long hiver se posait alors sur la nuit, une gangue épaisse de silence et de solitude. Je suis redescendu dans le salon et j'ai grillé deux cigarettes en écoutant Will Oldham.

Did you know how much I loved you.
Is there a hope that somehow you
can save me from this darkness.

Je n'avais pas envie de dormir, ça ne servait à rien de me mettre au lit, je suis sorti et j'ai branché la lanterne dans la remise. Ça n'éclairait pas grand-chose mais ça suffisait pour décrypter un plan. Dans le jardin le vent s'était remis à souffler, ce n'était pas Ouessant mais ça vous glaçait quand même les os. J'ai commencé à assembler les poteaux du portique, j'ai dû forcer pour que les vis perforent le bois, j'avais les bras en coton. J'ai pensé que ça faisait des mois que je n'avais pas fait d'exercice. Dans le garage, le sac de sable et les gants rouges m'attendaient, il ne me restait qu'à le fixer au bois de la charpente, j'avais longuement hésité à le décrocher du garage de l'ancienne maison, ce truc me filait le bourdon, charriait trop d'images, Sarah passait la tête par la porte une clope aux lèvres, me regardait m'échiner un moment et faisait volte-face, me laissait contempler son dos et son cul s'éloignant, c'était l'été elle portait une jupe légère et un top à bretelles, il n'était pas rare que j'enlève les gants et que je la rejoigne sur le canapé du salon. Dans la poche de mon jean, mon téléphone a vibré. Il était une heure du matin, à part Tristan je ne voyais pas qui ça pouvait être. Il vivait depuis six mois au Japon, me savoir dans une telle merde ça l'avait fait hésiter un moment, il avait déposé sa demande quelques jours avant la disparition de Sarah. J'avais insisté pour qu'il parte, un an à Kyoto ça ne se refusait pas, un an sur le flanc des collines aux frais de la princesse ça n'arrivait qu'une fois dans une vie, et puis qu'est-ce que ça changeait quand ce n'était pas Kyoto c'était San Francisco Toronto Budapest, il y avait longtemps que nous avions pris cette habitude de nous parler dans la nuit l'oreille collée à l'appareil, il y avait longtemps que nous avions pris le pli de nous manquer. De loin en loin il se pointait à la maison, il prévenait quelques minutes avant et je le voyais apparaître au bout de la rue, tandis que son RER s'éloignait. Il ne restait jamais beaucoup plus d'une semaine, prenait possession de la cuisine et passait des heures à nous préparer des sushis de son invention, chacun de ses séjours à l'étranger semblait alimenter son imagination, inépuisable en la matière, inépuisable tout court, je lui avais toujours envié ça, en cuisine comme en littérature, en littérature comme dans la vie. Sarah l'accueillait toujours à bras ouverts, elle aimait ces moments, elle disait que ça m'allait bien sa présence, qu'avec lui dans les parages je gagnais en allant, en douceur, que je m'allégeais en quelque sorte. Je la soupçonnais d'en pincer un peu pour lui. Sa voix était lointaine et c'était normal au fond, il appelait d'un autre matin, d'un autre bout du monde. J'aimais l'écouter me raconter son bureau donnant sur les arbres, les nuits qui tombaient en plein après-midi, et plus tôt dans la saison le souffle des climatiseurs, la rumeur des cigales et l'air gorgé d'eau, la touffeur les fougères les bambous les érables, les cyprès l'argile et la mousse, les corbeaux et les oiseaux de proie, les sangliers et les singes. Tout paraissait si calme là-bas. Calme et retiré. J'aimais l'entendre me raconter sa routine, l'imaginer chaque matin quittant son refuge, les doigts noués dans ceux de celle qui l'accompagnait depuis presque un an maintenant. « Un chemin se perd parmi les arbres et les fleurs, les lanternes, les claquements de bec, les toiles d'araignées. Des parfums montent et nous saturent, de sucre et de pluie, de réglisse et de terre. Nous longeons des maisons étroites aux vitres opaques et tamisées de lumières dorées, leur odeur de bois mouillé au ras des façades. Tout le jour dans la ville fendue par la rivière, ses bancs de sable et ses tribus de hérons, ses nuées de chauves-souris, à peine moins haut que les buses nous dérivons. Les montagnes nous enserrent, les canaux nous guident et partout l'herbe gagne, les berges et les voies ferrées, les terrains vagues et les périphéries, le sable des squares laissés à eux-mêmes, au bas des immeubles, au pied des tubes de fer rouge et bleu, des enfants en uniforme, casquette vissée sur le crâne et batte au bout des doigts, sous le ciel gris et rosé. Au flanc des collines au creux des bouquets d'arbres serrés, piqués d'or de pourpre ou de sanguine, le long des jardins paisibles, des temples et des étangs, des vallées des torrents des rivières, nos pas brassent des feuilles et nous flottons, absents à nous-mêmes et lessivés, nets et reposés par la beauté qui seule toujours nous comble et nous sauve. Puis la nuit tombe et les enseignes nous attrapent, les néons s'allument et nous perdent à l'équerre, ruelles au cordeau où passent des ombres, des héroïnes de Murakami, détours des rues où l'on s'égare en un instant, où l'on pourrait disparaître. Des poteaux gris argent tombent des grappes de fils épais et noirs, ils zèbrent la rue et de toit en toit font un écheveau, des mikados sur nos cheveux. Puis nous remontons et dans la nuit profonde dressons des listes, des inventaires, mettons de l'ordre à nos notes de chevet, faisons le compte des choses oubliées, délaissées, de celles qui font battre le cœur ou se ronger les sangs. Alors le temps s'étire et dans le noir et la rumeur nocturne, pluvieuse et animale, nous nous laissons glisser dans le sommeil.» C'étaient les derniers mots que j'avais reçus de lui, ça faisait plus d'un mois maintenant. Nous avons bavardé une bonne heure, lui face à sa colline et moi devant l'établi, une planche de bois verticale où des clous servaient d'attaches aux tournevis et aux pinces, aux paquets d'écrous et aux clés anglaises. Des araignées aux pattes immenses y circulaient en slalomant. La conversation a glissé sans heurt d'un sujet à l'autre, j'ai fait le tour du jardin plusieurs fois, arrachant ici une mauvaise herbe, me griffant les mains dans un buisson. Dans le ciel en lambeaux brillait une lune très blanche et presque pleine. J'ai raccroché à mi-chemin entre ici et là-bas, entre la côte déchiquetée où se jouait de nouveau ma vie et les nuées d'érables, les temples déserts, les sanctuaires aux pierres alignées où se jouerait la sienne pour quelques semaines encore. Je me suis remis au boulot, le sommeil gagnait et le froid m'avait engourdi pieds et bras. Quand tout m'a semblé tenir à peu près j'ai redressé l'ensemble, ça pesait dix ânes morts et branlait un peu, j'ai tout resserré à l'aveugle, de temps à autre un nuage rendait à la nuit son obscurité naturelle. Il n'était pas loin de trois heures du matin quand j'ai entrepris de couler du ciment dans les quatre trous creusés à la bêche. J'ai plongé les sardines dans le liquide épais. Après ça il ne restait plus qu'à monter le toboggan. Le bois résistait et j'ai eu beau appuyer, il n'a rien voulu savoir. Je me suis dirigé vers la remise, je me suis pris les pieds dans les barreaux de l'échelle, six putains de petits cylindres d'acier peints en vert qui ont fait un boucan terrible. J'ai mangé la terre, un goût fade de bois mort et d'eau pâteuse. La perceuse faisait plus de bruit qu'un moteur d'hydravion mais ça s'enfonçait dans le pin comme dans du beurre. J'ai percé huit trous et quand le foret a eu fini de tourner sur lui-même comme une toupie démente, j'ai senti une présence dans mon dos. Je me suis retourné. Minuscule et frigorifié dans son pyjama trop fin, Spiderman lançant sa toile depuis son torse maigre, Clément m'observait en se frottant les yeux.

– Qu'est-ce que tu fais là? Je t'ai réveillé?

– Non. Je ne dormais pas. J'ai entendu du bruit c'est tout.

J'ai préféré ne pas poser de question sur ce qui pouvait bien le tenir éveillé comme ça en pleine nuit. Je me suis approché de lui et je lui ai frotté le dos pour le réchauffer.

– Et Manon?

– Elle dort.

– Il faut que tu retournes te coucher, Clément, demain y a école et...

– Tu crois qu'elle est morte, maman?

J'ai senti mes jambes se dissoudre. Clément me fixait de ses grands yeux vibrants, c'était la première fois qu'il abordait la question et il attendait une réponse. Je ne voyais aucun moyen de me défausser, de m'en sortir proprement. Je l'ai pris par la main et on s'est assis dans l'herbe. J'ai senti l'humidité me geler les fesses et tremper mes cuisses. Par-dessus le mur, la voisine avait allumé sa lampe dans le salon. D'où j'étais je ne pouvais pas la voir mais je l'imaginais les yeux rivés au ciel, le front collé à la vitre et son bol de tisane posé sur la table à refroidir, une cigarette entre les doigts de la main droite, presque transparente dans la clarté lunaire. Clément regardait par terre et dans le ciel laiteux un goéland s'est mis à gueuler, d'habitude on ne les entendait jamais la nuit, je m'étais toujours demandé ce qu'ils pouvaient bien faire une fois le soleil couché, s'ils dormaient ou quoi, s'ils se retrouvaient sur un îlot ou dans les falaises pour passer la nuit serrés les uns contre les autres.

—Et toi, mon chéri, tu crois quoi?

—Je crois qu'elle est morte.

—Pourquoi tu dis ça?

—Parce que sinon c'est pas possible. Elle ne nous aurait pas laissés comme ça tous les trois. On s'aimait trop tous les quatre, hein, papa?

Les larmes me montaient dans la gorge et mouillaient mes yeux. J'ai attiré le gamin contre moi et je l'ai serré, ça faisait des mois que je l'avais pas senti aussi proche, aussi présent, et pourtant je le serrais fort comme s'il allait s'envoler, comme si ça pouvait changer quelque chose, le consoler de quoi que ce soit.

—Allez viens mon chéri, ai-je fait. On va se coucher.

Il a hoché la tête et on est montés dans ma chambre. L'air chaud de la maison nous a enveloppés et mes pieds se sont décongelés d'un seul coup. Pendant que Clément se glissait sous les draps, je suis allé chercher Manon, elle avait repoussé sa couette et sa chemise de nuit remontait jusque sous ses bras, la laissant tout à fait nue, j'avais beau insister elle refusait les pyjamas et s'entêtait à porter ça été comme hiver, le tissu n'était pas plus épais qu'un mouchoir. Je l'ai portée jusqu'au lit et je me suis allongé entre eux. Elle a grogné puis s'est collée contre moi. Clément a posé sa tête sur mon bras qu'il a rabattu en écharpe. Il s'est assoupi en quelques secondes. Manon ronflait. Je suis resté toute la nuit comme ça, au milieu des enfants et les yeux ouverts dans le noir. Les mots du petit me tournaient dans la cervelle, l'aplomb avec lequel il avait prononcé ces paroles, moi-même je ne l'avais jamais vraiment eu, je n'avais même jamais souhaité l'avoir. Penser sérieusement à la mort de Sarah m'était tout simplement insupportable, le jour j'essayais de me contrôler mais les rêves se chargeaient de m'abattre, j'y menais tous les raisonnements possibles, épuisais les hypothèses, et puisqu'elle n'avait pu nous quitter ni périr dans un accident (on l'aurait retrouvée, au bout d'un moment on aurait fini par la retrouver), les comptais sur les doigts d'une seule main : séquestration, mort violente, dans le cru de la nuit je ne voyais rien à quoi m'accrocher, une sueur glacée me coulait dans le dos tandis qu'à l'écran des paupières closes défilaient strangulations, viol, caves humides et noires, plaies, couteaux et bleus, chaque fois le visage de Sarah m'apparaissait dans toute sa terreur, défiguré par la douleur, je me levais pour vomir, toutes mes tripes y passaient, après ça je filais sous la douche et descendais au salon, avalais des litres de café et priais pour ne plus jamais m'endormir.

J'ai tout de suite repéré la bagnole de flics garée devant l'école. Les parents s'étaient regroupés près des grilles et encerclaient la directrice, une femme sèche aux cheveux courts et à la voix étrangement grave. Clément s'est dirigé vers sa classe, encore ensuqué de sommeil, bâillant à s'en décrocher la mâchoire. Le jour n'était pas tout à fait levé et je l'ai regardé s'éloigner en me demandant pourquoi on infligeait des trucs pareils aux gamins. Manon me serrait la main comme si elle craignait un danger quelconque, elle n'avait pas tort, tous les regards convergeaient vers nous et la directrice nous a désignés du menton à un type en blouson de cuir, un peu fort, moustachu et dégarni. Il a hoché la tête et s'est avancé vers moi, son visage était rougi par le froid et sur sa chemise, une tache qu'on devinait de café formait un petit ballon de rugby. Il m'a tendu une main potelée avant de se présenter, José Combe, inspecteur divisionnaire, il avait quelques questions à me poser.

– À quel sujet ? ai-je demandé.

– La disparition.

Mon sang s'est fait la malle, je devais être livide. J'ai cherché quelque chose à quoi m'accrocher, je n'ai trouvé que Manon, il y avait si longtemps maintenant qu'elle et son frère me tenaient debout. J'ai regardé Combe et tout cela n'avait pas le moindre sens, pourquoi venait-il à l'école pour me parler de Sarah ? Il a sorti un mouchoir et se l'est passé sur le front, comment il pouvait suer par un temps pareil c'était un mystère, le ciel était d'un bleu coupant et sur le pare-brise des voitures le givre n'avait pas encore fondu.

—La disparition du gamin, a-t-il précisé. Le petit Thomas Lacroix, il a disparu hier à seize heures trente. Vous êtes venu chercher votre fille, hier à seize heures trente, n'est-ce pas ?

J'ai hoché la tête et tous mes nerfs se sont relâchés d'un coup, dans mes veines le trafic a repris de plus belle. Je savais où il voulait en venir mais j'étais soulagé, le déménageur avait dû embarquer son fils, c'était prévisible, inévitable, il n'allait pas se contenter de lui faire la causette assis sur un banc et de le regarder faire des miettes avec son pain au chocolat.

—Vous n'avez rien remarqué, des fois ?

—Non.

—Vous n'avez pas vu un gamin sortir seul de l'école.

—Non. Pourquoi, vous n'avez aucune idée de l'endroit où il peut être ?

—Non. Aucune pour le moment. La dernière fois qu'on l'a vu, il était dans la cour, il devait rentrer en classe pour l'étude, sa mère devait venir le chercher vers dix-huit heures, mais hop, il s'est évaporé…

J'ai pris une mine atterrée, la plus horrifiée possible, Manon me regardait avec des yeux inquiets et ce n'était pas bon pour elle d'entendre ce genre de truc. J'ai salué l'inspecteur, il a quand même voulu noter mon numéro de téléphone et mon adresse, au cas où.

Dans la classe au milieu des odeurs de colle et de feutres, de peinture et de papier, la plupart des enfants s'affairaient déjà : les garçons malaxaient des boules de pâte à modeler et les filles jouaient sagement à la marchande, s'échangeaient des tonnes de fruits et des monceaux de légumes en attendant que le cours commence. On était les derniers et Mme Désiles nous a jeté un regard noir, pas six jours qu'on était là et elle nous avait déjà dans le nez, je l'ai saluée avec toute la politesse nécessaire. Elle a fourré la petite devant un coloriage, seule à sa table en fleur Manon s'est mise à fouiller du bout des doigts parmi les feutres puis elle a fixé son dessin sans rien faire, Mickey, Minnie et Pluto sur des skis ça n'avait pas l'air de la convaincre.

— Ça ne te plaît pas ?

— Pas trop, non.

— Ah bon ? Tu n'aimes pas Mickey ?

— Ben non.

Désiles a lâché un soupir agacé, elle paraissait au bord de l'implosion, visiblement il lui en fallait peu. Dans sa partie il me semblait pourtant que l'essentiel était de savoir garder son calme. Elle nous a plantés là et s'est tournée vers le fond de la classe, deux petits blonds s'y disputaient un camion de pompiers flambant neuf, un engin terrible en ferraille rouge, avec des tas de tuyaux d'arrosage et une grande échelle. Chacun tirait un bout. Ça a fini de la mettre hors d'elle, elle a traversé la pièce comme une furie et s'est mise à crier, j'ai pensé à un ours. Même moi j'ai sursauté. Pourtant je n'avais encore rien vu. La manière dont elle a attrapé le gamin par le bras, l'a traîné jusqu'à une chaise et l'a forcé à s'asseoir en le menaçant de lui en mettre une, je n'en suis toujours pas revenu. Le gosse était en larmes et à sa place je crois que j'aurais fait pareil, il reniflait et braillait à s'en brûler la gorge. Tous les autres gamins regardaient leurs chaussures et attendaient que ça passe, apparemment ils avaient l'habitude. Manon, non. Elle s'est pelotonnée contre moi.

— Pourquoi elle est méchante, la maîtresse ? elle m'a demandé.

— Je ne sais pas. Elle doit être très malheureuse, c'est sûrement pour ça.

—Comme la sorcière dans *Kirikou*?

—C'est ça, comme Karaba, j'ai fait.

Je me suis relevé et la mère Désiles me regardait d'un air outré, sous ses cheveux tirés en arrière et retenus pas son affreux serre-tête argenté ses yeux m'envoyaient des éclairs. J'avais dû parler trop fort.

—Je suis désolé. La petite ne supporte pas les gestes violents. Ni qu'on élève la voix. Elle vit des moments difficiles… ai-je dit pour tenter d'apaiser les choses.

Ça n'a pas paru l'amadouer, elle s'est contentée de hausser les épaules et de me tourner le dos en sifflant que si tout le monde élevait ses enfants comme je le faisais, fallait pas s'étonner que tout parte à vau-l'eau. J'ai préféré ne pas m'abaisser à lui répondre, il valait mieux que je m'en aille avant de m'énerver. J'ai embrassé Manon une bonne quinzaine de fois.

—Je ne veux pas que tu t'en ailles, elle a gémi.

—Mais je ne pars pas vraiment, tu sais. Même quand je m'en vais je suis encore près de toi, tu sais bien. Je te protège par mes pensées.

—C'est grâce à ta magie? elle a demandé.

—C'est ça, oui. C'est grâce à ma magie.

Elle m'a embrassé à son tour, confiante et rassurée, ça me fendait le cœur en quatre de la laisser là, alors que la balançoire était prête, qu'il faisait beau et qu'on aurait pu passer la journée dans le jardin ou sur la plage, à bâtir des châteaux invraisemblables pour ses princesses, à faire voler son cerf-volant ou à se balancer tranquilles, emmitouflés dans nos manteaux.

Je suis arrivé en avance pour une fois. Alex était déjà sur les routes, il donnait sa première leçon du jour. Je n'avais aucun mal à l'imaginer dans ce rôle. Avec moi il s'était toujours comporté d'une manière professorale, celle d'un aîné trimballant son encombrant cadet, le supportant avec un mélange de tendresse et d'exaspération, de bienveillance et de lassitude. Nadine m'a offert un café, elle souriait par-dessus la boisson fumante. Elle était d'une beauté discrète et douce, je n'y avais jamais prêté attention, Sarah me mangeait tellement les yeux et le cœur, mais tout à coup, ça m'a sauté au visage. Je me suis brûlé la langue.

– Vous êtes bien rentrés hier ?

– Ça a été.

– T'as une de ces mines. T'as pas dormi ?

– Pas trop.

– Tu prends pas de médocs ?

– Non. J'en ai trop pris, ça ne me fait plus rien.

Nadine s'est levée en tirant sur sa jupe, la couture de son collant a disparu sous le tissu brun, ça m'a presque déçu. Elle m'a tendu ma fiche de route.

– T'es au courant pour le gamin qui a disparu ?

– Putain les nouvelles vont vite ici.

– Eh oui.

– J'avais oublié.

Par la vitre j'ai aperçu mon premier élève, un type qu'on obligeait à repasser l'examen pour des raisons obscures, il avait décroché son permis vingt ans plus tôt et conduisait comme vous et moi, suffisamment bien en tout cas pour faire l'économie des leçons qu'on lui infligeait. Du moins en théorie. Parce qu'à la vérité, s'il avait dû passer son examen le jour même, sûr qu'on l'aurait recalé aussi sec. Pour le principe évidemment, la viabilité économique du secteur bien sûr, mais aussi pour toute une série d'erreurs et de manquements à des critères insondables dont seuls les examinateurs semblaient mesurer l'importance et comprendre la nécessité. C'était le genre de client à qui je n'avais rien à apprendre, et j'aurais préféré qu'Alex s'en charge. La veille, nous avions roulé une heure et demie au milieu des champs, puis nous avions pris la voie express jusqu'au barrage, au ralenti nous nous étions tenus sur le fil de bitume au milieu des eaux turquoise, à gauche des vallons tombaient dans l'eau avec une douceur insensée, les bleus se mêlaient aux verts tendres, aux jaunes mordorés sans aucune anicroche, tout cela semblait réglé depuis des siècles, peint au cordeau. À droite, la tour se dressait comme un dernier signal avant la baie, l'horizon était net et frais, et les îlots les sommets d'une chaîne montagneuse et sous-marine aux détours compliqués. On avait parlé de tout et de rien et je n'avais relevé qu'une ou deux fautes bénignes : une sortie de rond-point sans clignotant et un stop passé sans temps d'arrêt alors qu'aucun véhicule ne se présentait. Il m'a fait signe et je lui ai répondu que j'arrivais. Il s'est allumé une clope en attendant. Nadine s'est servie une autre tasse de café, il était neuf heures et dans une demi-heure débuterait la première leçon de code, elle avait tout juste le temps de vider sa première cafetière et d'en préparer une autre.

— Ça va avec Alex ?

Elle m'a regardé étonnée, elle me connaissait assez bien pour savoir que ce n'était pas dans mes habitudes de poser ce type de question, Alex et moi on était faits du même bois, toujours à fuir les gouffres intimes, les confessions sentimentales, toujours à lire entre les lignes, à nous livrer à demi-mot, entre deux silences, toujours à écarter les questions, à les enterrer, les ensevelir, comme si se parler était une chose dangereuse, comme si parler du cœur de nos vies pouvait nous blesser et nous rendre plus friables encore.

— Pourquoi tu me demandes ça ?

— Comme ça. Pour savoir. Si vous allez bien. Tous les deux.

— On a l'air d'aller mal ?

– Je ne sais pas. Des fois j'ai l'impression que tu manques d'air…

– Comme tout le monde, Paul, comme tout le monde. C'est tout. Alex et moi on est ensemble depuis vingt ans tu sais. Les années passent, et c'est toujours pareil, ça use et ça soude en même temps, on y peut rien. Alex t'a dit quelque chose ?

– Il y a quelque chose qu'il aurait pu me dire ?

– Non. Rien que je sache. Allez, sauve-toi. Ton client s'impatiente.

J'ai pris place sur le siège passager et nous avons filé vers l'est. Le soleil achevait de se lever et nous roulions vers le rouge et des lambeaux de vieux rose, c'était la seule logique de notre itinéraire, rouler droit vers le ciel embrasé. Bréhel pestait contre l'état du monde, on avait perdu le contrôle, disait-il, plus personne n'avait prise sur rien, ça marchait sur la tête. Pour l'essentiel, j'étais d'accord avec lui, même si je ne voyais pas trop ce qu'on pouvait y faire, même s'il me paraissait clair qu'on descendait la pente et que freiner des quatre pieds était dérisoire, tout s'était emballé et plus personne n'y pouvait rien, l'économie était une roue libre qui nous broyait et finirait par nous exploser à la gueule. La créature qui se retourne contre son créateur et l'anéantit.

– Pourquoi on vous a retiré votre permis ?

Bréhel s'est rembruni et son visage a rétréci d'un coup, tous muscles contractés et les yeux soudain profonds dans leur orbite, il tentait de rentrer à l'intérieur de lui-même, de se retourner comme un gant. Il a grillé deux priorités et on a failli se prendre un camion, j'aurais bien vu ma vie défiler histoire d'y croiser Sarah mais mon heure n'était pas venue il faut croire, j'ai gardé longtemps le bruit du klaxon au creux des oreilles. Il s'est mis à parler comme on ouvre les vannes, c'était la nuit il n'était pas saoul mais bien gris quand même, suffisamment pour être en infraction, il avait fauché ce pauvre gamin sur son vélo, il était minuit passé et il roulait sans lumière, qu'est-ce que foutait un gamin de neuf ans la nuit sur un vélo sans lumière il me le demandait, qu'est-ce qu'ils branlaient les parents des fois bon Dieu.

—J'ai failli le flinguer vous comprenez. J'aurais pu le tuer. Il n'a rien eu. Des égratignures, un doigt cassé, rien de sérieux, ç'a été un putain de miracle. Son vélo était plié en deux, on l'a laissé dans le fossé et je l'ai ramené chez lui. Il était choqué c'est sûr. Mais il était gentil et doux avec moi, il n'avait pas l'air de m'en vouloir ni d'avoir peur. Je suis arrivé chez les parents et ils étaient fous, le père m'a traîné au poste et je me suis laissé faire, j'ai tout raconté sans mentir, j'ai soufflé dans le ballon bien gentiment. J'étais cuit. Ils ont porté plainte et on m'a retiré mon permis. J'ai perdu mon job dans la foulée.

—Vous faisiez quoi?

—Représentant.

—En quoi?

—En chaussettes. Représentant en chaussettes. Je fais tout le grand ouest. Enfin… je faisais. Pourquoi vous vous marrez?

—Pour rien. Je sais pas. Les chaussettes…

—Ben quoi? Vous en portez pas vous des chaussettes?

Je l'ai déposé devant chez lui, il louait un mobil-home sur la presqu'île, à cette saison le camping était tout à fait mort et la dune vouée aux oyats. Tout autour, la terre et le sable s'adossaient à la mer, plantés d'arbres tordus par le vent. Au sommet de la falaise, une ruine se laissait trouer par le ciel. Le cul sur la plage et les caravanes dans le dos, on pouvait se croire à la lisière du monde.

—C'est flippant, mais j'aime bien. La nuit vous verriez ça, c'est tellement noir et silencieux que parfois, je sors pour vérifier que la mer n'a pas tout englouti. Et puis j'ai qu'à traverser les dunes pour être sur la plage. Et ces temps-ci à part regarder les oiseaux qui nichent sur l'île en face, je n'ai pas grand-chose à faire. Ils sont des centaines sur ce truc, c'est incroyable, ils passent leur temps à dormir, vous savez, avec la tête planquée sous l'aile comme les canards. Le week-end les gens viennent se promener, les gamins jouent au ballon, au cerf-volant, je vois du monde, ça me distrait. C'est juste en attendant, hein. Ma femme m'a mis dehors et avec le chômage, de toute façon, je n'ai pas assez pour me payer autre chose...

Je l'ai regardé s'éloigner au milieu des mobil-homes. Certains étaient dotés de terrasses en pin cernées de clôtures, d'autres dotés de jardinets où grelottaient des bacs à géraniums. Le sien était un modèle simple et sans fioritures, blanc et bleu, muni d'un petit auvent de plexiglas sous lequel une vieille chauffeuse en mousse prenait le frais et l'humidité. Il devait être le seul locataire là-dedans et pendant une seconde je l'ai envié, je me suis imaginé là, seul dans la nuit presque insulaire, au creux de mon abri fragile, mon ébauche de maison, assailli par les marées, les oiseaux, la pluie, le silence et les bourrasques.

Devant l'immeuble, il n'y avait personne. Des piaillements d'enfants me parvenaient jusque dans l'habitacle, les jours de maladie c'était toujours étrange d'entendre les copains depuis mon lit. L'école primaire se dressait toute proche et juste à côté le collège et le lycée Paul-Eluard, des bâtiments gris qui encadraient une cour poussiéreuse, plantée de cages de handball et de paniers de basket aux filets miteux. J'y avais traîné pas mal d'ennui et de mauvaise volonté. J'ai attendu un moment les yeux rivés sur les balcons piqués d'antennes, des tables et des chaises de jardin s'y ennuyaient de n'avoir jamais servi. J'ai fini par sonner chez elle. Les couloirs puaient la soupe et le chou-fleur, les légumes bouillis et le détergent industriel. Exactement comme avant. Comme depuis toujours. Son appartement c'était celui de Caroline, bâtiment B troisième étage porte douze, c'était si étrange de me retrouver là, à une époque cette adresse avait tout d'une formule magique, je me la répétais la nuit la main sur le cœur. Un instant j'ai eu l'impression que Caroline allait m'ouvrir, le doigt sur la bouche pour m'intimer le silence, sa mère était là et elle faisait sa sieste, elle enfilait un manteau et nous dévalions l'escalier. Ou bien elle me laissait entrer et nous faisions nos devoirs ensemble, trempant des morceaux de quatre-quarts industriel dans un verre de Sprite et la télévision branchée sur les clips, assis près d'elle je goûtais chaque seconde, un peu tremblant très emprunté, terriblement sentimental et amouraché, le ventre noué et plein d'adoration. Un type m'a ouvert en se grattant le ventre, des favoris encerclaient la masse de son visage, deux steaks rougeauds à la place des joues. Des poils bouclés sortaient du col de son tee-shirt noir, dessus on reconnaissait Johnny Hallyday perlé de sueur et hurlant. Une inscription en lettres de feu clamait, Quoi ma gueule? L'ensemble, quoique grotesque, incitait à la prudence.

– C'est pour quoi?

– Je cherche Justine. Pour sa leçon.

– Sa leçon de quoi?

– D'auto-école.

– Ah ouais. C'est vous le type qui lui apprenez à conduire.

– C'est ça.

– Et vous pensez que c'est en l'emmenant à l'hôtel que vous allez lui apprendre.

J'ai encaissé le coup, je connaissais ce genre de type, mieux valait s'écraser. Dans son dos, on devinait l'appartement, une enfilade de pièces sinistres et en désordre, d'où provenait un air vicié et chargé de bière, de sueur et de friture.

– Enfin vous faites ce que vous voulez avec elle. Mais méfiez-vous, c'est une petite salope, elle enfume tout le monde, on ne peut pas lui faire confiance.

Il m'a regardé avec un sourire gras et entendu, ça ne servait à rien de discuter, je lui ai demandé si elle était là et il m'a répondu que non, elle n'était pas rentrée depuis deux jours mais il s'en foutait, elle pouvait bien traîner son petit cul où bon lui semblait. Il a refermé la porte sans un mot et j'ai regagné la voiture avec un sentiment lourd, imaginer Justine dans le même appartement que ce type avait tout pour vous faire frémir de dégoût. Avant de démarrer, j'ai scruté une dernière fois les environs, une partie de moi espérait la voir déboucher d'une rue voisine mais elle n'est jamais venue. Une autre, bien plus ancienne, attendait Caroline, ses cheveux noirs son visage trop pâle ses yeux piscine, enfouie dans ses écharpes à franges et des bouteilles d'alcool miniatures plein les poches, elle les chipait dans l'épicerie de son père, tous les dimanches après-midi elle tenait la caisse contre un billet de cinquante francs. On faisait des détours inutiles pour aller en cours, on poussait jusqu'à la digue en tirant sur nos joints, on finissait toujours par arriver en retard et la prof nous envoyait en permanence ou chez le conseiller d'éducation, un type louche à la face de lézard et aux costumes sales qui nous regardait d'un drôle d'air et avait fini les menottes aux poignets. On marchait reliés par le fil des écouteurs, un pour chacun déversant des chansons sucrées qu'elle aimait et que je n'aimais qu'auprès d'elle, nos manteaux se frôlaient et on buvait face à la mer, aujourd'hui encore j'ignore pourquoi je n'ai pas posé ma main sur la sienne, une fois au moins pour voir. Certains jours on gagnait la vieille ville, les pavés luisaient sous la bruine, elle versait dix centilitres de rhum de calvados ou de whisky dans son café. Face au château dans le matin déserté, je l'écoutais me parler de Jean-Marc Benoît

Christophe ou bien Yann, ça changeait tout le temps toute la classe y passait, toute la classe sauf moi. Souvent elle était triste et j'ignorais pourquoi, les yeux brillants elle se taisait et mordait la peau de ses phalanges, au goulot elle prenait une gorgée d'alcool et ça passait. Je n'ai jamais compris ce qu'elle me trouvait, ni pourquoi elle me tolérait dans ses parages, elle aimait ma présence auprès d'elle, elle aimait que je l'écoute, elle n'avait personne à part moi, personne à qui faire confiance, c'est ce qu'elle me disait alors. Elle m'appelait son petit frère et ça m'allait, je ne cherchais pas plus loin, elle m'entraînait dans son sillage, c'est tout ce qui comptait.

La nuit était tombée depuis moins d'une heure, le garage virait au congélateur mais j'étais brûlant, je dégoulinais de partout. Ça faisait bien une heure que je cognais dans le sac, mes bras ne répondaient plus à rien, je ne les sentais plus qu'à peine, ils étaient quasi liquides et les impacts se répandaient jusqu'aux épaules. Dans la pièce d'à côté, Manon avait sorti ses puzzles et tentait de réunir Blanche-Neige et ses sept nains, Marie, Toulouse et Berlioz, et pas moins de cent un dalmatiens. J'ai tenu une dizaine de minutes encore, sous le cuir le sable s'était changé en béton. J'ai enlevé les gants et je suis allé prendre une douche. Au passage j'ai jeté un œil aux enfants, la petite s'en sortait comme un chef, la filmographie complète de Walt Disney recouvrait les tapis du salon ; bien sagement assis à son bureau, Clément feuilletait le *Grand Livre des arbres*. Il pouvait rester des heures plongé dans ce bouquin, passant d'une espèce à l'autre au gré des continents. J'ai posé ma main sur son épaule, mon menton sur ses cheveux et on a fait un bout de chemin ensemble, les bords de mer succédaient aux montagnes, le sable orange aux terres brunes, les champs de fleurs aux forêts sombres. Chaque page était consacrée à un arbre et tentait d'en saisir la nature profonde, l'archétype et la sublimation, par moments la lumière s'insinuait si profond dans les rameaux, s'accrochait si fort au moindre bout d'écorce, qu'on aurait pu entendre le bois craquer sous l'orage, les feuilles frissonner dans le vent. Clément contemplait ça silencieux, sa respiration calme et régulière envahissait l'espace. J'ai embrassé ses cheveux et je me suis détaché de sa tiédeur, la lampe éclairait son visage lisse, ses lèvres closes, ses mains fines aux doigts de fille. Qu'est-ce qui pouvait bien se tramer sous son crâne? Que pouvaient bien recouvrir le silence et le calme absolus, l'impassibilité soumise, l'acceptation de toutes choses, qu'il arborait depuis la disparition de sa mère? Je me souvenais d'un enfant curieux et rieur qui courait partout, parlait tout le temps, s'étonnait pour un rien, s'exclamait à tout bout de champ, pour une coccinelle ou un avion dans le ciel, la forme d'un nuage ou les péripéties d'un livre, nous enlaçait sa mère et moi et collait son visage aux nôtres avant de lâcher dans un grand soupir de contentement et de bonheur sans faille, La vie est belle, je me souvenais de tout ça mais c'était si loin désormais, c'en était presque inconcevable. Je l'ai laissé à ses érables, ses oliviers, ses pins maritimes et j'ai filé jusqu'à la salle de bains. Dans le miroir j'ai eu l'impression d'avoir pris encore vingt ans, j'ai examiné ma bouche et le dentiste n'y était pas allé de main morte, après trois nuits blanches j'avais fini par céder, il avait arraché deux prémolaires pour commencer, selon lui il n'y avait pas d'alternative. C'était un homme amical au physique de demi de mêlée, qui ne lâchait jamais du regard son ordinateur où des graphiques et des tableaux de chiffres l'informaient en temps réel de la force des vents et des états du ciel. À tout moment, il se réservait le droit d'annuler une paire de rendez-vous pour se précipiter sur la plage, enfiler sa combinaison, se jucher sur sa planche et se laisser traîner sur des kilomètres par une voile de dix mètres de large gonflée à craquer. Juste avant de m'enlever ma seconde prémolaire, pendant que prenait l'anesthésie, il m'en avait montré le tout dernier modèle, il comptait bien se le payer prochainement, d'ailleurs le chantier qui s'annonçait aux quatre coins de mes mâchoires devait amplement suffire à financer l'affaire. Rien qu'à le contempler sur l'écran, tandis que ma joue droite et mon palais s'engourdissaient, j'avais vu ses yeux s'allumer.

J'ai eu un mal de chien à retirer mon tee-shirt, tout ce qu'il me restait de muscles avait pris feu, sous ma peau c'était le grand incendie. Je venais à peine de poser mon pied droit dans la baignoire quand ça s'est mis à sonner. J'ai dévalé les escaliers en me rhabillant, Manon avait l'air vaguement inquiète, elle m'a demandé, C'est qui?, je n'en savais rien, dans ce genre de situation il n'était pas rare que le visage de Sarah m'apparaisse, après plus d'un an j'en étais toujours là, par surprise un espoir absurde me reprenait, et je ne pouvais m'empêcher d'être déçu quand bien sûr ce n'était pas elle mais n'importe qui d'autre, le facteur, la voisine ou mon frère. J'ai ouvert et José Combe se protégeait de la pluie à l'aide d'une mallette en cuir. Je n'ai pas eu besoin de sortir pour vérifier que ça tombait par pelletées de glaçons minuscules, quand vous preniez ça de face ça vous sautait à la figure, une volée d'aiguilles en pleine gueule. Il a décliné son identité comme si en deux jours j'avais pu l'oublier, comme si depuis sa disparition on parlait d'autre chose que du petit Thomas Lacroix.

— Oui oui, je me souviens. Entrez, entrez, ne restez pas comme ça sous la pluie, ai-je dit en lui secouant la main.

Il a esquissé un sourire et s'est essuyé les pieds sur le paillasson. Pendant qu'il retirait son manteau trempé, son regard s'est promené sur le salon, les meubles rares et Manon au milieu du tapis.

— Ma fille... Asseyez-vous où vous voulez. Je vous sers quelque chose? Un whisky ça vous va?

Il s'est laissé tomber sur la peau usée du fauteuil indonésien. La petite a pris ses jambes à son cou, de la cuisine je l'ai entendue monter les marches quatre à quatre et se réfugier dans la chambre de son frère. Je suis retourné voir mon inspecteur, vieux morse échoué il se frottait les yeux en respirant fort, je lui ai tendu un verre de Jack Daniel's qu'il a attrapé d'un geste lent, toute sa personne semblait avoir été conçue pour illustrer la notion d'épuisement. J'ai détaillé son visage un peu gras, sa peau luisante et trouée par endroits, je n'avais jamais vu de cernes aussi noirs, aussi larges, aussi profonds. Sa texture de pâte à modeler vous donnait irrémédiablement envie de le malaxer et de remettre les choses à leur juste place. Je me suis installé en face de lui, il n'avait pas l'air spécialement pressé d'en venir au fait, il se contentait de tremper ses lèvres dans son whisky et d'en avaler des lampées de chaton.

— Je m'excuse, ai-je dit en lui désignant mon tee-shirt et mon bas de survêtement. Je ne suis pas très présentable. Je m'entraînais.

— Quel sport ?

— Boxe. Au sac.

Il a reposé son verre, un éclair de vie a traversé sa face inex-pressive et lasse. Ses traits se sont soudainement resserrés, et son visage s'est mis à ressembler à quelque chose.

— Ah, la boxe, il a fait. Très bien… J'ai une fille qui boxe. Vous allez aux combats de temps en temps ?

— J'y allais. Mais là, ça fait longtemps…

— Je vous y emmènerai, il y a des belles choses à voir dans les semaines qui viennent.

Je n'ai pas su quoi répondre, je n'avais pas échangé plus de trois phrases avec lui et voilà qu'il s'imaginait m'emmener à un gala de boxe. J'ai regardé l'heure. Il serait bientôt temps de mettre les enfants au bain et de préparer le repas, dehors la pluie redoublait et recouvrait tout d'une mince pellicule de verglas, ça promettait des leçons agitées, déjà le matin même Élise avait joué les pati-neuses dans un virage, j'avais rattrapé le coup au dernier moment et elle avait paru soudain tout à fait découragée. On avait fini la séance au chaud dans son salon, elle m'avait montré les toiles de son mari, de grands à-plats bleus ou verts lézardés de blanc, il s'y était remis sur le tard mais quand ils s'étaient connus quarante ans plus tôt c'était bien ça qu'il rêvait de faire, à l'époque il semblait si déterminé, elle n'aurait jamais cru qu'il ferait sa vie dans les affaires, une vie menée à contrecœur et dans le regret c'est ainsi qu'elle voyait les choses, alors quand il avait repris ses pinceaux elle l'avait encouragé, même s'il s'enfermait du matin jusqu'au soir dans son atelier, même si les odeurs de peinture et de térébenthine lui collaient des migraines atroces, même si depuis le départ de la dernière l'ennui avait tout recouvert et que le temps s'était mis à s'étirer jusqu'aux limites du supportable.

Un silence pesant enrobait le salon, José Combe sirotait son alcool en regardant autour de lui, de temps à autre il lâchait un soupir, on aurait dit qu'il n'avait pas la moindre idée de ce qu'il faisait là. J'ai fini par le questionner sur les raisons de sa visite mais c'était juste pour la forme, je savais ce qu'il allait me dire et ça n'a pas manqué, les soupçons s'étaient immédiatement portés sur le père, un type pas très clair qui avait eu affaire à la justice, des histoires de drogue un trafic d'antiquités des cambriolages, il avait passé six mois à l'ombre et à sa sortie on lui avait sucré son droit de visite, depuis il faisait le déménageur, enfin jusqu'il y a peu, la dernière fois qu'il avait donné signe de vie à son patron c'était ici même et depuis plus rien, il venait d'en finir avec cette maison et pfuit envolé disparu évaporé… Après ça on m'avait vu lui parler à la sortie de l'école et puis plus de nouvelles. J'ai réagi du mieux que j'ai pu, je me suis composé la tête du type impavide, je n'ai rien nié mais rien confirmé non plus. Visiblement il n'en attendait pas moins. Je n'avais aucune raison de lui mentir mais je ne voyais pas la nécessité de lui apprendre ce qu'il savait mieux que moi, après tout le petit était avec son père et ça ne pouvait pas lui faire de mal, je ne voyais pas où était le problème.

—Voilà voilà. Bon. On va devoir vérifier deux ou trois choses et puis vous devriez recevoir une convocation dans pas trop longtemps.

Il m'a tendu sa carte et s'est levé. Je l'ai raccompagné jusqu'à la porte, la pluie avait cessé mais le vent soufflait plein nord, l'herbe était déjà blanche et la mer chuintait plus fort que les voitures. Il s'est engouffré dans sa Fiat, un modèle si minuscule que l'on en venait à douter qu'il puisse tenir à l'intérieur. La voisine rentrait, elle m'a fait signe de la main, elle se changeait et elle arrivait, je lui ai dit de ne pas se presser, Combe m'avait mis en retard.

Les enfants se sont endormis dans leurs assiettes, ils étaient crevés et complètement éteints, Manon n'avait pas décroché un mot de la soirée et Clément s'était montré d'une humeur maussade. Je les ai couchés tête-bêche sur le canapé et j'ai sorti l'armagnac. Isabelle était légèrement grise. Les cheveux défaits, les yeux brillants, il émanait d'elle quelque chose de singulier, un abandon sans tristesse qui lui rendait soudain son âge, quarante-deux ans qu'avaient accentués les nuits de garde, les jours à côtoyer la mort et la folie, et le départ de son fils, il avait vingt ans et s'était engagé dans la marine, ses cartes avaient peu à peu recouvert la surface entière du frigo, puis les placards de la cuisine, elles ne tarderaient pas à attaquer la salle à manger.

— Je n'ai jamais compris. Il disait qu'il se sentait partir en vrille, qu'il avait besoin de quelque chose qui le cadre, qui le structure. Et puis il n'était pas fait pour la vie de bureau. Enfin c'est ce qu'il disait. Qu'est-ce qu'il en savait ? Qu'est-ce qu'on en sait à son âge ? Je ne peux pas m'empêcher de penser qu'il mène une vie de con sur ces bateaux avec tous ces types et ça me rend dingue. Je sais que c'est idiot. Il paraît que ça lui plaît. Et puis quand je regarde autour de moi, quand je vois ce que sont devenus ses copains de lycée, franchement c'est pas tellement mieux, alors. Enfin, je suis pas du genre à m'apitoyer sur mon sort tu sais. Il me manque. C'est juste ça.

Elle a posé sa main sur la mienne et je l'ai guidée jusqu'à la chambre. On s'est déshabillés sans hâte et on a baisé comme deux vieilles connaissances, comme si c'était la centième fois qu'on remettait ça tous les deux. Ses seins très pleins, le goût de ses tétons et la texture de ses cuisses, le son répandu sur sa peau, le renflement très doux de son ventre, ses poils presque roux et l'odeur de son sexe, tout m'a semblé étrangement familier, tout avait la matière équivoque et douce du souvenir. On est restés plus d'une heure imbriqués l'un dans l'autre, j'ai gardé les yeux clos tandis qu'elle parlait, elle avait besoin de ça plus que toute autre chose, parler à quelqu'un qui l'écoute un tant soit peu, je connaissais ça par cœur, quand elle rentrait Sarah avait souvent besoin de vider son sac, les derniers temps ça tournait à l'obsession, deux gamins s'étaient pris une bagnole de plein fouet, des flics les coursaient personne n'avait jamais su pourquoi. Tout le monde les connaissait on les avait vus grandir, leurs parents on les croisait au Franprix, au café ou sur le quai du RER, le père du plus grand conduisait le bus pour la gare, ils faisaient un peu les cons mais rien de grave, une fois ou deux le plus jeune était venu à la maison pour garder les enfants, il parlait toujours d'une voix douce au débit étrange et toutes les trois secondes ôtait son bonnet pour passer la main paume ouverte sur le lisse du crâne, vérifiait en temps réel la pousse du moindre cheveu. Ça avait duré dix jours : les gamins démantibulés et les proches en charpie, mères écroulées sur les lits, pères faisant les cent pas dans les couloirs, tirant sur leurs Camel, grenades dégoupillées prêtes à exploser. Quand ils étaient morts ça n'avait pas tardé, les bagnoles s'étaient mises à cramer les unes après les autres. La mienne y était passée aussi, celle des voisins idem, et la plupart de celles garées sous les tours, même la 306 du grand frère, tout pétait au hasard, on entendait des cris des détonations, par instants tout le quartier devenait rouge orangé, comme parfois les soirs d'été sous le soleil consumé.

J'ai jeté un œil par la fenêtre, le coton du ciel enveloppait les maisons alentour et des flocons épais se détachaient dans la lueur des réverbères. Je me suis levé pour voir ça de plus près et Isabelle m'a rejoint, le radiateur nous brûlait la peau, on était nus côte à côte à regarder la neige, j'ignorais depuis combien de temps elle se déversait comme ça, au moins une heure au bas mot, le jardin en était déjà blanc, je me suis rhabillé et j'ai réveillé les enfants. La petite a ouvert de grands yeux d'opaline en découvrant le tapis blanc et les cinq centimètres d'épaisseur sur la table du jardin. Je lui ai enfilé son manteau et Clément nous a suivis en bâillant, ni l'un ni l'autre n'ont semblé surpris de voir la voisine, il était deux heures du matin mais qu'est-ce qu'ils en savaient, à cette saison la nuit tombait au goûter. L'impasse étincelait, la neige avait cessé et le ciel se dégageait peu à peu, on a marché jusqu'à la mer, à pas de loup dans la soie du silence, comme pour ne pas déranger. Manon se retournait pour contempler les traces que laissaient ses pas. Là-bas, au bout, sous la lune retrouvée, lumineuse comme jamais, on se serait cru dans un rêve. Une mer d'encre venait mordre l'étendue blanche et satinée, plus aucun grain de sable ne se laissait entrevoir, et les rochers luisaient comme des otaries. On a descendu l'escalier agrippés à la rampe, le verglas avait pris et tout brillait dans la lumière noire et cristalline. Arrivés en bas les gamins se sont mis à courir comme des cosmonautes, entre leurs doigts la poudreuse filait légère, s'égrenait en flocons. J'ai lancé la première boule. Clément l'a esquivée en riant mais j'avais déclaré la guerre. Mieux valait se mettre à l'abri. Avec Isabelle on s'est planqués derrière un rocher, le gamin nous a canardés pendant dix minutes. On a fini trempés jusqu'aux os. Plus loin, les yeux au ciel, Manon dessinait des anges, battait des bras dans la blancheur parfaite, éblouissante. Ils étaient épuisés mais heureux, heureux comme jamais depuis le départ de Sarah et ça m'a fait un

bien fou de les voir comme ça, les joues rougies les yeux étince-
lants, le souffle court. On est remontés et de la quinzième marche
on a contemplé notre champ de bataille. Sur cent mètres tout
était piétiné, puis l'immaculé reprenait ses droits, un nappage de
crème onctueuse s'étendait jusqu'à la pointe.

J'ai mis les manteaux à sécher sur les radiateurs et Isabelle est
rentrée se coucher chez elle. De ma fenêtre en ombre chinoise
je l'ai regardée se dévêtir puis passer une chemise de nuit. Tout
était calme. Dehors il s'était remis à neiger et dans l'impasse, nos
pas étaient déjà recouverts. Emmitouflés dans leurs couettes, les
gamins ronflaient, à peine rentrés ils étaient tombés comme des
bûches, je me suis demandé si au réveil, ils allaient penser avoir
rêvé. Moi-même je n'étais plus sûr de rien. Le whisky me brûlait
l'estomac, Neil Young couinait dans le poste et la nuit rechignait
à s'assombrir.

II

Les grandes marées

Chaque nuit recouvrait la ville d'une grande nappe blanche, au matin tout en ressortait amorti, les bruits les sensations les odeurs, chacun de nos membres, nos battements de cœur. Il avait neigé pendant près d'une semaine et les enfants étaient trop calmes, leur silence m'inquiétait mais je flottais moi aussi. Autour de nous tout tournait au ralenti, une léthargie générale, un engourdissement. Je vivais ça comme une trêve. Un entre-deux qui finirait bien par déboucher sur quelque chose. Déjà peu à peu les rues retrouvaient leur texture, la ville sortait doucement du coma. Sur les quais, les manèges poussaient comme des champignons criards, la fête foraine s'ouvrirait bientôt, trois semaines de pêche aux canards, de tirs à la carabine, de peluches, de barbe à papa et d'autos tamponneuses. Je détestais tout cela au moins autant que les cirques faméliques en été, lions osseux et pelés, jongleuses pailletées aux sourires de carton-pâte, enfants acrobates aux yeux tristes, trapézistes empâtés, dresseurs mélancoliques et chiens savants maigres et craintifs. J'ai demandé à Bréhel de ralentir. Déjà gonflées d'humidité, des affiches bavaient sur l'arrondi des poteaux télégraphiques. Depuis cinq ou six jours, Justine y posait méconnaissable et floue, ses yeux rouges pris dans la lumière du flash, un sourire grimaçant accroché aux lèvres. Juste au-dessus d'elle, quelques mots signalaient sa disparition. On s'est remis en route, la leçon touchait à sa fin et j'écoutais parler Bréhel, sur toute chose il avait un avis, les élections le Tibet le cours du pétrole, je hochais la tête en signe d'assentiment.

La route était trouée et menait au camping, en nous croisant un 4x4 nous a aspergés d'eau boueuse, un instant nous sommes devenus aveugles. Des deux côtés de l'isthme la mer reculait, à gauche elle avait déserté le havre et les bateaux s'échouaient à fond de cale, en bordure de la route des massifs aux reflets prune lui donnaient des allures de marais. Sur des centaines de mètres le sable était nu, un désert miniature, à l'embouchure les eaux déferlaient au galop. On s'est garés près du mobil-home. En contrebas la mer s'ouvrait en deux arrondis, et malgré le gris du ciel, le mica scintillait au milieu des coquillages. La plage était tout à fait déserte, même les oiseaux se planquaient. Le vent sifflait au front des caravanes. On est entrés et tout était sombre et frigorifié, tout semblait à l'abandon. Bréhel a craqué deux allumettes, allumé des bougies.

— Tout a sauté cette nuit. Plus d'électricité. Je ne peux même pas vous offrir un café.

Sur ces mots il a sorti une bouteille de vodka et en a rempli deux verres, on a bu pour se réchauffer, chacun sous sa couverture dans le tremblement des bougies, on se serait cru en pleine nuit. Le vent venait se cogner à la tôle, on s'imaginait décrochant terre et roulant jusqu'aux grands arbres.

— Je sais. Au début moi aussi ça m'impressionnait. Ça ne souffle pas tant que ça mais là-dedans, on se croirait dans une maison de papier. Et je ne vous dis pas quand ça tombe. La grêle, ça fait un boucan énorme. Un truc d'apocalypse.

— Ils vont venir remettre l'électricité ? j'ai demandé.

— Je ne sais pas. Le gérant est parti en vacances. Aux Maldives. Pas con le mec.

— Il revient quand ?

— Dans quinze jours, je crois bien.

— Et vous ne pouvez pas les appeler vous-même ?

— Ben non. C'est interdit de vivre ici à l'année vous savez. Avec le patron on s'arrange mais ce n'est pas légal.

— Vous n'avez nulle part ailleurs où aller ?

Il a secoué la tête en signe de dénégation, une grimace doulou-reuse barrait son visage poupin, ou bien c'était l'effet des bougies, tout était vaguement irréel et déformé, tout prenait des allures étranges, le salon réduit à rien et la kitchenette, les valises entassées et par la porte entrouverte, la banquette où s'empilait le linge froissé. À l'instant où la première goutte de pluie est venue mar-teler le toit du mobil-home, mon téléphone s'est mis à vibrer. J'ai décroché tandis qu'il remplissait mon verre à ras bord. J'ai tout de suite reconnu sa voix, malgré la panique et le tremblement, la fêlure et les précipices. Le matin comme tout le monde, j'avais vu son visage dans le journal, et l'article où l'on parlait de lui, portrait du père indigne en costume d'ex-taulard, enleveur d'enfant dont on avait suivi le trajet à coups de relevés de carte bleue et de téléphone mobile, on n'allait pas tarder à le rattraper, ce n'était plus qu'une question d'heures, en tout cas c'est ce qu'affirmait Combe.

— Vous êtes où ?

— Dans un hôtel. Pas très loin.

— Le petit va bien ?

— Oui. Bien sûr. Tout va bien.

— Vous lui avez dit quoi ?

— La vérité. Que sa mère ne veut pas qu'on se voie mais qu'on s'en fout, qu'on se passe des petites vacances entre nous.

J'ai bu mon verre d'un trait, dehors la pluie redoublait et dans le cadre de la fenêtre, les arbres se pliaient en deux. Près du sable deux grands pins se couchaient à l'horizontale, par moments les épines piquaient le sol.

—Vous savez que les flics vous cherchent.

—Oui, je sais.

Je me suis resservi. Bréhel me regardait en plissant les yeux.

—Qu'est-ce que vous attendez de moi ? j'ai demandé.

—Je ne sais pas. Un conseil. Qu'est-ce que vous feriez, vous, à ma place ?

—Je rendrais Thomas à sa mère et j'essaierais de parler avec elle et de la dissuader de porter plainte.

—Ça ne marchera jamais. Je vais en prendre pour deux ans et je ne pourrai jamais revoir le gamin.

Son gosse devait être dans les parages. Sa voix avait baissé de plusieurs tons. Je la percevais à peine.

—On ne pourrait pas venir chez vous ? Juste… Juste le temps de se poser.

J'ai réfléchi un moment, dans le mobil-home Bréhel allait et venait sans me lâcher des yeux, tirait sur son cigarillo en fronçant les sourcils. Je l'ai regardé à mon tour et il a hoché la tête d'un air entendu. Il savait parfaitement de quoi il retournait, tout le monde le savait d'ailleurs, dans l'article mon nom était cité et ma convocation annoncée pour le lendemain. D'un doigt il a barré sa bouche, je pouvais lui faire confiance, il resterait muet comme une tombe. Le bruit de la pluie couvrait tout, partout les eaux montaient, d'un instant à l'autre le mobil-home allait être emporté par les flots, ne restait plus qu'à prier pour qu'il flotte ou qu'il soit étanche, Bréhel et moi on s'y retrouverait coincés comme dans un aquarium à l'envers, au sec et cernés de liquide. J'ai fini par raccrocher et j'ai regardé l'heure. Mon prochain rendez-vous allait m'attendre.

Yann patientait le dos collé à un mur, des camions réfrigérés refermaient leurs hayons sur des caisses de crabes et d'araignées.

Je l'ai regardé s'approcher au beau milieu du paysage désolé, sous la neige la lande avait vieilli de mille ans, quelque chose en elle semblait plus décharné encore, plus austère et plus sauvage, comme si la roche était plus sombre, le tracé plus sec, l'herbe plus rase. Tout n'était plus que ronces et chardons, blocs arrachés aux falaises, lignes brisées, éboulis, chaos pierreux. Il s'est installé au volant, et les yeux fiévreux m'a annoncé qu'il était papa. Le petit se nommait Quentin et s'était pointé avec deux mois d'avance. Finalement c'était un garçon et il faudrait tout changer à la maison, la chambre était rose des murs au berceau. Dans sa couveuse il ressemblait à une miniature. On s'est mis en route et c'était la dernière fois, il passait son examen dans deux jours et rien ne laissait craindre l'échec. Je l'aimais bien à force. Toutes ces heures passées à l'écouter en traversant les paysages, j'avais fini par m'attacher à lui. Je savais tout de sa vie. Ou en tout cas le principal. Je l'ai laissé devant l'hôpital, il allait rejoindre ses amours, j'enviais son allant et sa confiance, j'admirais sa foi en la vie, il plongeait la tête là-dedans comme dans une eau limpide. Sur la banquette arrière, en guise d'adieu, il avait déposé deux homards. Les bestioles s'agitaient dans l'étouffoir des sacs plastique. On leur avait collé les pattes à l'aide de gros élastiques.

Rien qu'à sa tête, j'ai vu que quelque chose ne tournait pas rond : des larmes peinaient à sécher le long de ses joues et elle reniflait en serrant son ourson blanc contre sa poitrine. Dans le couloir ce n'était plus Halloween mais déjà Noël, des lutins se tortillaient et sur les vitres on avait collé des dessins où tremblotaient des sapins squelettiques, parés de boules irrégulières et de guirlandes réduites à un trait. Je suis entré dans la classe et Manon s'est jetée dans mes bras, on aurait dit qu'elle se réveillait d'un de ces cauchemars qui la laissaient stupéfaite au milieu du lit, effrayée par le noir et le silence, un monde de crevasses et de cendres. Tous les gamins nous fixaient, immobiles et muets, gestes suspendus et bouche entrouverte. La petite semblait inconsolable, j'ai dû lui dire de se calmer et de parler plus lentement. Elle a fini par prendre une longue inspiration avant d'articuler d'une voix tremblante :

— C'est la maîtresse. Elle m'a tiré les cheveux, et elle m'a pincé le bras.

— Quoi ?

Je me suis retourné vers l'instit, ses yeux suaient la trouille et la mauvaise conscience. Dans ma tête ça cuisait à gros bouillons.

— C'est quoi ces histoires ?

Je ne sais toujours pas ce qui m'a retenu de lui en coller une. Je vieillissais. Je ne vois pas d'autre explication. Sagement j'ai attendu qu'elle crache le morceau, de l'autre côté de la porte les parents commençaient à affluer mais personne n'osait entrer, Désiles leur jetait des coups d'œil affolés. Elle a fini par tout me déballer : Manon était ingérable, on ne pouvait rien tirer d'elle elle était ailleurs, et cet après-midi elle avait dépassé les bornes, d'abord elle l'avait surprise en train de se couper des petites mèches de cheveux avec des ciseaux et après ça avait été la peinture, elle s'en était tartiné les joues elle en avait mangé, elle refusait de reposer le tube elle hurlait comme une folle elle avait dû intervenir, elle n'avait pas pu faire autrement. Sa petite gueule me dégoûtait. J'ai pris Manon par la main et je l'ai entraînée dans le couloir. On a récupéré son sac et son manteau. Je l'ai aidée à remonter sa fermeture Éclair. Son visage étroit était rouge et lessivé.

— Pourquoi t'as mangé la peinture ? lui ai-je demandé d'une voix très douce. Tu sais bien que ça ne se mange pas la peinture. Et puis c'est pas du maquillage, hein ? Tu le sais bien ça aussi.

— Mais je voulais juste essayer, c'est tout. Tu m'en veux ?

— Mais non je ne t'en veux pas. Faudra pas recommencer, c'est tout. Tu me promets ma chérie ?

Elle a dit oui. Je lui ai demandé de m'attendre un petit moment et je suis retourné dans la classe, les parents récupéraient leur enfant un à un et me regardaient de travers. J'ai attrapé Désiles par le bras, je l'ai obligée à me suivre dans le coin du château fort, entre ses dents elle me répétait de la lâcher avec cet accent méridional qui lui remontait parfois de l'enfance, je l'ai forcée à me regarder dans les yeux.

— Écoutez-moi bien. Je sais que vous faites un métier difficile, que vous êtes sûrement très fatiguée le soir, que vous êtes proche de la retraite et que vous n'attendez que ça mais il y a une chose qu'il faut bien que vous compreniez : c'est que je n'en ai rien à battre de tout ça. Vous entendez ? Rien à foutre. Je ne veux pas le savoir. Alors voilà : si ça se reproduit, ne serait-ce qu'une fois, si j'apprends que vous lui avez de nouveau touché, ne serait-ce qu'un cheveu, je vous explose la gueule, c'est compris ?

Je l'ai plantée là et je suis sorti de la classe dans un silence de mort, tout le monde me regardait médusé. Je n'étais pas spécialement fier de moi. Bien sage sur son banc le long des portemanteaux, Manon m'attendait, petite chose oubliée. Je l'ai fait grimper dans mes bras et on a traversé la pièce de jeu, deux assistantes maternelles finissaient d'installer les tapis, le garage et l'atelier de bricolage, déjà quelques enfants fouillaient parmi les poupées. Je les ai saluées et on a quitté la pièce, au-dessus de la porte l'horloge indiquait cinq heures moins le quart, cette conne nous avait mis en retard.

Manon refusait de marcher et s'accrochait à mon cou, menaçait de s'endormir d'un moment à l'autre, abandonnée au sommeil elle pesait plus lourd encore. J'avais déjà le dos en miettes ça n'allait pas arranger les choses. Devant la grille de l'école, Clément nous attendait et il n'était pas seul, son institutrice, une femme d'une quarantaine d'années, l'accompagnait. Plutôt grande et les cheveux dénoués, vêtue d'un long manteau de velours grenat, elle me souriait par politesse. C'est pas vrai, ai-je pensé, ça continue les emmerdes.

— Je voulais vous parler de Clément, Mr Anderen.

Autour de nous il n'y avait plus personne, juste la cour vide et les arbres nus, de rares voitures circulaient au ralenti, une odeur de fumée flottait dans l'air sans qu'on puisse en déterminer l'origine. Le gamin gardait les yeux baissés ou bien il regardait ailleurs, je me suis revu à son âge, je détestais ce genre de situation humiliante, j'ai répondu que ça tombait mal, je devais rejoindre mon frère avant la nuit et il y avait peu de chances qu'elle m'attende.

Sur le coup je m'en suis voulu, elle avait réellement l'air de se soucier du petit, mais je connaissais le refrain par cœur et je ne voyais pas l'intérêt d'en parler avec elle.

— C'est important, a-t-elle insisté. Clément semble extrêmement fatigué. Les premiers jours, j'ai pensé que c'était exceptionnel, mais c'est de pire en pire. Ce matin il s'est même endormi.

Je me suis composé la mine du type étonné, vraiment je ne comprenais pas, Clément se couchait tous les soirs après le dîner, vers neuf heures. Au-dessus de l'école, le soleil commençait à raser les arbres, dorait la moindre branche, il nous restait une grosse heure mais il ne fallait pas traîner.

— Excusez-moi. On parlera de tout ça une autre fois. Il est tard et je dois absolument y aller.

Elle paraissait désemparée mais je ne pouvais rien faire pour elle, je n'en avais tout simplement plus la force. Je lui ai tendu la main et l'ai remerciée pour l'attention qu'elle prêtait à Clément, ces temps-ci la vie était compliquée mais les choses allaient rentrer dans l'ordre. J'allais lui tourner le dos quand elle m'a retenu par le bras.

— Mr Anderen, il y a autre chose. Votre fils a mordu un de ses camarades.

— Quoi?

— Cet après-midi. Il a mordu un de ses camarades à l'oreille. Il refuse de me dire pourquoi. On a dû appeler les parents et ils envisagent de porter plainte.

— De porter plainte? Contre qui?

— Ben… Contre vous, je suppose.

— C'est quoi ces conneries? On ne porte pas plainte pour une petite bagarre d'enfants.

— Ce n'est pas à moi qu'il faut dire ça. Vous devriez peut-être appeler les parents et discuter avec eux. Voilà leur numéro.

Elle m'a tendu un petit papier plié en quatre, elle semblait sincèrement désolée.

—J'ai obtenu que l'école n'engage pas de mesure disciplinaire pour cette fois mais Clément n'aura pas de seconde chance, vous savez.

Elle m'a serré la main et on s'est mis en route. Manon s'était assoupie dans mes bras et mon dos m'envoyait des signaux de détresse. J'aurais voulu prier pour que ça s'arrête, j'aurais voulu avoir encore assez d'illusions pour ça, la journée virait au cauchemar mais plus rien ne m'étonnait, ça faisait des mois que j'attendais le réveil, que je me tenais prêt. J'ai dégagé ma main droite pour la passer dans les cheveux de Clément. Il a relevé la tête et m'a souri. Ça ne rimait à rien de discuter maintenant, je le connaissais mieux que quiconque, j'imaginais vaguement la scène, ce gamin l'avait cherché et s'en était pris à sa sœur ou pire encore à sa mère, ça n'excusait rien mais je pouvais comprendre, au lycée je m'étais battu tellement de fois pour ce genre de truc, à la fin Caroline tout le monde la traitait de pute ou de salope, elle avait changé c'était dingue, se maquillait trop et portait des jupes trop courtes, défaisait trop de boutons de son chemisier blanc trop transparent, même moi j'avais du mal à la reconnaître, elle couchait avec tous ces types mais avec moi jamais, toi t'es comme mon frère ce serait dégueulasse elle disait avant de coller ses lèvres contre ma joue de me prendre la main et de m'entraîner Dieu sait où, je la suivais comme un petit chien, avide du moindre de ses sourires je prenais ce qu'elle consentait à m'offrir, du temps sa compagnie des secrets tout était bon, tout me suffisait, la dernière fois au bowling j'y avais laissé deux dents et Alex m'avait ramassé le nez en sang, à la maison il m'avait collé sous la douche, soigné l'arcade à coup d'alcool, qu'est-ce que tu fous avec cette fille il disait, pourquoi tu te mets dans des états pareils pour cette folle, tu vois pas qu'elle joue avec

toi, tu vois pas qu'elle te traite comme un putain de clébard ? Je
tressaillais à chaque fois qu'il pressait le morceau de coton sur
la plaie.

Sur le parking, ils nous attendaient de pied ferme. On a pataugé dans la boue avant de les rejoindre sur le talus ras. Nadine a ouvert grand ses bras pour attraper les petits, ils ont piétiné la mousse et se sont jetés sur elle. Alex tapotait sa montre et secouait la tête d'un air navré. On a coupé à travers champs pour rejoindre le sentier, les bruyères d'hiver fleurissaient de mauve la lande roussie par les lichens. Au printemps des queues-de-lièvre pousseraient par centaines, plus loin du rivage des branches de fenouil, de l'ail sauvage, des liserons des violettes et ces petites fleurs cramées au parfum de curry. Les fougères repousseraient sur leurs propres cadavres, rameaux secs et jaunis comme de la paille. On s'est avancés vers la mer, chaque pas nous plongeait plus profond dans la lumière. Le vent avait poussé les nuages, tout était baigné d'or, sous le ciel intense les pointes avaient des verts très sombres et les roches éclataient, se détachaient nettes et précises sur le fond gris-bleu de l'eau. Les gamins sautaient de pierre en pierre, parfois leur simple présence auprès de moi me submergeait. J'ai repensé à Bréhel, à ce qu'il m'avait dit entre deux verres, si l'enfance était bénie c'était surtout pour les parents. Ses gosses avaient grandi et ce n'était au fond qu'un irrémédiable et lent processus de séparation. Ils étaient si loin désormais qu'ils en devenaient méconnaissables, ce petit blond rondouillard et cette gamine pâlotte qui s'accrochaient à ses mains où étaient-ils maintenant ? Il ne restait d'eux qu'un souvenir, une trace, une empreinte sur la peau, là où s'étaient posées leurs lèvres et lovés leurs petits crânes.

La pointe s'effilait profonde en brisures granitiques, à son extrémité on avait le pays tout entier dans le dos, j'aimais par-dessus tout ce sentiment de lisière. J'ai sorti des biscuits de ma poche et les ai tendus aux enfants. Ils semblaient contents d'être là au grand air, le nez au vent, à contempler le tracé sauvage et doux de la côte, des Petit Écolier plein la bouche.

— Tu sais pourquoi on est venus là ce soir ? ai-je demandé à Clément.

— Non. Mais c'est cool.

— En fait, c'était l'endroit préféré de mes parents. Toutes les semaines ils venaient pique-niquer là. Après ils marchaient deux ou trois heures et ils revenaient. Ou bien ils restaient assis là comme nous, le dos contre un rocher et ils bouquinaient, regardaient les cormorans pêcher ou faisaient la sieste. Alors quand ils sont morts on a mis leurs cendres ici. Comme ça ils sont là pour toujours et nous, on peut venir quand on veut pour penser à eux. C'est beau, non ?

— Oui, il a fait. Et son regard s'est perdu dans l'horizon repeint.

Le soleil rasait les falaises, adoucissait les angles, illuminait la roche et dorait la lande sèche, blondissait les pentes herbues. Tout baignait dans un éclat très doux, une lumière de Toscane. Quelques mètres plus loin, les mains dans les poches, livré aux assauts du vent qui gonflait son blouson, Alex fixait l'horizon, les yeux réduits à un trait.

— Ça va ?

Il a haussé les épaules, dix ans plus tôt leur mort l'avait anéanti, moi aussi bien sûr mais ce n'était pas tout à fait la même chose, il avait toujours été le fils parfait, serviable et obéissant, reconnaissant tendre et poli quand je n'avais été qu'un gamin colérique, récalcitrant, instable et secret, peu à peu mué en un adulte ingrat, égoïste, distant et froid. Toutes ces années il avait joué à merveille le rôle du fils préféré, de leur «vrai» fils en somme. C'était lui l'inconsolable et peu importaient mes propres sentiments. J'ai posé ma main sur son épaule, j'ignore pour lequel d'entre nous ce contact fut le plus étrange, c'était à la fois naturel et totalement inédit. On a marché un moment côte à côte, au bord du sentier quelques ajoncs pointaient, en se penchant on pouvait sentir leur parfum sucré, plus bas des champs de fougères brûlées dévalaient les pentes jusqu'à l'équerre des roches ardoise. J'aurais voulu être englouti par une marée de souvenirs, canardé d'images tremblées mais tout demeurait inaccessible et flou, le visage de maman la voix de papa, leurs manies leurs habitudes, leur présence et leur tendresse, tout se fondait dans un sentiment vaporeux et triste, un vide, un creux sans rien pour le remplir.

On a fait demi-tour et sur leur rocher, Nadine et les gamins jouaient à deviner des animaux. Derrière eux le soleil mordait la Varde et la presqu'île mais au final, c'est lui qui finirait bouffé, dissous dans un débordement de sanguine et d'orangés.

– Dis, tu peux prendre les petits cette nuit ?

Alex m'a jeté un œil soupçonneux. Il se méfiait de moi et il n'avait pas tort, mais je n'avais pas l'intention de lui expliquer quoi que ce soit.

– Si tu veux. Ça fera plaisir à Nadine… Enfin. À moi aussi.

Le long de la falaise, trois goélands se croisaient en planeurs, soutenus par les courants ils semblaient peser moins que l'air, fluides et agiles ils viraient et traçaient des itinéraires sans logique.

– Et… Avec elle ?

– Quoi ?

– Je sais pas. Tu lui as parlé ?

Il a tenté de s'allumer une cigarette. Le vent a fait frissonner la flamme du briquet avant de l'éteindre. Il a tiré une première taffe et m'a montré sa Camel en haussant les épaules. Ça faisait des années qu'il avait arrêté.

– De quoi veux-tu que je lui parle ? Elle finira bien par choisir tu crois pas ? Et si c'est lui qui l'emporte, j'aime autant que ce soit le plus tard possible.

Devant nous les enfants s'étaient levés, Nadine avait remonté leurs fermetures Éclair et ajusté leurs écharpes, le froid gagnait à mesure que faiblissait la lumière.

– Ce qui me rend dingue, c'est que je la sens heureuse comme jamais. Je veux dire, même avec moi, quand on est juste tous les deux, c'est… je sais pas. Comme avant…

– Avant quoi ?

Il n'a pas répondu, Nadine s'approchait de lui et c'est vrai qu'elle embellissait de jour en jour, quelque chose en elle semblait dénoué, quelque chose avait lâché prise et s'était décidé à rayonner. Elle lui a souri avec ce que j'aurais juré être un bon paquet d'amour et de tendresse, puis il l'a enlacée et ils sont restés un bon moment collés l'un à l'autre. En les voyant comme ça, qui aurait pu soupçonner qu'ils traversaient un truc pareil ? Manon s'est blottie dans mes bras, elle se frottait les yeux à cause du vent, ces derniers jours elle m'avait paru étrangement calme et silencieuse, comme anesthésiée. Je la surprenais souvent les yeux perdus dans le vide, rêvant à je ne sais quoi. Alors je lui demandais si ça allait et de sa petite voix froissée elle répondait que oui, elle pensait c'était tout.

– Tu penses à quoi ? lui ai-je demandé.

– À la vie.

– À la vie ?

– Oui. À toutes les choses.

Je l'ai prise sur mes épaules. Un instant je me suis demandé si elle n'avait pas un peu maigri, je n'étais pas là à la cantine pour surveiller ce qu'elle mangeait et avec Désiles c'était la guerre froide, aucune information ne me parvenait ; l'incident du jour n'allait pas arranger nos affaires.

— Il est où Clément ? elle a fait d'une voix candide.

Juchée là-haut elle promenait son regard autour de nous en chantonnant, à part la mer zébrée d'écume et l'infinie succession de plages et de falaises il n'y avait rien, en bas les fulmars rasaient l'eau dans la lumière déclinante. Alex et Nadine se sont décollés. Eux non plus n'avaient pas la moindre idée d'où avait bien pu passer le gamin. J'ai gueulé son nom et ma voix s'est perdue dans le bruit du ressac, à peine sortie de ma bouche elle s'y noyait, engloutie et fracassée. Tout le monde s'y est mis avec moi, on a hurlé comme ça pendant deux minutes mais rien ni personne n'a répondu, le vent sifflait et les goélands poussaient des cris paniqués. J'ai posé la petite sur le sol, je l'ai confiée à Nadine et avec Alex on est partis à sa recherche, lui vers l'est et moi vers l'ouest, on commençait à ne plus voir grand-chose et la mer faisait un boucan terrible, à croire que quelqu'un avait monté le volume une fois le soleil enfui. Un lapin a surgi des fourrés, il a détalé vers le large et je me suis demandé où il allait trouver refuge, s'il allait se planquer derrière un rocher ou se jeter dans le vide, je marchais en gueulant Clément et je sentais mes tempes battre comme des mitraillettes sous la peau. Des sentiers s'enfonçaient dans les terres mais j'ai continué à longer la mer, au loin les falaises n'étaient plus que des masses opaques et noires et le ciel un drap bleu nuit posé sur un liseré rose. Des bruits montaient, aquatiques et minéraux. Tout se gonflait d'eau, la terre des sentiers les herbes rases et la mousse, et le monde me tournait tout autour. Sur la droite j'ai aperçu une ombre, j'ai crié Clément mais rien n'a bougé, je me suis approché quand même et c'était lui, vu d'où j'étais il flottait dans l'air, on aurait dit qu'il se tenait vraiment tout au bord, par endroits ça tombait vertical et la mer crachait des paquets effervescents. J'ai fait encore quelques pas, je pouvais le toucher presque, son regard vide fixait l'abîme en contrebas. J'ai murmuré son nom. Il n'a pas bougé, il tanguait juste un peu, dans un léger mouvement avant arrière, d'un moment à l'autre il pouvait basculer, je n'arrivais pas à croire qu'il puisse faire un truc pareil, je me suis approché à pas de loup comme on s'approche d'un animal craintif, comme s'il pouvait s'envoler d'un instant à l'autre. J'ai fini par tendre le bras et par attraper son col. Il a sursauté comme s'il ne m'avait pas senti venir. Je le tenais fermement. Je l'ai fait reculer de quatre ou cinq pas. Tout s'est apaisé d'un coup, le vent la mer et les oiseaux, tout a semblé s'assécher, et le jour a grignoté la nuit. Tout fut soudain si calme et si profond, je nous voyais comme dédoublés de nous-mêmes, deux pointes d'aiguille dans l'immensité confuse, la côte invisible, l'infini du ciel et des champs, et la masse énorme des flots. Clément s'est tourné vers moi, son visage était paisible et il m'a souri.

—Ça va papa? il a fait d'une voix douce.

Je l'ai serré dans mes bras, je n'ai rien trouvé à répondre, rien à part que je l'aimais, il n'y avait rien d'autre à dire ni à faire, ou bien je l'ignorais, il y avait si longtemps que j'avais tout oublié de la marche à suivre, que j'avais perdu le mode d'emploi.

—Qu'est-ce qui se passe papa?

—Rien… J'ai… J'ai eu peur. C'est tout. Qu'est-ce que tu foutais, comme ça tout au bord?

—Je regardais la mer, c'est tout. Et puis je n'étais pas tout au bord.

Je me suis avancé un peu, j'ai regardé sous mes pieds et il avait raison, la roche se cassait sur un tapis herbu, au printemps les arméries pointeraient leurs têtes roses et délicates, vingt mètres plus loin ça plongeait pour de bon.

— Tu as toujours peur de tout.

J'ai passé ma main dans ses cheveux, je l'ai chatouillé un peu, il a éclaté de rire et on a rejoint les autres, Alex avait fini par rebrousser chemin et nous attendait lui aussi, mort d'inquiétude.

— C'est bon, j'ai fait. Clément avait juste envie de se dégourdir les jambes.

— T'aurais pu prévenir quand même.

Il avait l'air remonté. Le petit s'est vaguement excusé, il l'avait dit mais nous n'avions pas entendu, j'étais toujours impressionné par son aplomb quand il mentait comme ça. Il faisait tout à fait nuit maintenant, des nuées d'étoiles tremblotaient dans le ciel pas complètement noir. Du sol montaient des parfums de terre et de réglisse, de cassis et d'eau, un monde enfoui qui reprenait ses droits le soir venu semblait sortir des profondeurs. On a regagné les voitures, j'ai hésité à laisser les gamins mais Clément en avait vraiment envie, il ne voulait pas déjà quitter son oncle et sa tante.

— T'as surtout envie de tester la XBox d'Alex, j'ai dit.

Il m'a souri d'un air complice et ça m'a rassuré de le voir ainsi, malin et roublard comme des années avant. Manon m'a embrassé avant de s'en remettre aux bras de Nadine, ça faisait bien dix minutes qu'elle la couvrait de baisers et l'inondait de déclarations d'amour insensées.

Les maisons s'allumaient en rectangles jaunes et blanc crème, discrètes et timides, comme luttant pour ne pas disparaître, avalées par la nuit épaisse. Parfois au cœur de l'hiver elle s'abattait si lourde et si pesante, le jour paraissait ne devoir jamais se lever. J'ai toqué à la vitre. Depuis combien de temps ils attendaient comme ça dans la voiture ? Le petit dormait dans les bras du grand et il avait l'air bien, à l'abri lové contre son père. Je leur ai fait signe de me suivre. Ils se sont étirés d'un même mouvement, le sommeil les avait cloués loin dans les limbes, ils avaient un mal fou à remonter des brumes.

Dans le garage, quelques cartons traînaient encore mais pour l'essentiel, c'était aux enfants qu'on devait la plus grande part du bordel : les seaux les râteaux les pelles les cerfs-volants les épuisettes gisaient pêle-mêle, vaguement encadrés par divers engins à roulettes, vélos patins et trottinette rose à froufrous.

— Je ne vous fais pas visiter, vous connaissez les lieux.

Le grand a souri et le gamin se planquait vaguement derrière, il avait l'air tendu mais ça n'avait rien de surprenant, il avait beau être grand pour son âge c'était juste un gosse et ces derniers temps la vie devait lui sembler bizarre, les hôtels succédaient aux hôtels, les noms d'emprunt aux noms d'emprunt, ils se terraient heureux inquiets et désarmés, à cran et assoiffés l'un de l'autre, cette histoire allait mal finir.

— Tu veux essayer ?

Du regard j'ai désigné le sac de cuir et son visage s'est déridé en un clin d'œil, quelque chose d'enfantin a traversé ses yeux et ça m'a plu de le voir comme ça. J'ai fouillé dans l'armoire, c'était un foutoir indescriptible mais j'ai quand même remis la main sur les gants. J'en avais offert une paire à Clément un an plus tôt mais il n'avait jamais daigné les enfiler : il ne voyait pas l'intérêt de taper dans un sac et tenait la boxe pour un sport de brutes. J'ignore qui avait bien pu lui fourrer ce genre d'idée dans la tête mais il n'avait pas tout à fait tort, et je voyais mal comment le faire changer d'avis. Le gamin a mis les gants, ils étaient à sa taille, il a commencé à tourner autour du cuir en faisant des petits pas, il avait dû voir ça à la télé ou bien c'était l'instinct, allez savoir. Son père le bouffait des yeux, il n'en perdait pas une miette.

– C'est bien, j'ai dit. T'as l'air d'un vrai pro. Allez tape maintenant.

Il a frappé deux trois fois mais le sac n'a pas moufté, c'est à peine si les chaînes ont grincé. Ça n'a pas paru le décourager. Il a continué un moment. Je suis allé chercher une bière au frigo et quand je suis revenu, le père et le fils tapaient là-dedans comme des sourds en poussant de grands rires. Ils se ressemblaient comme deux gouttes d'eau, maigres et dégingandés, pâles, les cheveux courts en épis, deux versions d'un même modèle à vingt-cinq ans d'intervalle. J'ai tendu une canette au plus grand des deux, il se tenait les hanches et soufflait comme un bœuf.

– Vous avez réfléchi à ce que vous allez faire ? ai-je demandé.

Il a bu deux gorgées en grimaçant, il avait du mal à reprendre sa respiration et son front était perlé de sueur. Le petit était bien dans le rythme, il avait pris la mesure du sac, à l'intuition, comme seuls les enfants peuvent le faire, et dansait tout autour en balançant des gifles.

— Je ne peux pas vous garder longtemps ici, vous savez. J'ai les flics sur le dos. Combe peut débarquer d'un instant à l'autre. Et puis ça n'a pas de sens. Vous n'irez pas loin.

Il m'écoutait sans rien dire, j'avais beau réfléchir je ne voyais pas d'issue favorable et redoutais les dérapages : c'était typiquement le genre de situation où sous le coup de la panique les gens se mettent à faire les mauvais choix, le genre de moment où on peut facilement se laisser gagner par le goût du saccage et de la perte.

— Écoutez, j'ai dit. On va dîner tranquillement. Passer une bonne nuit tous ensemble. Demain matin je suis convoqué au poste. Je vais y aller. Pendant ce temps vous resterez là bien sagement et après je ramènerai le gamin à sa mère et j'essaierai de lui parler.

J'ai vu ses yeux s'allumer, il a pris ma main dans la sienne et tout son corps vibrait de gratitude. Un instant il a hésité à me serrer dans ses bras mais il s'est ravisé. Sous ses airs flegmatiques il avait le cœur au bout des doigts et les nerfs à fleur de peau. Thomas faisait semblant de ne rien entendre et poussait des petits cris en distribuant des directs du droit. On l'a regardé faire un bon moment et le grand a retrouvé peu à peu sa forme initiale : dégrisé, épaules tombantes et dos courbé il paraissait faire la moitié de sa taille. Dieu seul savait quand il allait revoir son fils après cette escapade. Au plafond la lumière accusait de sérieuses baisses de tension. Le garage sentait la sueur et le ciment mêlés, ça commençait à cailler. Ça a claqué pile à l'instant où le petit a envoyé son dernier coup, un crochet du droit sec et sévère. On s'est retrouvés plongés dans la pénombre. Il a enlevé ses gants et j'ai envoyé tout ce joli monde à la douche.

J'ai attendu un moment dans le couloir. Il flottait là-dedans un parfum de lieux publics, hôpitaux services sociaux mairies écoles maisons de vieux, avec en sus des effluves de café soluble et de tabac blond refroidi. Des types allaient et venaient, jeunes pour la plupart, vêtus de jeans trop clairs trop serrés et de pulls gris à col roulé. Certains portaient une arme à la ceinture. Combe n'avait pas l'air pressé de me recevoir. J'ai feuilleté deux trois revues automobiles, mon père en lisait je m'étais toujours demandé pourquoi, il changeait de voiture tous les dix ans et ne jurait que par Renault. Je me suis levé pour faire quelques pas et j'ai croisé mon reflet dans une vitre. Je n'étais pas très frais, c'était le moins qu'on puisse dire. Avec le grand on était restés tard à bavarder, Thomas s'était endormi vers deux heures, il avait tenu aussi longtemps que possible et s'était assoupi en répétant que non, il n'avait pas sommeil. C'était un gamin attachant mais déchiré, une boule d'angoisse contenue, il avait beau prendre sur lui il savait à quoi s'en tenir : son père avait fait une grosse connerie et il ne le reverrait pas de sitôt. Après ça on était passés aux alcools forts. En la matière le grand ne craignait personne. Même pas moi. On avait bu sans trop rien se dire, de temps en temps il évoquait un souvenir, un détail de ce qu'il appelait *sa vie d'avant*.

– D'avant quoi ?

– D'avant la taule. Je suis pas resté très longtemps, j'en ai bavé vous pouvez même pas imaginer, mais le pire, c'est quand je suis sorti. Je n'avais plus rien. J'avais tout perdu. Mon boulot, mon fils, ma femme. Elle, c'est vrai qu'elle ne s'était jamais doutée de rien mais je crois qu'elle a refait tout le chemin dans sa tête, je crois qu'elle s'est dit que toutes ces années je l'avais prise pour une conne, j'étais souvent absent elle n'avait jamais trop cherché à savoir ce que je faisais, elle se disait sûrement que je devais boire des coups avec les potes. Les combines, les piqûres, la dope et la revente, tout ça elle ne se doutait pas. Elle est venue me voir deux ou trois fois et puis plus rien, plus de nouvelles jusqu'à ma sortie. Et là c'était fini. Elle s'était recasée, elle avait fait des démarches pour qu'on me supprime mon droit de visite, soi-disant que j'étais nocif pour Thomas. La seule personne qui m'ait tendu la main c'est Alain, il m'a fait embaucher et on a fait équipe. Pendant trois ans. Jusqu'à ton déménagement. Tu connais la suite. Putain on peut dire que j'ai bien foutu ma merde. Alain s'est fait virer à cause de ma pomme, toi t'as les flics au cul, et moi je suis bon pour un retour à la case départ.

On s'était saoulé pour oublier toute cette merde, il suffisait de le regarder pour comprendre que ce type avait la poisse et que dans sa vie le malheur faisait comme chez lui depuis toujours.

Combe a passé sa grosse tête placide par l'entrebâillement de la porte et m'a fait signe d'entrer, il avait un teint de papier à rouler et se mouchait toutes les trois secondes. Je me suis assis face à lui, son bureau s'encombrait de papiers éparpillés, de gobelets en plastique et de cendriers remplis de mégots. Sur les murs des affiches incitaient la jeunesse à s'engager. Il est resté au moins cinq minutes sans rien dire, il me fixait de ses petits yeux enfoncés, se mordait les lèvres ou les joues, faisait claquer sa langue ou bien soufflait comme un taureau, mon cas n'avait pas l'air simple.

— Alors, vous avez des nouvelles du petit Thomas? ai-je tenté au bout d'un moment.

J'aurais mieux fait de me taire. Ça l'a mis hors de lui. Il a tapé sur la table avec le plat de sa main et s'est levé d'un bond. Je n'ai pas pu m'empêcher de sursauter.

— Oh putain! il a gueulé. Vous commencez à me les casser. Ne jouez pas au con avec moi et tout ira bien. Mais si vous me faites chier, alors là…

— Alors là quoi?

Il s'est rassis un petit sourire narquois aux lèvres et s'est mis à fouiller dans ses papiers, il devait chercher mon dossier et ce n'était pas une mince affaire mais j'avais confiance, il allait trouver. Je me suis revu du temps où je travaillais dans un bureau, tout le monde me regardait d'un air navré, perdu que j'étais derrière des montagnes de papiers de livres de tasses de thé japonais et de pelures de mandarines, parfois ils essayaient de me piéger, exigeaient tel ou tel imprimé dans la seconde mais c'était peine perdue, d'une main sûre je m'enfonçais dans la jungle de mes tiroirs et en ressortais la lettre de mission, la facture ou le bon de commande demandés. Après ça je faisais mine de me replonger dans mon rapport et travaillais à la rédaction de mon prochain livre. J'avais fini par me faire virer, le chômage m'avait aidé à tenir jusqu'à ce que le cinéma vienne sonner à ma porte et ma foi, à partir de là, les choses s'étaient mises à marcher tant bien que mal et ça m'allait de rester du matin au soir à la maison, mon bureau donnait sur le bouleau et je m'avalais des litres de thé vert, j'emmenais les enfants à l'école et je passais acheter les journaux, je marchais au hasard, il n'y avait guère que la mer qui manquait et les balades sur les sentiers on en rêvait, la veille de sa disparition encore Sarah m'en parlait, elle venait de demander sa mutation ici, on aurait la réponse dans quelques jours.

Il a fini par mettre la main sur ce qu'il cherchait, une série de feuilles volantes dans une chemise bleue avec mon nom écrit dessus au marqueur rouge. Il a fait mine de les relire avant de se lancer dans un exposé succinct d'où il ressortait qu'étant lié de près à trois affaires de disparition – celle de ma femme dont on lui avait communiqué le dossier, celle de Justine puisque c'était avec moi qu'elle avait été vue pour la dernière fois, et enfin celle du petit Thomas Lacroix dont le père m'avait joint pas plus tard qu'hier par téléphone – j'avais intérêt à me tenir à carreaux.

— Mais appelez ça comme vous voulez, Anderen, l'intuition ou autre chose, je ne vois rien d'autre là-dedans qu'une série de coïncidences merdiques. Avouez que vous êtes verni d'avoir affaire à moi. D'autres vous auraient déjà passé les menottes, vous ne croyez pas ? Bon, commençons par le commencement, le père du petit Thomas, qu'est-ce qu'il vous a dit, qu'est-ce qu'il voulait ? Je croyais que vous ne le connaissiez pas ?

Combe me toisait l'air satisfait, j'avais l'impression qu'une nasse venait de me tomber dessus et qu'un type en resserrait tranquillement les mailles. Dans mon cerveau des dizaines de mouches se bousculaient. J'ai mis un petit bout de temps à retrouver mes esprits, le bureau sentait la sueur et j'avais chaud, j'aurais voulu qu'on ouvre les fenêtres. Je n'ai rien démenti, juste un peu arrangé les choses, effectivement le père du petit Thomas m'avait appelé, j'en avais été le premier surpris, il semblait aux abois et m'avait demandé conseil, je m'étais contenté de l'enjoindre de rendre le gamin à sa mère et de se livrer à la police. Combe m'a félicité pour ma sagesse. D'une main il a fouillé dans son bureau et en a ressorti un paquet de cigarillos Davidoff. Ses yeux se plissaient à chaque inspiration, disparaissaient presque dans la masse du visage. De sa bouche aux lèvres étonnamment rouges s'échappaient des petits paquets de fumée grisâtre. J'ai fait mine de me lever mais ce n'était pas tout à fait terminé : il voulait m'entendre au sujet de Justine. Je n'avais pas grand-chose à en dire, rien qui puisse lui être utile en tout cas. De son côté les recherches patinaient : une fausse piste à l'hôpital psychiatrique, une fille de son âge qui s'était présentée d'elle-même, sans délivrer le moindre mot ni aucuns papiers, mais non ce n'était pas elle, elle était jolie dans son genre mais ne correspondait pas aux photos. À part ça on l'aurait aperçue faisant du stop à la sortie de Rennes mais le témoignage n'était pas fiable, puis les choses s'obscurcissaient encore, on la signalait en banlieue parisienne aussi bien qu'à Marseille ou à Lyon, rien de concluant et aucun élément tangible, appels téléphoniques cartes bleues hôtels hôpitaux morgue, je connaissais ça par cœur ce n'était pas la peine de me faire un dessin, sous mon crâne repassait en accéléré le film des premiers mois après que Sarah se fut volatilisée.

— Évidemment, les deux affaires sont très différentes, la petite c'est sûrement juste une fugue, rien de sérieux si vous voulez mon sentiment... Toutes ses copines décrivent une gamine fragile, colérique, vaguement anorexique, en conflit avec sa mère et son beau-père et révoltée contre à peu près tout ce qui bouge... Bien sûr ça n'arrive pas tous les jours non plus mais bon, tout cela semble assez classique. Dans ce type de cas il faut surtout prier pour qu'elle ne fasse pas de mauvaises rencontres. C'est surtout ça mon problème, alors que votre femme...

— Oui...

— Eh bien vous en savez autant que moi. Mais pour tout vous dire mes collègues ne se sont pas beaucoup foulés je trouve... Avec votre autorisation j'aimerais bien rejeter un œil au dossier.

J'ai senti la terre s'ouvrir sous mes pieds, m'emporter dans son ventre et me recouvrir. Je marchais sur une berge et tout s'effondrait sous mes pas, j'accélérais mais c'était trop tard, la rivière m'emportait vers les chutes, les courants me trimballaient comme un fétu de paille et je me fracassais contre les roches. Il s'est levé et m'a serré la main, je crois bien qu'il m'a demandé de le tenir au courant et d'éviter de quitter la région, je devais me tenir à disposition de la police mais je ne suis même pas sûr, sa voix ne me parvenait plus qu'en sourdine et brouillée, j'étais dans un état de confusion totale, mon cerveau bourdonnait et j'étais compressé de partout, le corps entier passé au laminoir je n'étais plus capable de rien, j'avais juste envie de hurler de taper dans le premier truc qui se présenterait, chien poubelle voiture cheville humaine goéland poteau borne d'incendie, je me suis retenu comme j'ai pu jusqu'à la maison, je suis entré dans le garage, j'ai enlevé mon blouson ma chemise et mon pull j'ai enfilé les gants et je me suis mis à frapper le sac comme un dément. Je ne voyais rien d'autre que le sac et autour des formes floues et diffractées, je frappais et dans mes yeux s'allumaient des incendies, des flashes aveuglants et des taches d'orange vif me déchiraient la rétine, je frappais je serrais les dents j'avais mal mais je frappais quand même, je poussais des cris des grognements des râles, j'étais au bord de vomir, couvert de sueur et les bras en feu, j'ai frappé sans discontinuer et quand je suis revenu à moi le petit Thomas et son père me regardaient comme si j'étais dingue. Je les avais presque oubliés ces deux-là. J'ai eu envie de les foutre dehors. Vraiment ils me sortaient par les yeux avec leurs airs de chien battu, leurs gueules de six pieds de long leurs épaules voûtées leurs regards tristes qu'est-ce que j'en avais à foutre bordel ? Qu'est-ce que j'en avais à foutre de leurs histoires ? En quoi ça me concernait leurs conneries ? Je suis monté prendre une douche, je suis resté une demi-heure sous l'eau brûlante pour me calmer, j'aurais voulu que la douleur s'éteigne, j'aurais voulu qu'on me lave et qu'on m'efface, j'aurais voulu qu'on me déleste.

Je me suis garé sur le trottoir d'en face et j'ai éteint le moteur. La plupart des maisons étaient fermées, on les avait abandonnées un soir de tempête et personne ne reviendrait les ouvrir avant longtemps. À l'intérieur le papier peint se détachait des murs et la moisissure recouvrait les planchers. La rue débouchait sur la plage, une dizaine de petits catamarans s'y alignaient face à la mer étale. Au beau milieu des eaux émeraude affleuraient des bancs de sable, langues blondes étirées sous le soleil, une centaine d'oiseaux les piquaient en points noirs. Thomas avait l'air moins nerveux, une heure plus tôt il se blottissait dans les bras de son père, au sortir de la douche je les avais trouvés enlacés, ils avaient pleuré ça se voyait rien qu'à leurs yeux, ils se reniflaient dans les cheveux et le grand répétait en boucle, Tout va bien se passer je te promets, on va se revoir bientôt, on va plus se quitter maintenant.

– Mais si tu vas en prison ?

– Mais non. J'irai pas en prison. Un papa va pas en prison juste parce qu'il a passé un peu de bon temps avec son fils, hein ?...

Le gamin lui avait répondu d'une moue à vous fendre le cœur, on le sentait désossé mais le grand ne s'était pas démonté, il avait fait ce que j'aurais fait à sa place, il en avait rajouté des tonnes, plans sur la comète, perspectives d'avenir radieux, Ça sera bien tu verras avec ta mère on va parler et je vais trouver un boulot dans le coin, je vais louer un petit studio et comme ça on pourra se voir tout le temps. Je les avais laissés finir en descendant une ou deux bières.

On est sortis de la voiture, la maison ne se cachait qu'à moitié derrière les arbres nus. C'était un pavillon de bois dont la peinture blanche s'écaillait. Un grand jardin l'entourait où poussaient un grand pin, deux mimosas et un cerisier. À leurs pieds les herbes couraient comme bon leur semblait, grimpaient des talus, déva-laient des vallées miniatures où traînaient un vélo d'enfant et des boules de pétanque en plastique. Un instant j'ai pensé à Sarah, elle aurait adoré vivre là, ça n'avait rien de grandiose mais il émanait de tout ça un abandon plein de charme, quelque chose de serein, une atmosphère de vacances. J'ai traversé la rue déserte, le petit me suivait comme à contrecœur, il redoutait ce qui allait suivre et je ne voyais aucun moyen de le rassurer sans mentir. Entre les branches on apercevait la cuisine et le salon, une ombre a traversé les fenêtres.

— C'est maman, a fait le gamin. Elle est là.

Il a respiré profondément pour se donner du courage. Je l'admirais, ce môme. Il prenait sur lui, tentait de ne rien laisser transparaître. Il me faisait penser à Clément.

— Bon. On va y aller, j'ai dit. Tu n'oublies pas, hein. Tu dis des choses gentilles sur ton papa, tu étais content de le voir, tu as passé de super vacances avec lui et tu voudrais refaire ça dès que possible parce qu'il te manque trop et tout. OK?

— De toute façon c'est la vérité, alors.

Le portail était ouvert, j'ai grimpé les six marches du perron en tenant Thomas par la main, adossé aux lambris un camélia bour-geonnait en boutons gros comme des billes, il faisait bien deux mètres cinquante de haut sur un et demi de large et dans un mois il éclaterait, des fleurs rouges grosses comme le poing en plein hiver, ici le printemps commençait tôt, les mimosas se paraient de petites boules jaunes dès le mois de janvier et les forsythias sui-vaient quelques jours plus tard. J'ai mis le doigt sur la sonnette, avec le gamin on s'est regardés et on a retenu notre respiration. La porte s'est ouverte sur une femme aux cheveux courts ébouriffés, il n'était pas loin de midi et elle venait de se lever, du noir brouillait son visage et sa robe de chambre peluchait. Son regard est passé sur moi sans s'attarder, je tenais son fils par la main et c'est tout ce qu'elle voyait, elle a lâché un cri bizarre et son expression est devenue indescriptible, une bonne dizaine de sentiments s'y mêlaient, pour la plupart contradictoires. Le petit s'est jeté dans ses bras et elle l'a serré jusqu'à l'étouffer, elle pleurait et l'embrassait un peu partout, le front les mains les cheveux la bouche et le visage. Elle le touchait, le palpait, on aurait dit qu'elle vérifiait que c'était bien lui, que ce n'était pas un rêve, qu'on venait bien de lui rendre son fils. J'ai assisté aux retrouvailles sans prononcer un mot, les bras ballants, inutile et déplacé. Elle répétait, Mon Thomas mon Thomas mon Thomas, et l'encerclait de ses bras de sa poitrine de ses baisers fiévreux. On a fini par entrer et le gamin est monté dans sa chambre. La maison sentait la cannelle et l'orange, dans le salon tous les meubles semblaient trop gros j'avais du mal à respirer, j'aurais voulu ouvrir les rideaux les fenêtres et que la lumière entre.

– Vous êtes qui? elle a demandé.

– Personne en particulier, j'ai répondu. Votre ex-mari a fait mon déménagement. Je ne le connais pas. Hier soir il m'a appelé, je ne sais pas pourquoi, il était paniqué, il ne savait plus quoi faire. Je lui ai dit de venir à la maison. Ils ont passé la nuit chez moi. On a parlé et voilà. On s'est dit qu'on allait vous rendre le gamin et que tout irait bien.

– Que tout irait bien? Vous croyez? Il est où d'abord?

– Qui ça?

– Lui.

– Chez moi.

Sans me quitter du regard elle s'est jetée sur le téléphone, un vieil appareil massif et beige comme on n'en voyait plus nulle part. Le mobilier entier paraissait dater d'un autre siècle, et derrière la vitre des bibliothèques reposaient des livres antiques aux cuirs ouvragés et dorés sur tranche. Elle avait dû les trouver là en arrivant et s'en était fait des pans décoratifs. Tout autour le papier peint étouffait la pièce. Je l'ai regardée composer le numéro d'une main tremblante. Sa peau livide laissait voir le réseau verdâtre de ses veines et sous son corps tordu par la colère se devinaient des os de danseuse. Elle trépignait, le combiné à l'oreille, les yeux vibrants et gonflés. À l'autre bout du fil personne ne semblait vouloir décrocher.

– Vous appelez qui ?

– C'est quoi votre adresse ?

– Pour quoi faire ?

– Pour qu'ils viennent le chercher... Mais putain qu'est-ce qu'il fout ce gros con, pourquoi il ne répond pas ?

J'ai regardé autour de moi et la pièce avait rétréci, les murs se rapprochaient à vue d'œil et ne tarderaient pas à nous broyer. Des tapis sombres montaient des tribus d'acariens et j'éternuais des litres de poussière. Elle est remontée à la surface et m'a demandé de sortir, elle ne voulait plus me voir.

– Putain mais cassez-vous !

Elle paraissait à bout de forces, sa voix était faible et se noyait dans les bruits domestiques. L'eau filait des tuyaux jusqu'aux radiateurs avec des tintements métalliques. À l'étage le plancher craquait. Dehors le vent soufflait et s'engouffrait dans la cheminée en un battement sourd. J'allais partir mais avant ça j'avais deux mots à lui dire. Elle avait récupéré son fils et je ne voyais pas très bien ce qu'elle pouvait désirer de plus. Le grand avait déconné mais le petit avait besoin de son père, il l'adorait ça se voyait comme le nez au milieu de la figure, ils étaient heureux comme des chats au soleil tous les deux. À quoi rimait de lui enfoncer la tête sous l'eau ? Elle ne m'a pas laissé finir.

– Mais de quoi vous vous mêlez ? Qu'est-ce que vous en savez ? Vous ne le connaissez pas, vous ne savez pas ce qu'il m'a fait endurer, vous ne savez rien, vous ne savez rien alors cassez-vous, je ne veux plus vous entendre cassez-vous cassez-vous cassez-vous.

Elle s'est jetée sur moi avec des yeux de folle, elle y a mis toutes ses forces mais ce n'était pas grand-chose. Elle appuyait ses paumes sur ma poitrine mais je n'ai pas bougé d'un pouce. Alors elle a commencé à me frapper. J'ai encaissé ses coups sans broncher, elle finirait bien par s'épuiser. J'ai attrapé ses poignets, je l'ai immobilisée comme j'ai pu. Entre mes mains ses os d'oiseau étaient si fins, une simple pression aurait suffi à les briser. Je l'ai relâchée et elle s'est écroulée par terre, son corps en chiffon recroquevillé et le front collé au carrelage. Mais sortez, putain, sortez. Échouée sur les dalles, elle répétait ça en faisant couler son maquillage. Avant de partir je lui ai refait mon petit laïus, j'ai essayé de lui parler avec des mots doux et rassurants, j'ai essayé de ne pas la heurter, j'ai surtout parlé du petit, de son équilibre et du reste. J'ignore si mes mots parvenaient à son cerveau, si elle m'écoutait ou non. Thomas est redescendu et quand elle l'a vu ses yeux se sont rallumés d'un coup, elle lui a ouvert grand les bras et le petit s'y est précipité. Quand j'ai fermé la porte il lui parlait du grand, de la semaine qu'ils avaient passée et du bonheur de le revoir après si longtemps. J'ai senti des bouffées de tendresse me monter du ventre et m'envahir. J'ai regagné la voiture, le soleil brillait autant que possible en hiver, les rues étincelaient et les arbres nus se détachaient nets, leurs branches traçaient des lignes noires entrecroisées d'une beauté déchirante. J'ai inspiré profondément et l'air est venu me laver les poumons, il s'est propagé jusque dans mon ventre, a tout nettoyé sur son passage, sa transparence glacée emportait tout. Les yeux mi-clos j'ai laissé la voiture avaler le boulevard, tout en bas la mer était une immense flaque de lumière verte qui vous happait, elle vibrait de partout on aurait dit qu'elle éclairait le ciel. Je l'ai suivie autant que j'ai pu, je conduisais les yeux rivés sur le large, j'aurais voulu mordre dedans m'en remplir à ras bord ou bien m'y dissoudre, me diluer faire corps avec elle, devenir liquide salé froid et doux comme rien d'autre. Je l'ai quittée un instant, j'ai viré vers l'impasse, devant la maison ils étaient déjà là, j'ai ralenti et nos regards se sont croisés, menottes aux poignets le grand chialait comme un gosse, trois flics en civil l'encadraient et il se laissait faire, j'ai serré les dents quand ils l'ont poussé dans leur voiture blanche, ils ont démarré et je les ai vus s'éloigner puis disparaître, dans le rétroviseur la Peugeot s'est laissé engloutir par la route. J'ai retrouvé la mer un moment, sur la plage des types traçaient des grands huit avec leurs chars à voile et près des remparts, des forêts de brise-lames séchaient au soleil. Où qu'on posait les yeux, le ciel était dégagé, d'une clarté aveuglante, j'ai regardé l'heure et j'ai fait demi-tour.

Dans le couloir, ils étaient une vingtaine à patienter. La porte du réfectoire était fermée mais les odeurs de soupe à la tomate et de macédoine en boîte se répandaient tout de même. Manon m'a souri d'un air triste, elle tenait une de ses camarades par la main, une gamine blonde au regard très vif et malin, le genre à ne s'en laisser conter par rien ni personne. Elle a hésité un moment puis s'est détachée du rang silencieux.

– Qu'est-ce que tu fais là ?

– Je viens te délivrer ma princesse.

Je l'ai prise par le bras et on s'est enfuis comme des voleurs. Dans la cour les gamins du deuxième service fixaient le grand pin, ils avaient cru voir un écureuil et tentaient de le repérer au beau milieu des branchages. La mère Désiles les surveillait d'un air méfiant, je lui ai annoncé que Manon n'irait pas à l'école cet après-midi et elle n'a rien trouvé à répondre, son visage exprimait le dégoût et l'effroi. On a passé la grille et dans ma main, je pouvais sentir l'excitation de la petite, la joie que lui procurait l'idée d'aller profiter du ciel et de la mer.

– C'était bien avec Alex et Nadine ? j'ai demandé.

– Oui, mais tu m'as manqué.

– Toi aussi tu m'as manqué, j'ai répondu et on s'est dirigés vers les bâtiments de l'école primaire.

Ils étaient en train de déjeuner. Je n'ai eu aucun mal à repérer Clément, il ne mangeait pas mais lisait un bouquin, *Jonathan*

Livingstone le Goéland. Tout autour de lui ça bruissait dans un chaos de voix mêlées et de couverts entrechoqués. J'ai prononcé son nom et tout le monde s'est retourné. À la première table un gamin mâchonnait du pain, un gros pansement blanc recouvrait son oreille droite. Clément a relevé la tête de son bouquin. Il a traversé le réfectoire sous le regard des instits et du personnel de service en blouse rose. J'aurais pu leur dire un mot mais à quoi ça servait, je n'avais aucune excuse valable à proposer, il faisait beau et je ne travaillais pas, mes enfants me manquaient on allait traverser la Rance, se payer une pizza à Dinard ou Saint-Lunaire, passer l'après-midi sur la plage, jouer au foot, aux petits coureurs, emmerder les crabes attraper deux trois crevettes, faire la sieste des châteaux des circuits des pyramides, se tremper les pieds dans l'eau, s'asperger le visage pour que le sel le ronge un peu. Une fois dehors, je les ai regardés mes petits anges, je les ai serrés dans mes bras et leurs visages resplendissaient. Ça m'a rassuré. Nadine les avait trouvés inquiets, Manon avait passé la nuit dans ses bras on aurait dit qu'elle n'en avait jamais assez, elle réclamait des câlins et des baisers jusque dans son sommeil. Quant à Clément il avait joué jusqu'à minuit, concentré à l'extrême il avait battu Alex à tous les jeux sans émettre le moindre signe de contentement ni d'enthousiasme, comme s'il s'était agi d'une tâche à accomplir, ni plus ni moins joyeuse que n'importe quelle autre, un défi à relever, une mission, un devoir. Je leur ai dit de grimper dans la voiture et on s'est mis en route, j'ai fait tous les détours possibles pour ne jamais lâcher la Manche, de temps en temps on s'arrêtait pour contempler le paysage et partout c'était la même chose, la clarté du jour se déversait sur les remparts les bateaux les corniches les poches de sable, repeignait tout, ravivait les couleurs, reprécisait les lignes et les contours. Dans l'habitacle, le soleil filtré par les vitres nous cuisait en douceur, j'ai mis de la musique et Manon a commencé à chanter, ce bon vieux Nino cherchait Mirza et même Clément s'y est mis, *Le Sud* et *Les Cornichons* défilaient, *La Maison près de la fontaine* et *La Rua Madureira*, *Le Téléfon* et *Une année d'amour* ils connaissaient tout ça par cœur, un instant Sarah a traversé la maison mais pour une fois ça ne nous a pas arrêtés, pour une fois c'était presque léger presque joyeux cette présence, elle dansait là-dessus depuis gamine et ces chansons étaient les siennes, lui étaient liées pour toujours. Il m'aurait suffi de fermer les yeux pour la voir, légère et pieds nus dans le salon ou les herbes du jardin, tournant sur elle-même un grand sourire lumineux accroché aux lèvres. On hurlait, Je vends des robes, quand je me suis garé. Les petits étaient affamés. Ils ont partagé une pizza immense et couverte de fromage. J'ai à peine touché à la mienne mais deux pichets de rouge y sont passés, dans mon cerveau toutes sortes de pensées se bousculaient, les grands oiseaux les marées le départ de Sarah et les derniers jours de Nino, une balle dans la bouche au milieu des champs de blé ça m'avait toujours obsédé cette image, je l'avais toujours bien aimé ce type, son Quercy ses guitares sa maison les enfants la musique et les chiens, longtemps j'avais caressé l'idée de lui consacrer un livre mais tout cela me paraissait si loin désormais, les romans les jours et les nuits passés sur l'ordinateur, les lecteurs les libraires les épreuves les correcteurs les éditeurs, rien de tout cela ne me semblait avoir un jour constitué ma vie. Par les baies vitrées on voyait monter les eaux calmes, se faire et se défaire des bancs de sable doré, flotter des voiliers soudain ranimés par les flots, les goélands sortaient de leurs refuges et Clément les suivait du regard, ils glissaient sur les courants les ailes déployées, se laissaient griser par la vitesse et rasaient les flots avant de se rétablir en trois battements. Autour du croissant de sable se dressaient de vastes demeures aux volets clos, elles n'ouvriraient qu'à l'été et abriteraient des tribus entières. Les enfants ont fini leurs glaces et on est descendus sur la plage. Sans les cabines rouge et blanc, sans la paillote et ses odeurs de gaufres, de frites et de paninis, sans le club Mickey et ses barrières de bois clair, ses toboggans ses trampolines, elle paraissait nue mais ça lui allait bien. On attendrait l'été pour tout retrouver, manger des saucisses tard le soir sur les transats, tandis qu'à la brune des enfants recoiffés et vêtus de pyjamas descendraient des villas pour dévorer des sacs de bonbons multicolores, s'exercer au cochon pendu, canarder de penalties la cage de bois laissée vacante par les balançoires démontées et rangées pour la nuit, ou bavarder assis en tailleur sous la cabane du coin des toutpetits. On s'est installés en retrait d'une ligne d'algues sèches, le sable était presque tiède, s'y allonger et y plonger les doigts c'était retrouver la texture de saisons anciennes et heureuses, on s'est endormis tous les trois bercés par le clapotis. J'ai rêvé de Sarah. Ça ne m'était pas arrivé depuis des mois. Ou bien je l'ignorais. En général je dormais d'un sommeil noir et nerveux, ou bien je ne dormais pas, passais la nuit à scruter les bruits de la maison et les tremblements du dehors. Ce fut moins un rêve qu'une succession d'images arrêtées, de souvenirs entrechoqués. Des photographies floues et surexposées où défilaient des ombres et des visages noircis par le contre-jour. Tout défilait et je demeurais immobile, Sarah occupait tout l'espace, bouffait l'écran et la plupart du temps sa bouche s'agitait muette, j'avais beau tendre l'oreille je n'entendais rien ou bien seulement des grésillements. Elle rentrait du boulot claquée, ôtait ses chaussures et se faisait couler un bain, assise sur le rebord de la baignoire elle effleurait l'eau qui montait peu à peu. Les enfants lui sautaient dessus, l'arrachaient à sa rêverie. J'ignore où elle puisait ses forces, dans quelles réserves insoupçonnées, mais il lui en restait toujours assez pour eux, elle les poursuivait dans la maison en poussant des cris d'ogresse, les capturait sur un lit et les chatouillait jusqu'à ce qu'ils demandent grâce. Puis elle regagnait la salle de bains et disparaissait sous la mousse. Plus loin elle bouquinait en robe légère, les pieds sur la table du jardin et la chaise inclinée menaçant à tout moment de l'entraîner dans l'herbe, mâchonnait une herbe et sans quitter son livre des yeux buvait une gorgée de bière à même la bouteille, à pas de loup je m'approchais et mordait ses bras nus, sa nuque blanche et ses épaules où pointaient des os de mésange. Plus tard elle nageait et je nageais auprès d'elle, autour de nous les sternes piquaient l'eau aluminium, le soleil tombait à pic et nous brûlait les yeux. Sur la plage les gamins s'éclaboussaient. Elle se retournait de temps à autre pour leur faire signe, puis reprenait sa course obstinée vers le large, on aurait dit qu'elle visait l'île au loin, rechignait à faire demi-tour, n'aimait que l'horizon, souvent rebroussant vers la plage elle s'accrochait à mon cou et la tractant je manquais de me noyer. Plus tard encore Sarah tirant sur son joint et c'est la nuit et c'est l'été, les voisins les amis partis, dans le barbecue les cendres rougeoient encore, dans l'air flotte un parfum d'épices et de viande grillée, presque nus et perlés de sueur les enfants dorment à même les carreaux du salon, on attend qu'au front des immeubles s'éteignent les fenêtres, et dans la pénombre retrouvée, planqués sous la table du jardin, à l'abri du tamaris nous baisons chatouillés par les herbes. Puis une scène plus précise que les autres, plus vivante, plus nette, comme si soudain l'on avait rallumé la lumière, monté le son : Sarah vient de se réveiller et elle réclame son bébé, le ventre ouvert en deux puis recousu, les traits tirés au bord de la nausée un instant elle panique, un instant elle croit que c'est fini alors je la rassure, je dis tout va bien, je dis ça mais qu'est-ce que j'en sais, Manon est à un autre étage elle se repose, elle ne respirait plus il a fallu la ranimer elle se repose, le médecin a tellement pressé son ventre et sa poitrine elle se repose, c'était une telle panique alors, on l'a réveillé et il est venu à grandes enjambées les cheveux ébouriffés les yeux gonflés il bâillait et Manon ne respirait plus, il lui a fait cracher ses poumons j'étais derrière la vitre il appuyait sur son torse minuscule ses mains étaient plus grosses qu'elle et la petite est revenue à elle, venue tout court, elle a toussé craché vomi il m'a fait signe que tout allait bien, je n'ai pas eu le droit de la voir ils l'ont emmenée et après ça, avec Sarah, pendant des semaines, on pouvait juste la toucher, on passait nos mains dans les ouvertures de la couveuse et on caressait ses menottes trouées de perfusions, ses joues et son corps où se déversaient des tonnes d'antibiotiques et de désinfectants en tous genres, elle dormait tout le temps elle était bizarrement pâle au milieu des autres bébés violets ou cramoisis, le médecin avait l'air soucieux il nous répondait de manière évasive et confuse comme n'importe quel médecin mais je voyais bien qu'il s'inquiétait et Sarah aussi. Au bout de deux mois on avait fini par nous la rendre, pour la première fois nous l'avions touchée, avions embrassé son crâne ses joues ses cuisses et son ventre, Sarah pleurait de joie et je me souviens d'avoir pensé que toute notre vie resteraient gravés, en nous et entre nous, cet effroi de la perdre et le miracle de l'avoir gardée. Sarah des années plus tôt, les bras tendus vers Clément et il s'avance vers elle, plein de confiance et malhabile, il tient à peine sur ses pieds, tangue et manque de chuter à chaque pas, traverse le salon sain et sauf avant de se laisser choir dans les bras de sa mère. Puis elle me sourit en douce et son père me toise avec mépris, me gratifie de ses sempiternels, Alors toujours en vacances ? Ça ne vous dérange pas que ma fille se tue à la tâche pendant que vous rêvassez à vos livres d'adolescent ?, Et c'est quand que vous nous pondez un succès, au lieu de nous inonder de vos trucs déprimants ?, Et jamais vous n'avez songé à prendre un vrai travail ?, elle me voit bouillir et m'enjoint d'être patient, son père ne tient jamais long-temps chez nous, tout le déprime, le temps les immeubles et tous ces Arabes et ces Noirs, les gosses encore plus que tout et il a hâte de rentrer. Retour en arrière et c'est l'appartement à Paris, la chambre minuscule aux murs écaillés et jaunis, Sarah n'a pas beaucoup plus de vingt ans elle dort encore quand je rentre au matin, je ne mets plus les pieds à la fac depuis des lustres, la semaine sers dans un bar et les week-ends veille la nuit à la réception d'un hôtel, le reste du temps griffonne des poèmes ou des histoires qu'elle lit en sirotant de la vodka allongée sur le matelas, ou sur un banc le long des pelouses du parc voisin. Je me glisse sous les draps et elle grogne parce que je suis nu maigre et gelé. Elle se tourne vers moi. J'ai l'haleine chargée de tabac et de whisky et elle m'embrasse.

Quand je me suis réveillé Sarah quittait la maison et c'était la dernière fois qu'elle faisait tinter ses clés, avalait une gorgée de thé, me disait à ce soir. Elle portait une jupe orange un pull vert pomme des tennis légères et son imperméable écru, la voiture avait démarré et après ça le silence, un silence tellement profond qu'avec le recul il ressemblait à un signal, une alerte, une pré-monition. Le lendemain on avait retrouvé la Ford garée sur un parking face à la Seine, le long des berges les péniches amarrées semblaient inhabitées, on les avait visitées pour voir. On avait aussi sondé le fleuve. Sur le siège avant droit Sarah avait laissé son sac à main, à l'inspecteur j'avais dit, Vous voyez c'est bien la preuve, si elle était partie d'elle-même elle aurait emporté sa carte bleue son téléphone, il m'avait répondu, C'est surtout celle du contraire, si elle avait souhaité disparaître ne pas laisser la moindre trace éviter qu'on la piste elle ne s'y serait pas prise autrement, c'était le coup classique, la règle d'or. J'étais assis face à lui et, de l'autre côté de son bureau, il me fixait d'un air satisfait. Je me liquéfiais dans la lumière froide et ça sentait la banane, chaque fois que je venais le voir il en tenait une dans sa main droite. Dans la gauche il tenait un petit Moleskine noir, Vous le reconnaissez je suppose, il avait dit, on l'avait retrouvé dans son sac et je ne me souvenais pas de l'avoir jamais vue avec. Je vous assure que c'est très instructif. Il en avait corné deux pages et Sarah s'y plaignait, de moi de mon caractère impossible, de nos engueulades, de mon égoïsme et de mes emportements. Un maniaque obsessionnel, colérique et infantile, c'est ainsi qu'elle me dépeignait. À la fin il était question des enfants, elle se disait à bout de nerfs et morte de fatigue, Manon était hyperactive et Clément l'épuisait avec ses questions, l'envahissait et l'étouffait à force de la coller, de se fourrer dans ses jupes.

—Arrêtez ça… j'avais gueulé.

Je m'étais levé et lui avais arraché le carnet des mains. J'étais rentré à la maison avec un frelon dans le cerveau et le cœur lacéré. Une fois là je l'avais parcouru en tremblant, et si ici ou là Sarah s'emportait, la plupart des pages étaient le parfait reflet de notre vie, ses hauts ses bas ses baisers ses coups de latte, les lisant personne n'aurait pu douter de l'amour qui nous liait tous les quatre. Les enfants avaient le droit à des pages entières, Sarah notait le moindre détail les concernant, gestes touchants expressions surprenantes pensées et moues poignantes. Quant à moi j'apparaissais tel quel, versatile égocentrique obsédé par mon travail, absent aux autres et à moi-même, colérique et rongé par quelque chose d'indéchiffrable mais elle disait m'aimer quand même, envers et contre tout elle m'aimait. En le refermant j'avais pleuré. Cette somme de fragments discontinus constituait notre vie et dessinait en mosaïque l'image cohérente et reconnaissable de ce qu'il fallait bien nommer le bonheur, qui toujours nous échappe et ne prend sa forme qu'au passé.

Je me suis relevé, Manon dormait et Clément laissait couler du sable entre ses doigts. Dans le ciel quelques nuages moutonnaient, faisaient varier la lumière, par instants on l'aurait dite d'orage, à d'autres il était dix-neuf heures en été, et puis soudain tout s'éclairait, une flaque d'argent se formait tout au bord et plus loin, au milieu du bleu intense, des bandes émeraude barraient l'horizon. J'ai attrapé le ballon et je me suis levé, avec nos blousons j'ai figuré deux poteaux de but et on a commencé la séance de tirs. Le gamin manquait de puissance mais il était d'une précision diabolique. Il avait le chic pour raser les limites et me prenait régulièrement à contre-pied, j'avais beau m'écrouler dans le sable il me manquait toujours vingt bons centimètres. Au bout de dix buts on a échangé les rôles. J'ai rapproché les poteaux, rejoint la zone de tirs à petites foulées. J'avais l'impression de peser trois tonnes, ça faisait des mois que je n'avais pas couru ni shooté dans un ballon, mes genoux crissaient et mes chevilles étaient prises dans la rouille. Bien campé sur ses pieds, Clément attendait que je tire.

—Alors qu'est-ce que tu fous? a-t-il dit au bout d'un moment.

—J'attends.

— Tu attends quoi?

—J'attends que tu me le dises.

—Mais que je te dise quoi?

Il plissait les yeux et se pinçait les lèvres, la tête penchée vers l'épaule il ressemblait à Sarah, quand j'oubliais son visage il me suffisait de le regarder pour en retrouver l'image intacte.

—Pourquoi tu lui as mordu l'oreille à ce gamin? Qu'est-ce qui s'est passé?

—Ah... Ça?

—Eh oui.

— J'ai pas fait exprès. On s'est battus, il était plus fort que moi, il me tenait par terre, il m'étouffait alors je l'ai mordu, c'est tout.

— Et pourquoi vous vous battiez ?

— Je ne veux pas te le dire.

— Tu ne veux pas me le dire ? Ça a un rapport avec ta sœur ?

— Non.

— Avec ta mère ?

Il n'a rien répondu et s'est remis en position, j'avais le soleil dans les yeux et la mer dans le dos, j'ai pris trois pas d'élan et j'ai tiré sur sa gauche. La rapidité avec laquelle il s'est lancé vers le ballon m'a épaté, ce gosse avait tout d'un élastique ou d'un ressort, du bout des doigts il l'a touché et l'a expédié à côté des buts. Je l'ai applaudi. Vraiment il m'impressionnait. À son âge j'étais tellement empoté. Un nuage a filé au-dessus de nos têtes, les oiseaux semblaient vouloir les suivre, un grand chien blond les coursait en aboyant, tout le monde courait après tout le monde et personne ne se touchait pour de bon. Clément s'est remis en position, j'allais m'élancer pour mon deuxième tir quand la voix de Manon s'est élevée.

— On reprendra tout à l'heure, j'ai dit.

La petite venait de se réveiller, après la sieste c'était toujours la même histoire, il lui fallait un bon quart d'heure pour sortir des limbes. Je l'ai prise dans mes bras et elle s'est blottie comme un chat. Elle grognait contre la lumière du jour. Clément s'est approché et lui a passé la main dans les cheveux.

— Tu sais, ce serait bien que tu présentes tes excuses au gamin. Et puis à ses parents. Ils m'ont l'air assez casse-couilles. Je pense que ça nous éviterait pas mal d'ennuis.

Il a acquiescé tandis qu'un goéland se posait à moins d'un mètre. L'œil torve et le bec entrouvert, l'animal louchait sur notre petit sac de provisions, un peu de pain, des mandarines et deux trois biscuits.

– Tu vas le faire ?

Clément a hoché la tête et cet enfoiré d'oiseau s'est saisi du sac. On a eu beau battre des mains, se lever taper du pied, rien n'y a fait, il a pris le temps de choisir son butin, un biscuit au chocolat qu'il a coincé dans son bec, avant de s'envoler comme si de rien n'était et de se reposer cent mètres plus loin pour avaler sa friandise au calme. Il ne fallait pas s'étonner qu'elles engraissent à ce point ces bestioles. Certaines finissaient dodues comme des poulets. Manon n'en revenait pas, sur le coup j'ai eu peur qu'elle râle mais elle a éclaté de rire. Puis dans un grand sourire elle a décrété une partie de sumo.

– Tu ne veux pas manger avant ? lui ai-je demandé.

– Non, je veux faire du sumo.

Ce n'était pas la peine de rêver, depuis qu'elle avait vu ça à la télévision c'était devenu un vrai rituel, impossible d'y échapper. Du bout du pied j'ai tracé un cercle et on a chassé les esprits, il s'agissait de lever très haut les jambes et de les laisser retomber lourdement sur le sol, à défaut de sel on a lancé du sable histoire de purifier le dohyo, puis on s'est accroupis et on a tendu nos bras. J'ai posé mes deux poings sur le sol et ils m'ont foncé dessus en hurlant, la petite a attrapé mes jambes et le grand m'a transpercé le ventre à grands coups de tête, pour un garçon qui méprisait la boxe il y allait fort. J'ai résisté un moment en poussant des cris terribles, j'ai fait mine de les envoyer valser mais ça finissait toujours pareil : Manon hurlait de rire ou de terreur on ne savait pas très bien, et je m'écroulais dans le sable en les serrant contre moi, on se chatouillait, les yeux au ciel et le souffle court, goinfrés de lumière et rédimés par le vent. On est restés sur la plage jusqu'à ce que le soleil décline, la mer descendait à toute vitesse, j'ai fait signe aux gamins d'enlever leurs chaussures et de relever leurs pantalons. On a couru dans les rigoles, l'eau glacée frayait parmi les sables grossiers et les brisures de coquillages, par endroits on s'enfonçait et ça vous gelait des orteils aux cheveux. Les premières vagues mordaient à pleines dents. Je me suis penché pour recueillir un peu d'eau dans le creux de mes mains et y plonger mon visage. Les enfants m'ont imité et la petite en est ressortie trempée. On était fiers comme des papes, on ne craignait rien ni personne et surtout pas le froid ni l'hiver, on était des Indiens, on a fait la danse des Sioux. Un type est apparu dans notre champ de vision, vêtu d'un maillot de bain et d'une peau rouge. Sur son crâne s'acharnaient les restes d'une chevelure rousse. Un Anglais, un Irlandais ou quelque chose dans le genre, ai-je pensé en le regardant s'avancer sans la moindre hésitation. Les yeux rivés sur l'horizon il s'est arrosé la nuque, la poitrine et le dos. Puis il a plongé d'un mouvement souple et fluide. Un vrai dauphin. Pendant un petit moment on l'a perdu de vue. On scrutait les flots calmes et lisses. Il a fini par réapparaître, une bonne cinquantaine de mètres au large. Il nageait avec application, ses gestes étaient précis, amples et régu-liers, on aurait dit qu'il s'entraînait dans une piscine chauffée à vingt-deux. Avec les gamins on avait l'air fin. On s'est éclaboussés une dernière fois pour la forme et on est retournés sur le sable sec. Au-dessus des villas le ciel était rouge, la pointe masquait le soleil et l'ombre avait gagné toute l'étendue de la plage. Seul l'Irlandais bénéficiait encore des rayons, il avait dépassé les bateaux et nageait dans la lumière blonde, droit vers les îlots noirs. À cet endroit de la côte ils formaient un archipel miniature. J'avais lu quelque part qu'on pouvait y ramasser des huîtres, les connaisseurs ne man-quaient jamais de glisser un couteau dans leur maillot. Ça devait être quelque chose de manger ça sur un rocher en plein milieu de la mer.

On a rejoint la voiture et j'ai mis le chauffage à fond, les petits claquaient des dents mais ils semblaient heureux. Le barrage était levé et l'eau bouillait en lisière des turbines, la route s'élevait fendue en deux puis se plantait à la verticale. On a patienté un bon quart d'heure en regardant passer les bateaux, des voiliers racés glissaient sans bruit, un rafiot de pêche fermait le cortège, il pétaradait gentiment et à son bord, des kilos de Saint-Jacques bâillaient à l'étroit dans leurs filets. Vers le sud la nuit gagnait sur la Rance, adoucissait les courbes du paysage et prêtait aux sables nus des teintes argent. De l'autre côté les pointes enserraient l'estuaire et tentaient de retenir les eaux mais il n'y avait rien à faire, le large s'ouvrait comme un appel immense à l'orée des premières étoiles. On est rentrés par la vieille ville, après les remparts la route longeait le front de mer, les villas verticales agglutinées laissaient parfois un couloir où jeter un œil, tous les vingt mètres on pouvait vérifier qu'il faisait bien nuit maintenant et que la Manche était noire.

– Papa, regarde, c'est Nadine…

Clément avait dit ça d'une voix pleine d'entrain, j'ai ralenti mais je crois qu'au moment même où j'ai tourné la tête je savais déjà ce que j'allais voir.

– Pourquoi tu ne t'arrêtes pas, a fait Manon ?

– Parce qu'il est tard et que vous devez prendre votre bain, j'ai répondu. Demain il y a école.

Les petits ont eu l'air déçus mais qu'est-ce que je pouvais leur dire, dans le rétroviseur devant l'Ibis, Nadine et un homme qui n'était pas leur oncle se faisaient leurs adieux.

Combe avait besoin d'un whisky, il semblait lessivé, à bout de forces. Je lui ai désigné la bouteille et l'ai laissé fouiller dans le placard. Il en a sorti deux verres qu'il a remplis à égalité.

– Santé.

En haut les enfants dormaient ou faisaient semblant, la plupart du temps après le baiser du soir je refermais leurs portes et si je prêtais l'oreille, je pouvais percevoir des bruits de pages tournées, des froissements de papiers, des déplacements et des murmures. Ils devaient jouer ou bien lire jusque tard, mais ça n'expliquait qu'en partie la difficulté de leurs réveils : à peine levés ils faisaient le tour des pièces comme pour vérifier quelque chose, chaque matin les trouvait déçus, maussades et dégrisés, je faisais semblant de ne rien voir. Tout cela ne rimait à rien, tout cela ne menait nulle part, j'avais beau m'aveugler il faudrait bien crever l'abcès un jour ou l'autre. J'ai porté mon verre à mes lèvres, un goût de terre de fumée et de bois gonflé par la pluie a envahi ma bouche et un frisson m'a parcouru l'échine. En face, Combe s'en jetait déjà un troisième et il avait ôté ses chaussures, deux orteils émergeaient des chaussettes. Ses moustaches roussies par le tabac trempaient légèrement dans le blond liquide.

– Ça va vos gamins ? Ils s'en sortent sans leur mère ?

Ce type lisait dans mes pensées, il avait demandé ça d'une voix enrouée, comme submergé par une émotion dont j'ignorais la cause. Ses yeux légèrement brillants me fixaient avec une expression indéfinissable, à la fois lointaine et compassionnelle, mais je n'avais pas l'intention de m'étendre sur le sujet. J'ai répondu que ça allait, qu'on faisait avec. Par la fenêtre je voyais se balancer les branches nues du cerisier, les murs absorbaient la lune et renvoyaient sa lueur aux quatre coins du jardin, la table en fer luisait et la nuit lui ôtait sa couleur. De mon fauteuil je ne pouvais pas les voir mais un bon paquet d'étoiles devait moucheter le ciel noir.

— Le plus dur c'est de ne pas savoir, non ? il a gémi.

Dans les murs quelque chose a craqué, un bruit sec de bois brisé. Je ne sais pas si c'était le silence alentour, mais cette maison me semblait plus vivante que la précédente. On sentait l'eau parcourir ses tuyaux comme du sang dans les veines, et ses articulations claquer à chaque coup de vent.

— Non, ai-je répondu. Le plus dur c'est l'absence. Il n'y a rien au-dessus de ça, pour eux comme pour moi.

— Vous dites ça mais si vous tenez tous les trois, c'est parce qu'il y a une part de vous qui croit dur comme mes couilles à son retour.

Combe parlait comme un charretier, j'avais déjà remarqué ça mais il avait une manière bien à lui de le faire, sans insister jamais sur aucun mot, d'un ton égal et mou qui faisait tout passer en douceur, sans rien de pittoresque ni de relevé.

— Qu'est-ce que vous en savez ?

— Je le sais c'est tout.

Il a vidé son verre. Cette conversation paraissait lui avoir ôté ses dernières forces. Les traits tirés, les yeux rougis et minuscules, il hésitait à s'en servir un quatrième.

— J'ai eu une journée difficile, a-t-il lâché, comme pour se justifier.

Je lui ai fait signe de se resservir et je l'ai imité. Je n'avais quasiment rien avalé depuis vingt-quatre heures et j'ai senti l'alcool me perforer l'estomac sans faire de détails. La tête commençait à me tourner sérieusement, je me suis levé et j'ai ouvert le frigo.

— Et donc, vous êtes venu pour quoi ?

Il n'y avait presque plus rien là-dedans, déjà pour les gamins j'avais dû racler le fond du congélateur, poisson pané pommes noisettes c'était passé de justesse : Manon avait râlé qu'il n'y avait plus de ketchup ni de citron. J'ai quand même trouvé un morceau de comté, il y avait plus de croûte que de pâte mais ça allait, il s'agissait surtout de colmater les brèches. J'ai attrapé un bout de pain et je suis retourné au salon, Combe était perdu dans ses pensées.

— C'est au sujet de la gamine ? Justine ? ai-je tenté.

— Non. Malheureusement, non. Pour le moment les recherches ne donnent rien. Ça ne me dit rien qui vaille. Elle a fait une carte bleue en banlieue sud, à Juvisy, et depuis plus rien. Qu'est-ce qu'elle est allée foutre à Juvisy, aussi, je vous le demande ?... Quel coin de merde. C'était vers chez vous, d'ailleurs, ça, non ?

J'ai hoché la tête. J'ai préféré ne rien répondre. La banlieue et tous ces coins périphériques ça ne servait à rien d'en parler à ceux qui n'y avaient pas vécu, ils étaient incapables d'y comprendre quoi que ce soit. J'avais passé l'âge de ferrailler sur ce genre de sujet ou sur n'importe quel autre. Plus jeune je l'avais fait et ça ne m'avait mené à rien, à part à m'engueuler avec la quasi-totalité des connaissances qui daignaient m'adresser la parole. Au fond les gens pouvaient bien penser ce qu'ils voulaient je n'en avais plus rien à foutre.

— Non, c'est au sujet de votre ami, là. Le père du petit Thomas. Je sais que c'est vous qui avez rendu le gosse à sa mère. Vous savez que si elle n'avait pas retiré sa plainte j'aurais très bien pu vous coffrer.

— Elle a retiré sa plainte ?

— Oui. Même moi ça m'a étonné. Quoique avec les femmes...

J'ai haussé les épaules. Décidément il avait le don de m'exaspérer avec ses commentaires, ce genre de généralités m'avait toujours rendu nerveux, quant à Sarah c'était pire, elle n'ouvrait plus le moindre journal n'allumait plus la radio, et quand au matin je lui faisais part des nouvelles elle me priait de me taire.

—Et de toute façon c'était trop tard, il a ajouté dans un murmure.

Il a relevé la tête et ses yeux luisaient bizarrement, il les avait toujours un peu vitreux mais là c'était pire, on les aurait dit recouverts d'un gel ou de lentilles translucides et remplies d'eau.

—J'ai rien pu faire. Il est entré dans mon bureau, il s'est assis il avait vraiment l'air du type complètement défait, vidé de toute substance. Des yeux de chien battu même moi ça m'a fendu le cœur. Et puis merde, ce con s'est levé d'un coup il s'est précipité vers la fenêtre et il a sauté, il s'est écrasé trois étages plus bas, de cette hauteur il aurait pu s'en sortir mais je sais pas comment il a fait son compte. C'était horrible. Et là-dessus, pas plus d'une heure après cette conne m'appelle pour me dire que finalement elle va retirer sa plainte qu'elle veut pas qu'il retourne en tôle qu'ils régleront la garde du petit et tous ces trucs par avocats comme des gens civilisés…

Combe ne me regardait plus. Ses yeux fuyaient par la fenêtre, pourtant il n'y avait pas grand-chose à voir, le jardin était quasiment nu, n'eussent été le laurier-rose et le camélia. Le poirier se dressait dans la lumière blafarde et penchait. Un vent léger faisait tinter les plaques de bois suspendues à ses branches, Tristan me les avait envoyées du Japon, la plupart représentaient des animaux et sur ma préférée, deux femmes en kimono se frayaient un chemin dans les bambous, à leur dos on pouvait consigner ses vœux ses espoirs, on les brûlerait plus tard selon le rituel shintoïste, il y en avait pour tous les goûts, l'amour la chance l'argent ou la santé. Mais rien quant au retour des disparus. Je me suis excusé. À l'étage les enfants dormaient comme des loirs, Clément avait laissé sa lampe de poche allumée, le volume 3 de *Petit Vampire* gisait ouvert sur son ventre et la radio jouait à bas volume. J'ai remonté sa couverture jusque sous son menton, j'ai embrassé son front et je suis sorti. De son côté Manon ronflait, un instant j'ai eu peur d'entendre ses poumons siffler mais ce n'était rien, juste un petit rhume qui lorgnait vers la bronchite. Je suis redescendu et Combe s'était levé, il examinait les rayonnages de la bibliothèque. Il semblait un peu mieux, en crachant le morceau il s'était délesté d'un poids.

— Pas beaucoup de Français là-dedans, il a fait en se grattant le menton.

J'ai haussé les épaules. C'est vrai que les Américains et les Japonais dominaient mais c'était en partie le fruit du hasard. J'avais beau avoir été un grand lecteur, je n'avais rien d'un bibliophile. À part la poésie et quelques marottes, je me séparais des volumes sitôt lus, les distribuais autour de moi, aux voisins aux bibliothèques aux associations. Au fond ce n'étaient pas les livres que j'aimais, seulement la littérature.

— Dites donc, j'ai vu quelque part que vous écriviez des bouquins, a-t-il enchaîné.

— Oui. Enfin, ça fait longtemps que j'ai rien fait maintenant…

J'ai eu la vague impression d'être pris en flagrant délit de quelque chose de grave. Durant un bref instant, un vague sourire a illuminé son visage. J'imagine que c'était là un des rares plaisirs que procurait le boulot d'inspecteur. Cette manière d'en savoir toujours plus sur vous qu'on ne le croit. D'avoir toujours un temps d'avance.

— C'est pour ça alors.

— Pour ça quoi ?

— Que vous bossez à l'auto-école en ce moment.

—Oui. Je suis un peu juste financièrement alors ça met du beurre dans les épinards.

D'une main il a attrapé un volume sur la plus haute étagère et l'a feuilleté. Des poèmes de Carver. Il en a lu deux ou trois. Ça n'a pas eu l'air de lui plaire.

—Vous savez que j'ai bien connu vos parents ?

—Non, je ne savais pas.

—Si si. Un de mes neveux a même appris à conduire avec votre père…

Il a reposé le livre et s'est laissé tomber lourdement dans le fauteuil. J'ai cru que le bois allait céder sous son poids. Je me suis rassis à mon tour et dans la pièce on n'entendait rien sinon son souffle épais. De temps en temps une voiture passait mais le bourdon des moteurs peinait à le recouvrir.

—Dites-moi. Je suppose que vous avez les diplômes qui vous permettent d'exercer…

—Bien sûr, ai-je répondu de la voix la plus neutre possible.

Dans ma poitrine mon cœur s'est affolé d'un coup, au détecteur de mensonge je n'aurais pas eu la moindre chance. En général dans ce type de situation je ne laissais rien paraître mais à l'intérieur tout partait en vrille, j'avais chaud et du mal à respirer, mon ventre se contractait en un spasme insoutenable et ma tension grimpait en flèche, me collait des moucherons devant les yeux.

—Bon. Vous penserez juste à m'en amener une photocopie un de ces jours. J'imagine de toute manière que votre frère qui est un gars sérieux n'est pas assez nœud pour se livrer à ce genre de conneries, vous savez comme moi qu'un truc comme ça, c'est la fermeture de la boîte assurée…

Il s'est levé et a attrapé son manteau, ses gestes étaient lents et gras, soudain il m'a semblé faire le double de son poids, il se déplaçait en traînant les pieds, j'ai eu l'impression qu'il occupait la moitié du salon à lui tout seul. Je me suis levé pour le raccompagner. Sous mes pieds le sol déclinait et je sentais chacun de mes nerfs, son niveau d'usure et son espérance de vie : on attaquait la fin ou ça y ressemblait. J'ai ouvert la porte et dehors ça sentait le printemps, ça m'a fait un bien fou cette bouffée d'air froid sans être glacial, franc sans être coupant, c'était comme entrer dans une mer à vingt degrés, une fraîcheur agréable et consentie. On est restés un moment les pieds dans les cailloux à observer la lune et les massifs de plantes. Pour la plupart c'étaient des trucs du coin, arbres aux papillons genêts giroflées, j'avais bien envie d'y ajouter un lilas ou deux. J'ai sorti deux cigares de ma poche et on les a fumés les yeux au ciel et en silence. Le vent du nord se réduisait à presque rien, un courant d'air à peine, mais ça suffisait à porter le bruit de la mer jusqu'à nous, tout sentait l'algue et l'huître et se mêlait au réglisse du tabac. Combe a écrasé son mégot et m'a tendu sa grosse main molle, sa peau était douce et glacée.

– Bon ben, bonne nuit…

Il allait pour partir mais s'est ravisé, j'ai cru que je n'allais jamais pouvoir m'en débarrasser.

– Ça vous dit ? Gala de Noël… Ma fille boxe en ouverture…

Il avait sorti un grand ticket bleu de sa poche et me le tendait.

– Ben je ne sais pas. Il y a peut-être d'autres gens autour de vous à qui ça peut faire plaisir. Vos enfants, votre femme ?

Il a fait claquer sa langue contre le palais et m'a collé le billet dans la main droite, personne autour de lui ne s'intéressait à la boxe et il n'avait pas d'autre enfant ni la moindre femme, il n'avait pas envie d'y aller seul alors si je n'avais rien à faire ce soir-là ce serait avec plaisir qu'il m'emmènerait.

– C'est dans dix jours. Si on ne se revoit pas d'ici là, je passerai vous chercher vers dix-neuf heures… Ah et puis aussi, j'oubliais. J'ai lu un de vos bouquins hier. Ne prenez pas cet air étonné

Franchement j'ai trouvé ça pas mal. Un peu geignard mais pas mal.

Sur ce, il a refermé la porte et je me suis retrouvé seul avec mon Cohiba. Tout était calme et très doux, tout baignait dans le satin de la nuit, j'ai fait quelques pas dans l'impasse, à l'étage de la maison d'en face une femme lisait en caressant son chat, dans la baie vitrée de la suivante se reflétait un écran immense, sur un fond vert des types en maillot couraient derrière un ballon, le PSG accusait déjà trois buts de retard, dans celle d'après vivaient des petits vieux qui fermaient leurs volets dès cinq heures, la dernière faisait face au large et les tamaris étaient sculptés par les vents, ils avaient l'air figés en plein mouvement, cheveux en arrière et touchant presque le sol. Je me suis assis sur le banc. Vue d'ici la mer aurait aussi bien pu être un lac. Elle clapotait languide sur le sable tassé, par endroits lissé en miroir, à d'autres opaque et soyeux. Dans le ciel les étoiles se bousculaient, j'ai sorti mon téléphone et j'ai composé le numéro de Tristan. Monsieur Poque marchait dans la neige. Je l'ai écouté un long moment me parler des temples déserts et traversés par le vent, du cimetière des pauvres où se pressaient mille bouddhas de pierre, de l'étang du Daikaku-ji et des paysans courbés dans les rizières, des pavillons de bois et de la forêt de bambous de Sagano, du pont sur la lune à Arashiyama et des lumières d'Osaka. D'un photographe qui ne photographiait que d'immenses étendues neigeuses d'où se détachaient seulement les lignes noires d'une haie, le tracé d'une route, le V noir des corbeaux. Des femmes penchées sur la mousse à la recherche de la moindre épine de pin, des jeunes râtisseurs traçant les lignes des jardins secs. De son voisin au crâne rasé et aux petites lunettes rondes, un prêtre bouddhiste qui souriait tout le temps et le faisait boire en riant des litres de saké, des terrains vagues et des canaux, des voix ferrées à l'abandon, des collines et des joueurs de Patchinko, des brochettes de grenouilles et des couloirs de torii bâtis dans la montagne. Il suffisait de fermer les yeux et je marchais avec lui dans la neige, j'entendais le coassement des corbeaux et la litanie des prières, le minuscule claquement des carpes à la surface de l'eau.

— Et toi ça va, tu t'en sors ?

Sa question m'a brutalement ramené sur terre, m'a fait l'effet d'une douche froide. Je n'aimais pas emmerder Tristan avec mes histoires. J'aimais qu'entre nous les choses soient légères et douces. Mais quelque chose me disait qu'il était temps de faire face, j'avais assez payé comme ça, j'avais fait front tout seul, le moment était venu de demander grâce ou de l'aide. Alors j'ai répondu non. Non je ne m'en sortais pas, ici j'avais cru trouver un second souffle, un répit, mais le poids était trop lourd, chaque jour apportait son lot d'emmerdes, me cassait le dos, me brisait les membres. Quant aux enfants je ne savais plus quoi faire, ils se contrôlaient mais au fond ils étaient détruits. Quelque chose en eux s'était brisé que rien ne pourrait jamais réparer. On n'y pouvait pas grand-chose, les marges de manœuvre se réduisaient de jour en jour et il fallait se résigner à se tenir auprès d'eux, à les accompagner le moins mal possible, à leur apprendre à marcher avec un trou dans le cœur et du vent dans la poitrine.

— Tristan, je ne t'ai jamais demandé. Qu'est-ce que tu penses toi ?

— À quel sujet ?

— Au sujet de Sarah.

À l'autre bout du fil j'ai entendu un grand silence, juste le craquement de ses pas et de temps à autre, la musique inédite d'une langue étrangère. Je l'imaginais longeant des maisons de bois aux cloisons de papier à flanc de colline, quelques érables rougeoyaient mais la plupart avaient perdu leurs feuilles, elles gisaient comme des taches de sang sur la neige. À un moment j'ai cru entendre gueuler un singe mais je n'étais pas sûr.

– Je ne pense rien, Paul. Je pense ce que tu penses toi. Toi seul peut savoir. J'ai toujours pensé ça tu sais. De l'extérieur on ne sait rien de ce qui se noue entre les êtres, de ce qui se joue dans un couple. On émet des hypothèses, des jugements hâtifs mais au fond on ne sait rien, c'est beaucoup trop profond, beaucoup trop complexe.

– Qu'est-ce que tu veux dire par là?

– Rien. Seulement qu'il n'y a que toi qui puisses savoir si oui ou non elle a pu te laisser. Vous laisser. Si tu crois que non, que c'est impossible alors je pense comme toi.

– Et sinon?

– Sinon quoi?

– Si c'est pas ça. Je veux dire si elle n'a pas claqué la porte… Je sais que c'est ce que tout le monde pense, que je la faisais trop chier, que son boulot l'épuisait, qu'elle sentait les choses se refermer sur elle et qu'elle avait besoin d'air, de se retrouver de vivre pour elle, et toutes ces conneries. Je sais bien que tout le monde pense ça. Ou bien qu'elle s'est barrée avec un type qui la baise mieux que moi et je te cache pas que même ça, ça m'irait. Mais si c'est pas ça.

– Qu'est-ce que tu veux que je te dise? Si c'est pas ça tu sais bien…

– Oui je sais. Mais les gamins. On ne peut pas continuer comme ça. Je ne sais plus quoi leur dire.

– Faut faire comme t'as toujours fait, Paul. Faut leur dire les choses comme elles sont. On ne sait pas où elle est. Peut-être qu'elle va revenir, peut-être que non. Peut-être qu'elle est morte. C'est là que t'en es. C'est là que les choses en sont.

On a discuté encore un bon moment, j'avais besoin de parler,

Tristan longeait une voix ferrée, les trains rasaient les maisons basses et à chaque croisement, j'entendais la sonnerie des barrières qu'on abaisse et qu'on relève. Il était revenu au centre-ville quand j'ai raccroché, il m'a dit au revoir allongé sur la berge de la Kamo, le soleil brillait et à cet endroit la neige avait fondu. Des gamins sautaient de pierre en pierre pour traverser le cours d'eau, certaines avaient une forme de tortue et sur la rive d'en face un homme s'exerçait au trombone. D'où il était il apercevait le Lawson, les types à la caisse étaient déguisés en élan et les filles en mère Noël, là-bas aussi les fêtes approchaient.

J'ai quitté le banc après avoir jeté un dernier coup d'œil à la mer, elle avançait sans faire de vagues, encerclait les rochers les uns après les autres, sans à-coups et silencieuse, inexorable. Chez Isabelle les lampes s'allumaient aux fenêtres. J'ai cogné à sa porte. Elle avait aux lèvres un beau sourire usé et tenait une lettre entre ses mains. C'était son fils, il écrivait de Copenhague.

– Copenhague c'est pas si loin, j'ai fait. Aux dernières nouvelles c'était Valparaiso, Copenhague c'est la porte à côté.

Je ne croyais pas si bien dire, il serait là pour Noël, deux ans qu'il n'était pas venu et il serait là pour Noël, resterait une semaine ou deux elle en pleurait, j'ai essuyé ses larmes avec mon pouce. Je l'ai embrassée et sa bouche était tiède comme sa peau mouillée. Ce soir-là on n'a rien fait sinon s'embrasser, se caresser le dos les épaules par-dessus les vêtements, on n'avait besoin de rien d'autre, rien sinon de se serrer et de s'étreindre. Par la fenêtre je voyais la maison et tout était noir. Les enfants dormaient et la ville aussi, dans la rue toutes lumières éteintes on était seuls, on veillait dans la petite maison blanche et fragile, perdus dans la multitude, noyés dans la masse, au bord extrême du monde. Isabelle a sorti une bouteille de vodka et on l'a descendue au son des quatuors de Schubert, les cordes coulaient comme de l'eau, quand le disque s'est achevé j'ai voulu mettre du piano mais elle a refusé, le piano elle en avait sa claque, le piano elle ne voulait plus en entendre parler, son ex en jouait c'était même son boulot, du jour au lendemain il était parti, il avait pris un billet pour une île du Pacifique, c'était là-bas qu'il comptait vivre sa vie désormais. Elle, elle s'en moquait au fond, elle ne l'avait jamais aimé plus que ça, il l'avait mise enceinte et c'était le gamin qui les avait tenus l'un à côté de l'autre pendant six ans, mais le petit avait méchamment morflé, les premiers mois de temps en temps il lui envoyait une lettre mais ça n'avait pas duré très longtemps, cet enfoiré avait refait sa vie là-bas et tout oublié d'ici, et maintenant son fils avait vingt ans et passait son temps sur les mers à chercher Dieu sait quoi, parfois la vie était tellement prévisible et implacable, suivait des chemins tellement balisés on aurait presque pu en rire, si seulement ça n'était pas si douloureux, si seulement ça ne faisait pas un mal de chien. J'ai remis un quatuor et on a changé de sujet, la gamine de l'hôpital avait retrouvé sa langue mais elle refusait de voir ses parents, ils venaient de Nantes et attendaient du matin jusqu'au soir dans le grand hall en espérant qu'elle change d'avis, c'étaient des gens apparemment très simples et très doux, ils étaient là depuis six jours et se décomposaient à vue d'œil, ils ne comprenaient rien à ce qui se passait, si ça continuait ils allaient tomber en poussière.

L'enterrement a eu lieu dans le cimetière d'à côté, son ex voulait que le gamin puisse le voir autant qu'il le voudrait, maintenant qu'il était mort qu'est-ce que ça pouvait bien foutre? Le temps était pourri et la lumière pingre, j'ai dû descendre la moitié d'une bouteille de Zubrowska pour pouvoir m'y rendre, l'autre moitié y est passée juste après. Il a plu pendant toute la mise en terre. Des gouttes lourdes et remplies de sable éclataient sur le marbre, l'eau boueuse circulait dans le gravier des allées en pente. Sous les parapluies on n'était pas plus de six ou sept. Combe avait enfilé un vieux costume défraîchi, sa peau s'irritait le long du col, on le sentait légèrement à l'étroit là-dedans. Ses chaussures le faisaient souffrir et à son haleine, j'ai pensé que lui et moi on faisait la paire. Trois types en uniforme se tenaient en retrait, des jeunes gens un peu rouges et empruntés, ils sortaient de l'école et se demandaient ce qu'ils faisaient là, consultaient leurs montres à tout bout de champ. Le collègue du grand était présent lui aussi. En complet noir il paraissait plus sec encore, ravagé par le chagrin il m'avait serré la main sans pouvoir prononcer le moindre mot. Au milieu de deux ou trois inconnus, des amis ai-je supposé, se tenait un vieil homme au teint gris. Grand et maigre il lui ressemblait trait pour trait et tenait un bouquet de fleurs. Il s'est présenté comme son père et lançait des regards épouvantés au gamin. Agrippé à sa mère le petit faisait ce qu'il pouvait. Il regardait partout autour de lui comme on espère de l'aide, un soutien, une solution. Sa bouche entrouverte cherchait de l'air. Mais ce n'était qu'une litanie de tombes grises et de calvaires, des hauts murs semblaient vouloir nous y garder pour toujours. Tout s'est déroulé dans le plus parfait silence. Le crépitement de la pluie sur les cotons imperméables. Le raclement des chaussures sur les graviers. Le bruit des roses sur le bois du cercueil. Seules les voitures nous signalaient qu'au-dehors, la vie battait encore. Personne n'a prononcé le moindre mot. On s'est contentés de regarder le cercueil descendre dans la fosse et d'essayer de tenir debout. Certains y parvenaient moins que d'autres, le gamin et son grand-père s'effritaient, les mains nouées. Autour d'eux l'hébétude dominait, personne ne réalisait vraiment. On a quitté le cimetière en ordre dispersé, l'alcool me faisait une carapace un peu molle, une gangue de coton, les sons m'arrivaient assourdis et la pluie nimbait l'air d'un halo flou. L'instant n'avait pas plus de consistance qu'un ruban de brume. À la sortie je me suis retrouvé face au gosse. Il était pâle et ses yeux vibraient. S'il voulait venir s'entraîner au sac ou jouer avec Clément il serait toujours le bienvenu, ma porte serait toujours ouverte. C'est tout ce que j'ai trouvé à lui dire, ma langue était pâteuse et le chagrin m'étranglait. Il a hoché la tête et m'a remercié d'une voix tremblante. Avec Alain, j'étais la seule personne à jamais avoir aidé son père. Entendre des mots pareils dans la bouche d'un gamin, c'était vraiment un truc à vous broyer. Je me suis retenu pour ne pas fondre en larmes. Il me tendait son visage d'enfant perdu et j'aurais voulu le prendre dans mes bras et le consoler. Sa mère nous a rejoints accompagnée d'un grand type, il m'a pris à part et m'a tendu sa carte comme à la sortie d'une réunion de travail. Si j'avais besoin de quoi que soit, il ne fallait pas que j'hésite. J'ai jeté un œil au carton et je n'ai pas pu m'empêcher de rire. Un truc nerveux, irrépressible. Juste en dessous du logo Honda, Jean-Luc Grosboul souriait, les cheveux plaqués par trois tonnes de gel. Je me suis excusé et j'ai gagné la rue. Je l'ai à peine entendu me traiter de connard. De l'autre côté des murs, c'était comme sortir d'une pièce close et sans fenêtres. Soudain l'air se remettait à gonfler les poumons, à circuler dans les rues et la pluie vous trempait en moins de temps qu'il n'en fallait pour le dire. Les bruits eux-mêmes ont semblé retrouver leur texture habituelle. J'ai retrouvé la voiture et ma bouteille. J'ai bu une large gorgée et le liquide sirupeux s'est propagé dans mon ventre et mes bras, je le sentais gagner jusqu'au moindre de mes ongles, me refaire une armure. Je suis ressorti et j'ai marché jusqu'à la mer, je tanguais au moins autant qu'elle, la pluie n'était plus qu'un crachin et m'enveloppait. Sur le front de mer ça soufflait à pleins poumons, j'étais saoul et trempé, je voulais que le vent me ressuscite. J'ai filé droit vers la pointe, les mûriers me griffaient aux chevilles, les ronces filaient ma chemise. La chapelle dominait les flots gris, des verts mouillés la cernaient, où perçaient de maigres bruyères. Mes pas résonnaient sous mon crâne, s'enfonçaient dans la terre spongieuse des sentiers. J'ai mâché des herbes, grignoté des branchages, goûté la terre, sucé des cailloux. J'ai pensé aux enfants, ils étaient à l'école et me manquaient, comme Thomas ils frayaient dans le noir, et rien ne s'allumait jamais vraiment. Ces derniers jours je les avais sentis s'engluer, l'illusion du renouveau avait fait long feu, Clément arborait en toute circonstance un visage égal et indifférent, et quoi que je lui propose, partie de football ou de cerf-volant, aquarium tortue géante et requin blanc, me gratifiait d'un haussement d'épaules. Quant à Manon elle ne quittait plus mon lit, refusait de s'endormir dans sa chambre et lorsque je la glissais dans ses draps, se réveillait en hurlant. Je veillais toute la nuit sur son sommeil, elle pleurait tout en dormant. Le chemin glissait le long de la falaise, par les rochers on gagnait le sable et les voiliers à fond de cale. J'en ai choisi un blanc et bleu. Mes pieds s'enfonçaient dans la vase et dans certains creux, l'eau m'arrivait aux mollets. Je me suis hissé sur le pont, la cabine était ouverte et minuscule, j'ai sorti ma bouteille de la poche de mon manteau et je l'ai vidée allongé sur la banquette. Des hublots étroits j'apercevais le désert de sable et l'embouchure du havre. La pluie avait cessé et la lumière jaune mangeait le ciel noir en surplomb des eaux vert-de-gris. J'ai fermé les yeux sans dormir et j'ai attendu. Que la marée me prenne et m'emporte. De temps à autre j'y jetais un œil, je la voyais progresser. Bientôt j'ai senti le bateau s'élever. Il voguait immobile et cerné de toutes parts, un vent calme faisait tinter les filins d'acier le long du mât. Douces comme la soie, les vagues faisaient mine de m'emporter. Dans quatre ou cinq heures elles me déposeraient sur le sable et j'aurais le sentiment d'une traversée.

J'ai repris le boulot deux jours plus tard. Pendue au téléphone, Nadine irradiait d'une lumière quasi religieuse. Ses cheveux tombaient sans attache et ses yeux mangeaient son visage, ils avaient dû pousser pendant la nuit. J'ai attrapé le planning du jour, Alex m'avait ajouté un nouvel élève, en quelques leçons il l'avait dégrossi et maintenant c'était mon tour, un gamin de dix-huit ans qui vivait dans le même bloc d'immeubles que Justine. J'ai fini mon café et je suis sorti, le combiné coincé entre l'oreille et l'épaule Nadine a fait clignoter son poing en guise d'au revoir, sa pâleur confinait à l'irréel.

Bréhel m'attendait à l'entrée du camping, c'était son dernier cours et il semblait tendu, on a fait quelques pas avant de s'y mettre. À l'est de la presqu'île la plage était nue et laissait accessible un rocher. On s'élevait à trente mètres au-dessus de l'eau. On a fumé nos cigarettes tout là-haut, le nez au vent au milieu du ciel. Ça s'ouvrait en variations infinies : rubans de nuages mauves, douche de lumière et rideau de pluie diagonale et jaune, rien ne manquait à l'appel. Au loin, le mélange de bleu intense et de blanc lumineux n'en avait plus pour longtemps, ça cavalait à quatre-vingts kilomètres-heure et sur le sable, de larges bandeaux d'ombre fuyaient vers les pointes, puis le soleil repeignait tout en un clin d'œil, c'était quelque chose de voir avancer la lumière, de suivre sa course folle. À nos pieds la mer tanguait sec, les cormorans s'en foutaient on les voyait plonger sous la surface et remonter quelques secondes plus tard, le cou tendu vers le ciel, où glissaient de minuscules poissons argentés. L'heure tournait, il a fallu s'arracher à tout ça, la voiture nous attendait à l'ombre d'un grand pin, les roues avant enfoncées dans le sable meuble.

— On va faire une simulation d'examen, ai-je annoncé.

Son visage s'est tendu et ses dents ont grincé, ça n'avait pas l'air de lui plaire, un gamin cueilli à froid par un contrôle-surprise. J'ai baissé ma vitre, le vent du large s'est engouffré d'un coup, la mer se refermait peu à peu sur la presqu'île et les dunes dégivraient. Ses mains tremblaient légèrement et sa nuque était raide, je me suis demandé ce qui se passait. Juste avant de mettre le contact, je l'ai vu vérifier l'emplacement de chaque pédale et de chaque commande, on aurait dit qu'il découvrait tout ça pour la première fois.

— On va d'abord se diriger vers le hameau, j'ai dit. Après ça on gagnera la voie rapide par les petites routes. Pour finir on fera un tour dans la vieille ville. Un petit créneau deux trois questions théoriques et ce sera bon. OK?

J'improvisais, je n'avais aucune idée du déroulement exact des choses, pour ce que j'en savais ça ressemblait vaguement à une leçon, il suffisait de donner quelques instructions et de se taire en attendant la faute. Il avait l'air terrorisé. On s'est mis en route. La chaussée trouée traversait le camping et à l'ouest un grain s'avançait, menaçait de s'abattre d'un instant à l'autre, ça ne servait à rien de s'enfuir. On s'est quand même enfoncés dans les terres. Des chevaux paressaient en surplomb du paysage, dominaient des kilomètres de champs de choux et de pommes de terre. Bréhel conduisait comme un débutant, accélérait débrayait par grands élans brusques, multipliait les erreurs, calait aux stops, omettait de freiner aux croisements. Il s'est mis à pleuvoir. Une pluie dense et serrée, balayée par le vent, noyait le pare-brise.

– Et les essuie-glaces, j'ai fait. C'est en option ?

Bréhel s'est excusé. Ça ne lui avait même pas effleuré l'esprit.

– C'est rien, j'ai dit. C'est la pression. Vaut mieux que ça arrive aujourd'hui que demain, vous savez.

Il a hoché la tête mais ce n'était qu'une façade, dans trois jours il avait rendez-vous pour un job, commercial pour une boîte de vêtements de mer, sur le logo un marin à casquette fumait sa pipe. À la question : Vous avez votre permis ? il avait répondu, Oui bien sûr, il faudrait longer la côte et visiter chaque station, ce boulot c'était sa dernière chance, il n'avait même plus de quoi payer le mobil-home.

– On vous a remis l'électricité au moins ?

– Oui. Le gérant est revenu plus tôt que prévu. Il s'emmerdait aux Maldives. Fait beau tout le temps. Un pays imbécile où jamais il ne pleut.

Il s'est mis à fredonner la chanson de Brassens et ça a paru le détendre. J'ai pensé à mon père, le samedi après le steak-frites rituel, installé dans le gros fauteuil en cuir il l'écoutait les yeux clos, et quand sa bouche ne souriait pas ses lèvres articulaient les paroles. Parfois il haussait le ton et chantait à l'unisson du maître, il avait une belle voix grave au grain profond et velouté, j'aimais bien l'entendre chanter, installé à la table du salon je finissais un puzzle ou mes devoirs, à la cuisine un gâteau cuisait, qu'on mangerait devant le match, un soleil d'hiver noierait le salon et maman viendrait s'asseoir près de nous, sur l'écran dans son short trop court Jean-Pierre Rives pisserait le sang et la pelouse s'envolerait en grosses mottes de terre humide.

On a rejoint la ville en coupant par les champs, les routes étaient minuscules et trouées, un vrai labyrinthe on aurait pu s'y perdre, parfois ça débouchait sur une ferme et il fallait faire demi-tour, les chiens nous suivaient en gueulant. Pour ce que je pouvais en juger, Bréhel ne s'en sortait pas si mal. On avait laissé tomber cette histoire d'examen blanc et il avait retrouvé son naturel loquace et absorbé. On sombrait, le pays tout entier sombrait, c'est ce qu'il lui semblait et je n'étais pas loin d'être d'accord, quelque chose de moisi avait contaminé l'air, de vieux relents de travail famille patrie, assortis d'une impunité vulgaire, on triait les étrangers comme du bétail, on se gargarisait de quand on veut on peut et d'on a que ce qu'on mérite, on agitait son pognon sous le nez des pauvres, s'ils en voulaient plus ils n'avaient qu'à travailler plus, tout le monde voyait ça c'était comme le nez au milieu de la figure, il y en avait plein les journaux du monde entier mais rien n'y faisait, le peuple hypnotisé s'était laissé engourdir c'était trop tard, Il finirait bouffé le sourire aux lèvres, Et vous verrez qu'il en redemandera. Je l'ai laissé sur la place, il avait trois courses à faire et besoin de marcher. Du ciel de zinc pleuvaient des cordes. Sans parapluie ni capuche, il traversait les gouttes comme si de rien n'était.

Sous l'abribus, emmitouflé dans son keffieh et couvert de minuscules boutons rouge et blanc, le nouveau m'attendait. Ses cheveux mi-longs très noirs s'agrégeaient en mèches gonflées de pluie. Je l'ai klaxonné et il a rejoint la voiture d'un pas lent et paresseux. Tout autour sur les poteaux, les vitres des halls d'immeubles, la vitrine du bar PMU, les cabines téléphoniques, le visage de Justine se reproduisait en couleurs baveuses et taché d'humidité. J'ai jeté un œil à ma fiche, il s'appelait Lucas, son visage étroit et anguleux avait du mal à émerger de son foulard. Ses lèvres ont murmuré un bonjour inaudible. Je l'ai observé régler son siège et les rétroviseurs, conduire n'avait pas l'air de le passionner et je crois qu'à tout prendre, il aurait préféré rester là à regarder les essuie-glaces aller et venir. Il a paru hésiter à enfoncer la pédale d'accélérateur. On est restés quelque temps sans rien faire, de l'autre côté du pare-brise les blocs d'immeubles se gorgeaient d'averse, plus sombres et mornes que jamais. Johnny se hâtait de rentrer chez lui, des poireaux plein le sac plastique. Il marchait les jambes arquées et les pieds en canard, à mi-chemin entre le cow-boy et le marin. À un moment son regard a balayé la voiture et il nous a adressé un signe. Je me suis demandé si c'était moi ou le gamin qu'il saluait comme ça.

— Tu le connais ?

— Oui, un peu. C'est un sale con.

— Ça a l'air. J'avais Justine en cours. Tu la connaissais, elle aussi ?

— Vous parlez déjà d'elle au passé ?

Il avait dit ça avec une telle sécheresse, un tel mépris, je n'ai rien trouvé à répondre. J'étais impardonnable. Moi non plus je ne supportais pas qu'on parle de Sarah à l'imparfait. J'ai décrété le début de la leçon, il a enclenché le clignotant et on est partis cahin-caha en direction du centre commercial. Pour un garçon rendu à sa dixième leçon ce n'était pas brillant : il maîtrisait mal les pédales et éprouvait des difficultés à se situer sur la chaussée. À moins que ce ne fût sous le coup de la colère. J'ai attendu une route droite un peu large pour reprendre la conversation.

— C'est une amie à toi ?

— Qui ça ?

— Justine.

— Oui. Je la connais depuis la maternelle.

Je l'ai regardé du coin de l'œil, avec sa dégaine d'oiseau mazouté son air inquiet ses douleurs muettes il me rappelait quelqu'un, à la fin Caroline dérivait et je ne pouvais plus rien pour elle, j'essayais de la retenir mais les courants étaient trop forts. Elle me revenait parfois au gré des marées, chaque fois plus maigre et vidée, osseuse et sombre, le regard vide. J'aurais voulu la maintenir à quai mais c'était trop tard elle était trop loin, ne rentrait plus souvent chez elle, n'allait plus au lycée, prenait n'importe quoi couchait avec n'importe qui, buvait tout ce qui passait à portée de ses lèvres. Usait ses jours et ses nuits jusqu'à la corde, avec des types plus vieux et accompagnés de chiens faméliques. Elle dormait dans leurs camions, l'été squattait les chapelles ou s'écroulait dans le sable au petit matin. Parfois, rarement, elle m'embarquait avec elle et je restais dans un coin, de grands feux crépitaient sous les étoiles et des types aux cheveux rouges crachaient des flammes avant de s'envoyer des tas de pilules multicolores. Une ou deux fois j'avais vu circuler des seringues. Devant moi, elle n'avait pas osé mais c'était à se flinguer de voir ses yeux briller à ce point en regardant ça. Elle baisait dans les dunes, je me planquais dans les oyats, je ne voyais rien j'entendais tout, je serrais les dents et je chialais. À l'hôpital elle avait l'air complètement perdue, ses parents avaient fini par la traîner là, l'avaient retrouvée à moitié éteinte et noyée dans son vomi, recroquevillée dans le lit de sa petite sœur. Avant d'aller la voir, j'avais ouvert le petit coffre de maman, emballé une broche dorée dans du papier orange, elle avait regardé ça pendant des plombes, fascinée par les éclats et les transparences. Après ça c'était fini, je ne l'avais plus revue. Le lendemain sa chambre était vide. Des mois plus tard je l'avais croisée devant la gare de Rennes, avec trois types elle faisait plus ou moins la manche, elle s'était rasé le crâne ses yeux étaient morts et sa peau translucide. Au revers de sa veste militaire elle portait la broche de maman. À cette époque je ne sortais plus de ma chambre, les lettres du lycée s'empilaient dans mes tiroirs et mes parents faisaient semblant de ne rien voir. Notre petite famille vivait sa vie comme chacun, assis sur son petit paquet de non-dits et sa boule de silence. Maman ne disait rien quand elle trouvait des sachets de shit sous mon lit, et rien non plus quand je ne touchais pas à mon assiette et que les chiottes puaient le vomi. Elle se contentait d'ouvrir les fenêtres et de me trouver un peu pâle ces temps-ci. Je ne m'habillais qu'en noir, ne quittais jamais ma mine intranquille, ne choisissais mes gestes que fragiles et maladifs, et passais mes journées à errer fantomatique dans le parc du lycée, le walkman sur les oreilles rempli de requiem et de Stabat mater, un livre à la main et un carnet au fond du sac que je remplissais de poèmes fébriles. Si je me croisais aujourd'hui je crois que j'aurais envie de me mettre des claques.

— Et qu'est-ce que tu penses toi ? j'ai tenté.

— Qu'est-ce que je pense de quoi ?

Décidément, il avait la manie fâcheuse de répondre à mes questions par une autre. Je détestais cette manière de louvoyer et de tourner autour du pot.

— Tu sais bien de quoi je parle, j'ai répondu sèchement.

— Qu'est-ce que ça peut vous foutre ?

— Ça m'intéresse, c'est tout. Fais gaffe, il a priorité.

Le type au volant de sa Kangoo a klaxonné trois petits coups secs puis s'est porté à notre hauteur, le doigt sur la tempe et la bouche ouverte sur un tombereau d'insultes, il avait tout du parfait abruti. Je lui aurais bien répondu mais je devais donner l'exemple, je me suis excusé d'une moue impuissante. Il a accéléré et la bagnole s'est éloignée en queue-de-poisson, dans un grand bruit de moteur usé.

— Je veux dire, c'était le genre à fuguer, d'après toi ?

— J'en sais rien. C'est vrai que c'était pas la joie chez eux…

— Tu veux dire : à cause de Johnny ? Tourne à gauche.

Il a obéi et en quelques mètres on s'est retrouvés en surplomb de la Rance, la route montait et descendait au gré des vallons, au bord de l'eau les anciens moulins apparaissaient puis disparaissaient, je lui ai dit de s'arrêter un peu plus loin. L'estuaire se déployait calme et doux sous nos yeux, à gauche ça se rétrécissait jusqu'à disparaître, à droite au-delà du barrage, la tour Solidor se noyait dans la brume. Par endroits les sables étaient vaseux et couverts d'herbes jaunies, les marais herbus s'étendaient sur plusieurs centaines de mètres et l'eau s'y affalait comme sur un édredon. On s'est allumé nos cigarettes et on est restés dix bonnes minutes à contempler ça, il ne manquait que la musique il n'y en avait jamais dans ces voitures, plus jeunes avec Alex on était toujours obligés de mettre notre poste sur la banquette arrière.

– Je crois que vous vous trompez pour Johnny et Justine. C'est un gros porc mais il n'oserait jamais la toucher. C'est pas ça le problème.

– C'est quoi alors ?

– C'est sa mère. Justine supporte plus. Il faut voir comment il la traite.

– Pourquoi elle n'est pas allée chez les flics ?

– Sa mère ne veut pas. Elle dit toujours que c'est un accident, que ça ne se reproduira plus mais chaque fois c'est pareil ça recommence.

Après ça il s'est tu, il regrettait de m'en avoir trop dit. Je comprenais ça. Justine n'était pas du genre à se répandre et elle aurait sûrement détesté qu'on livre des pans de sa vie comme ça au premier venu. On a repris la leçon. Je l'ai amené au beau milieu de la circulation. Il n'y avait pas grand monde mais chaque fois qu'on croisait une voiture il faisait un écart, craignait que le conducteur ne dévie sa trajectoire pour venir nous percuter. On a repiqué sur la ville par les bassins, sur les quais le long des entrepôts de tôle des chariots élévateurs Caterpillar allaient et venaient, transportaient des palettes d'un point à un autre. Plus loin des grues déchargeaient du bois. D'immenses planches de sapin attendaient d'être embarquées. Je n'ai rien vu venir, les yeux rivés sur le porte-conteneurs rouge et bleu je n'ai rien vu venir. J'ai juste senti le choc. L'arrière de la 307 était bien enfoncé. Notre capot avant aussi. Ça ne valait rien ces Peugeot. J'ai regardé le gosse il n'arrêtait pas de répéter, J'ai freiné pourtant, je vous jure j'ai freiné je comprends pas.

— Mais non tu n'as pas freiné. Si tu avais freiné la voiture se serait arrêtée tu ne serais pas rentré dans la bagnole de devant.

J'ai défait ma ceinture et je suis sorti, le type au volant n'avait pas l'air commode mais ça allait, souvent j'oubliais que moi non plus. Je persistais à me voir comme un jeune homme timide et chétif, il fallait que je me fasse une raison, que je le veuille ou non j'étais plus proche de l'ours que de la danseuse de ballet. En me voyant le type s'est immédiatement radouci, bien sûr il comprenait, apprendre à conduire ce n'était pas toujours facile, forcément au début il pouvait y avoir un peu de casse. On a rempli les papiers et on s'est tirés, à l'oreille cela ne semblait pas si grave, juste la carrosserie. Alex n'était pas de mon avis.

— Et les doubles commandes c'est pour les chiens Ducon ? Putain c'est pas possible, on ne peut pas te faire confiance.

Je l'ai laissé passer ses nerfs, je le connaissais il montait vite en régime mais ça ne durait pas, au bout d'un moment il redescendait et tout était oublié. Sa tasse à la bouche, Nadine nous regardait amusée, elle a fouillé un petit moment dans son bureau avant d'en sortir un trousseau de clés.

— Tu n'as qu'à prendre la Clio, je vais emmener l'autre au garage.

Elle a jeté un œil à la pendule. J'ai haussé les épaules. J'étais en retard mais ce n'était pas bien grave, Élise m'attendait au chaud dans son manoir anglais, elle devait boire son thé en me guettant derrière les rideaux entrouverts.

J'ai patienté quelques minutes au volant, la maison se dressait sur la roche en falaise, un jardin la dévalait avant de s'interrompre cinq ou six mètres au-dessus du sable. On y accédait par l'arrière, une cour de graviers blonds où jauniraient les mimosas et fleurirait la glycine, sous la tonnelle sommeillaient quelques chaises. Le soleil y projetait l'ombre déformée d'une grille de fer. Tout cela dégageait un charme languide et vieillot, un raffinement exquis, on se serait cru dans un roman anglais du dix-neuvième. J'avais beau lancer des coups d'œil à la porte, Élise ne venait pas. Elle allait être de mauvaise humeur. Elle avait déjà pesté pendant cinq jours en passant de la voiture d'Alex à la mienne.

—Comment voulez-vous que j'y arrive? râlait-elle. J'ai l'impression de tout devoir reprendre à zéro.

J'ai composé son numéro, j'ai attendu un bon moment, elle n'a pas décroché mais je ne pouvais rien en conclure. J'avais remarqué ça plusieurs fois en allant chez elle : Élise laissait systématiquement son téléphone sonner dans le vide.

—Vous ne répondez pas? lui avais-je demandé.

—Vous voyez bien que je suis occupée. Nous prenons le café ensemble. Je ne peux pas faire deux choses à la fois.

J'aimais passer du temps chez elle, elle se déplaçait d'une pièce à l'autre en réajustant ses châles, ses mains racées s'attardaient en caresses aériennes, effleuraient le bois des meubles, lissaient la fourrure d'un chat, s'insinuaient dans les branchages d'un olivier.

Elle me préparait du thé et nous parlions pendant des heures. En toute circonstance elle affectait ce ton précieux, cette élégance, cette courtoisie et ces manières d'un autre âge. Dans sa grande demeure boisée, remplie de tableaux, de théières, de livres et de plantes vertes je me sentais comme un éléphant dans un magasin de porcelaine. Mon corps, mes vêtements, mon langage, tout me semblait grossier, Martin Eden chez les Morse. De temps à autre, elle posait un disque sur la platine antique, le diamant crachotait un peu, elle n'aimait que Schubert et ça lui allait bien, cette retenue cette dignité, quand j'évoquais Brahms ou Mahler elle haussait les épaules, Ils s'épanchent trop pour moi, disait-elle avant de monter le volume du *Voyage d'hiver*, un après-midi nous avions écouté le cycle en entier, côte à côte et en silence, les yeux rivés sur la baie lumineuse et déployée, au bout du jardin le sable était rose et les marées d'équinoxe découvraient des géographies insoupçonnables.

Le portail était fermé, j'ai sonné sans succès, aux fenêtres les rideaux demeuraient immobiles, frissonnaient à peine. Devant la maison d'à côté le voisin examinait sa boîte aux lettres, il en a extrait une dizaine de journaux publicitaires et de catalogues de jouets, Noël approchait il allait falloir que je m'y mette, avec les petits on avait feuilleté tout ça et il n'en était pas ressorti grand-chose, pour résumer ils voulaient tout, à chaque page ou presque Manon s'exclamait, elle ne croyait plus au père Noël mais pour autant, elle avait du mal à se faire à l'idée qu'en la matière les choses soient limitées par mon compte en banque.

– Élise est sortie ? lui ai-je demandé.

Il s'est tourné vers moi et m'a jeté un regard méfiant, visiblement il appartenait à cette large catégorie de gens qui s'effraient qu'on puisse leur adresser la parole et seraient prêts à vous asperger de gaz lacrymogène pour peu que vous osiez leur demander votre chemin.

— Comment voulez-vous que je le sache? a-t-il marmonné avant de me tourner le dos et de refermer la porte du jardin derrière lui.

Je l'ai regardé grimper les marches du perron, une à une en s'arrêtant à chaque pas, il flottait dans son chandail et son pantalon de velours côtelé marron aurait pu en accueillir six comme lui. Il devait avoir sensiblement le même âge que sa voisine mais paraissait plus vieux d'au moins dix ans, quelque chose dans son maintien et la voussure de ses épaules accusait le passage du temps et signalait l'imminence de la mort. Juste avant d'entrer chez lui il a promené son regard sur la rue. En me voyant il a froncé les sourcils. Je me suis dirigé vers la plage. Des chars à voile circulaient sur le sable humide, viraient à trois cent soixante degrés, se croisaient en vrombissant, sur la digue de vieilles dames en fourrure guettaient l'accident. Leurs bassets frénétiques reniflaient le bitume et levaient la patte au moindre réverbère. Je suis passé au large, sur ma droite un type décollait du sol, rivé à une voile orange et rouge il faisait des bonds de dix mètres et hurlait de plaisir. L'escalier grimpait dans les roches blanchies par les balanes, dans les creux la mer avait laissé des mares où frétillaient de minuscules crevettes, dès que j'approchais elles se planquaient sous les algues prune. Les patelles s'accrochaient même aux marches, les dernières étaient lisses et nervurées, une peau d'hippopotame. La barrière du jardin tenait à peine sur ses gonds, je l'ai poussée et me suis frayé un chemin entre les pierres, le sentier disparaissait sous les herbes et là-haut les chaises gisaient sur le sol, poussées par le vent. Sur la table du salon, deux tasses et une théière argentées nous attendaient Élise et moi, j'ai cogné au carreau, trois chats sont venus se frotter contre la vitre en me faisant les yeux doux mais ce fut tout. J'ai fait le tour de la maison, me suis hissé jusqu'à la cuisine et elle était là, étendue sur

le carrelage. Les rosiers grimpants me lacéraient les bras, ma cheville s'est pliée en deux et du sang me coulait sur la joue droite.
J'ai ramassé une grosse pierre, la vitre a craqué dans un tintement
de cristal, le rebord était constellé d'éclats je m'en suis foutu plein
les paumes. Incapable de bouger, visiblement épuisée, Élise a
esquissé un sourire.

—Ah vous voilà enfin… a-t-elle murmuré avant de fermer les
yeux.

Elle a attrapé ma main et s'est endormie aussitôt, prononcer ces
mots lui avait ôté ses dernières forces. J'ai appelé le SAMU, ils sont
arrivés toutes sirènes dehors, quatre grands types en uniforme,
d'où j'étais je voyais le camion garé sur la plage, dans moins d'une
heure les premières vagues viendraient lui lécher les roues. Je les ai
regardés grimper les escaliers au petit trot, encombrés de matériel
médical. Je les ai fait entrer par le jardin d'hiver, ils m'ont mitraillé
de questions, je n'avais aucune réponse satisfaisante à leur fournir,
on marchait parmi les débris de verre et la pierre traînait au pied du
buffet, visiblement les raisons de ma présence dans cette maison
et les conditions de mon entrée les préoccupaient davantage que
la santé d'Élise.

—Ça fait combien de temps qu'elle est par terre?

—Je n'en sais rien, ai-je répondu. Je l'ai trouvée comme ça en
arrivant. On avait rendez-vous pour la leçon et comme elle ne
répondait pas…

—La leçon de quoi?

—Je suis moniteur d'auto-école.

—Bon, on va l'emmener.

—Je vous suis?

—Comme vous voulez. Si vous avez un moyen d'avertir son
mari, sa famille.

—Son mari est mort.

– Eh bien, ses enfants.

– Ils n'habitent pas ici, mais je vais voir.

Ils ont placé Élise sur un brancard, ils la manipulaient comme un mannequin. Un masque à oxygène lui couvrait le visage. J'ai fouillé dans le secrétaire en acajou, le carnet d'adresses se cachait au beau milieu d'un paquet d'enveloppes jaunies et d'une nuée de cartes postales. Je l'ai ouvert et la plupart des noms étaient barrés.

– Vous nous suivez ?

J'ai fourré le carnet dans ma poche et nous sommes sortis. Laisser la maison ouverte et dans cet état de désordre inhabituel n'avait rien pour me plaire mais ce n'était pas le moment d'y penser. J'aurais voulu effacer les traces, rembobiner le film et retrouver Élise à la table du salon, boire une gorgée de thé russe en l'écoutant me parler d'Aragon, son mari vénérait ses poèmes il en connaissait des centaines, les déclamait à tue-tête, à tout moment et dans n'importe quel endroit. Il disait toujours qu'elle était « son Elsa » et ça la faisait sourire, ses yeux brillaient encore à ce simple souvenir.

De l'autre côté de la haie, le voisin nous observait. Je lui ai fait signe de rentrer chez lui, ça me débectait qu'il puisse voir Élise dans cet état, gisant sur la toile, les membres mous et reliée à une bonbonne, les cheveux défaits et la robe remontée à mi-cuisses. J'ai suivi l'ambulance l'oreille collée au téléphone, on roulait à tombeau ouvert et au bout du fil aucun de ses enfants ne répondait, j'ai laissé mon nom et mon numéro, j'ai dit, C'est au sujet de votre mère, elle a eu un malaise on la conduit à l'hôpital, et j'ai raccroché. Aux urgences, tout est allé très vite, des tas de gens s'activaient autour d'Élise, elle n'aurait pas aimé ça, ai-je pensé, elle si soucieuse de ne peser sur personne, de n'être un souci pour quiconque, légère comme une plume, présente seulement si on le lui demandait, se volatilisant dès lors qu'on n'avait plus besoin d'elle. Du moins était-ce ainsi que je la voyais. J'ai attendu deux bonnes heures dans un couloir, des hommes en blouse blanche allaient et venaient en m'ignorant. Autour de moi une dizaine de personnes patientaient, dans les bras de sa mère un bébé hurlait et près de la fenêtre un gamin se tenait le bras en pleurant. J'ai sorti mon téléphone et le petit carnet noir. J'ai composé les numéros une bonne dizaine de fois chacun, le nez collé aux vitres donnant sur rien, une étendue d'herbes mauvaises et quelques voitures garées. De temps en temps une ambulance déboulait et vomissait un brancard. Dans le ciel, les goélands tournaient en rond comme des vautours. Le combiné à l'oreille je regardais défiler des peaux flétries et trop pâles, des visages hagards aux bouches entrouvertes. À l'autre bout du fil, les chiens ne faisaient pas des chats, personne ne répondait et les annonces se succédaient, impersonnelles, professionnelles et froides. Je laissais des messages de plus en plus pressants, de moins en moins amicaux, j'en avais plein les bottes. J'ai fini par tomber sur une de ses filles, elle avait bien reçu mes appels mais elle était au boulot, elle ne pouvait pas me parler pour le moment, elle semblait complètement paniquée, on aurait dit qu'elle m'appelait en cachette.

– C'est grave ?

– Eh bien, disons que ce serait peut-être bien que vous veniez le plus vite possible. Elle n'a pas l'air d'aller bien.

Je l'ai entendue prendre une grande respiration, je m'attendais à ce qu'elle fonde en larmes d'une minute à l'autre.

– Mon Dieu… Mon Dieu… Écoutez, je vous rappelle ce soir, je vais voir ce que je peux faire, comment je peux m'organiser, c'est tellement compliqué ces temps-ci, on est en plein rush et tout le monde compte sur moi, je ne peux pas m'absenter comme ça n'importe quand…

Elle paraissait vraiment à bout de nerfs. Je lui ai demandé si elle n'avait pas un moyen de contacter son frère et sa sœur mais pour eux non plus ça n'allait pas être simple : Pierrick vivait à l'étranger et Hélène passait ses vacances en Asie. Elle a raccroché au moment précis où le médecin se plantait devant moi, c'était un homme d'à peu près mon âge mais beaucoup mieux conservé, ses tempes grisonnaient à peine et pour le reste il respirait la santé et la confiance en soi. Sur son passage les filles devaient tomber comme des mouches. Je ne sais pas pourquoi mais je ne pouvais m'empêcher de l'imaginer parfaitement bronzé sur des pistes noires éblouissantes, skiant sourire aux lèvres.

– Bonjour, il a fait, vous êtes le fils de Mme Élise Grindel ?

– Non, mais c'est moi qui l'ai trouvée.

– Vous pouvez me suivre, s'il vous plaît ?

Je lui ai emboîté le pas et on s'est perdus dans un dédale de couloirs et de murs gris-bleu. Aux faux plafonds grésillaient des néons froids. Par les portes entrouvertes se succédaient des corps alités et couverts de pyjamas, parfois assis sur une chaise un proche somnolait et partout les télévisions s'allumaient sur des séries d'après-midi. Je suis entré dans un bureau à l'ameublement minimal, un type à lunettes se grattait une barbe entretenue, il m'a fait un point rapide de la situation, en gros il n'avait aucune idée de ce qui se passait, Élise avait recouvré connaissance mais elle était très faible et semblait souffrir de troubles de la mémoire, sa perception des choses était sérieusement altérée, on allait la garder en observation et lui faire subir toute une batterie d'examens mais il ne fallait pas que je m'inquiète. Il m'a serré la main et je me suis retrouvé seul dans le couloir javellisé. J'ai mis plus d'un quart d'heure à trouver la sortie, dehors il pleuvait et les gouttes avaient un goût de sel, comme si l'eau tombant du ciel avait été puisée dans la mer.

Sur le toit de l'école, deux oies bernaches s'égosillaient. Ce qu'elles pouvaient bien faire là c'était le mystère complet. À l'arrière-plan, le ciel convalescent se remettait à peine. Il s'était déchiré pendant plus d'une heure, et la ville entière avait ployé sous la grêle. Devant la grille une quinzaine de parents patientaient, ils semblaient tous bien se connaître et s'être passé le mot. Personne n'a daigné me dire bonjour ni me regarder autrement qu'à la volée. J'avais passé l'âge de me formaliser pour ce genre de truc. Je me suis posté en retrait et j'ai tendu l'oreille. Pour l'essentiel, il était question du petit Thomas Lacroix et il n'y avait pas grand monde pour s'émouvoir de la mort du grand. J'ai eu subitement envie de vomir. Je me suis éloigné de quelques mètres. Sur le toit les oies bernaches avaient disparu, elles avaient dû rejoindre leurs collègues réunies dans le secteur pierreux de la plage du Minihic, la veille elles s'étaient posées là par dizaines, elles repartiraient dans une quinzaine de jours. Un rayon de soleil s'est extirpé des nuages pour cogner aux fenêtres, un instant tout s'est mis à miroiter. Une ombre noire a traversé la cour, la directrice venait nous ouvrir en personne ce n'était pas si fréquent, j'ai tout de suite flairé l'embrouille. Elle s'est pointée tout sourire et il fallait les voir, tous autant qu'ils étaient, chacun y allait de son petit bonjour mielleux, on aurait dit qu'ils s'adressaient au pape en personne. Quand elle s'est approchée de moi et qu'elle m'a prié de lui accorder un instant, je n'ai même pas été surpris, je n'ai pas bronché ni levé les yeux au ciel pour le maudire, je me suis contenté de traverser la cour à sa suite comme une enfant punie. Par la fenêtre au milieu des autres gamins j'ai aperçu Manon. Elle m'a vu elle aussi et m'a lancé un grand sourire. Ça m'a filé une décharge en plein ventre. C'était comme si je ne l'avais pas vue pendant trois jours, je pouvais ressentir physiquement le manque que j'avais d'elle, un grand trou au creux de la poitrine. Vraiment, je n'avais pas la moindre envie de rester là à parler avec Madame la directrice, si je m'étais écouté je l'aurais plantée là pour aller serrer ma fille et je l'aurais fait valser dans les airs, histoire d'entendre son rire un bon coup.

— Vous avez un peu de temps à me consacrer, Mr Anderen ?

— C'est-à-dire, je suis pressé.

— Je n'en ai pas pour longtemps. Vous me suivez dans mon bureau ?

Je lui ai emboîté le pas sous le regard des autres parents, un instant j'ai eu la sensation de revenir vingt-cinq ans en arrière, convoqué par le proviseur à cause du prof d'anglais, à cinquante ans il sentait l'urine et vivait chez sa mère, on ne se lassait pas de le faire rager. J'avais mis au point mon petit numéro, j'attendais qu'il se retourne pour écrire au tableau et je me sauvais par la fenêtre, puis je longeais le bâtiment et toquais à la porte. Il s'interrompait et me regardait effaré m'installer près de Caroline. Je m'excusais pour le retard et il reprenait son cours, fouillant dans sa mémoire : il aurait juré m'avoir vu assis là-bas au fond dès le début de l'heure. Il m'arrivait de répéter l'opération plusieurs fois et à chacune de mes apparitions, aussi étrange que ça puisse paraître, le doute embrasait son visage. Après ça la moitié des élèves quittaient la pièce, l'autre entamait une partie de poker et il parlait pour personne jusqu'à la fin du cours.

Dans le bureau meublé de placards métalliques flottait une

odeur de café réchauffé et de pâtisserie industrielle, côté goûters ça devait s'en donner à cœur joie. Sur la table en formica s'entassaient toutes sortes de papiers et un cube photo où souriaient des enfants qu'on devinait être les siens. Elle tournait le dos à la fenêtre. Typiquement le genre de truc que j'étais infoutu de comprendre. La pièce donnait pourtant sur une pelouse où se dressait un châtaignier immense. Au printemps on y organiserait des pique-niques, Manon m'avait dit ça des étoiles plein les yeux, du doigt elle m'avait désigné un arbre dont les branches tombaient jusqu'au sol, bientôt les feuilles pousseraient si nombreuses qu'on s'en servirait de cabane et sous la voûte verte s'échangeraient mille secrets sans importance. Elle semblait hésitante, visiblement elle ne savait pas trop par quel bout prendre les choses. Pourtant ça n'avait rien de particulièrement complexe : étant donné l'altercation qui m'avait opposé à Mme Désiles, qui avait bien entendu son entière confiance, elle ne serait plus en mesure d'accueillir Manon à la rentrée, il me fallait donc prendre mes dispositions. D'ici les vacances de Noël, elle consentait à l'accepter en classe mais elle n'irait pas au-delà. Elle avait commencé d'une voix tremblante, on aurait dit qu'elle craignait que je lui en colle une mais ça n'avait pas duré, le plaisir mesquin d'avoir prise sur la vie d'autrui, de produire une quelconque forme d'autorité avait raffermi son ton et sa gestuelle, en moins d'une minute elle avait retrouvé son naturel pète-sec et sournois. Je me suis levé sans rien dire. Une cafetière traînait sur un chariot à roulettes, au milieu de deux piles de gobelets écrus et d'un paquet de sucre. Je l'ai saisie et j'ai renversé son contenu sur le bureau. Toutes les feuilles ont viré au marron. Elle est restée sans réaction. Je lui ai dit au revoir et je suis sorti d'un pas tranquille. Quand la porte s'est ouverte deux dames de service ont pris un air gêné. Elles avaient suivi l'entretien l'oreille collée à la porte, et aux regards que me

lançaient certains parents j'ai compris qu'ici les nouvelles circulaient vite, pour changer j'étais le paria de service, ça m'a rappelé
des tas de choses, l'école, le boulot, toute ma vie quoi. J'avais
l'habitude, je ne me suis pas attardé, les gamins m'attendaient et
je leur avais promis la fête foraine. J'ai récupéré Manon, elle était
bien sagement assise sur son petit banc au milieu de ses camarades, elle tenait par la main sa voisine, toujours la même petite
blonde au sourire malin, elles discutaient de je ne sais quoi et
avaient l'air de bien s'entendre, ça m'a déchiré le cœur de voir ça.
Les choses avaient été suffisamment douloureuses avec Hannah.
Elle m'en parlait tout le temps et on lui avait envoyé des tas de
lettres, elle avait répondu à la première mais pas à la seconde et
chaque jour en rentrant, Manon me demandait si elle avait reçu
du courrier. Son regard triste quand je lui annonçais que non en
disait long sur sa déception. Quand elle m'a vue, elle a lâché la
main de sa copine, un grand sourire a illuminé son visage. Avant
de me rejoindre elle est allée embrasser la mère Désiles, ainsi que
le faisaient tous les autres, elle n'était pas rancunière, ai-je pensé,
ça m'étonnait toujours cette capacité qu'ont les enfants à oublier,
redonner sa chance à qui ne la mérite pas.

Clément nous attendait près des grilles, il lisait debout indifférent à ce qui l'entourait. J'ai dû prononcer son nom plusieurs
fois avant qu'il ne revienne au monde réel, ses camarades passaient près de lui sans un au revoir ni le moindre regard, ça faisait
maintenant trois semaines qu'il avait repris l'école mais son iso-
lement demeurait le même, parfois le soir venu je m'aventurais sur
ce terrain et n'en récoltais rien. Non il ne s'était pas fait d'amis.
Non personne ne lui adressait jamais la parole mais ce n'était pas
grave, il n'avait pas envie de leur parler ils étaient trop gamins.
Tout cela ne me disait rien de bon, Si les garçons sont trop cons
va voir du côté des filles, lui disais-je, mais il était trop timide,

il n'osait pas les aborder ni se mettre à leur table. Lui et moi on se ressemblait c'en était presque inquiétant, je ne savais que trop bien où tout cela pouvait mener. Seule Sarah m'avait sauvé des sables. De sa main fraîche elle m'avait tiré vers le ciel. Dans son sillage j'étais venu au monde. Pour de bon cette fois. C'est ce que je m'étais dit alors.

Tout sentait le graillon, les crêpes et la barbe à papa. Des gens circulaient dans les allées, on se demandait d'où ils pouvaient bien sortir, certains jours la ville semblait vidée de ses habitants, on pouvait marcher des heures sans croiser personne. Des haut-parleurs s'élevait la voix grotesque des forains. Régulièrement des hurlements hystériques venaient couvrir la musique, on levait la tête et des nacelles fonçaient dans le vide, tournaient sur elles-mêmes à des allures inquiétantes. À l'intérieur les visages oscillaient entre rire et terreur. Les gamins étaient aux anges, Manon me tenait la main et Clément avait glissé la sienne dans celle d'Isabelle, on l'avait retrouvée dans un café, elle lisait son journal près d'une grande cheminée où dansait un feu mourant, au comptoir des balançoires suspendues au plafond faisaient office de chaises et des centaines de poupées recouvraient les étagères. Ces derniers jours elle ne vivait plus que dans l'attente, Gaël par-ci Gaël par-là elle parlait de son fils à tout bout de champ. Ses yeux flambaient, l'embrassant on croyait souffler sur des braises et la fatigue n'avait plus de prise. Après un chocolat on s'était plongés dans l'alignement d'attractions détrempées : tir à la carabine autos tamponneuses maison des horreurs manèges divers rien ne manquait. Manon rêvait aux monceaux de peluches qui s'entassaient derrière les vitres. J'ai mis une pièce. La pince était trop molle pour accrocher la tête de Shrek. La petite a commencé à pleurnicher. Je n'y pouvais pas grand-chose mais je n'avais aucune envie de la décevoir. J'ai claqué six euros et l'ogre vert a fini par se laisser suspendre, Manon ne l'a plus lâché de la soirée. De son côté, Clément s'était adjugé un petit poste de radio en dégommant des boîtes de conserve à l'aide de balles de cuir remplies de sable. Après ça on a fait équipe lui et moi, fusil à l'épaule les ballons éclataient les uns après les autres, Manon nous regardait éblouie, la bouche couverte de fils de sucre mauve. On avait l'air fin avec notre Bart Simpson géant. Le jour déclinait et les bassins viraient au rouge, les chalutiers s'ombraient aux abords des entrepôts et les grues mutaient en animaux étranges. Les manèges étincelaient, parés d'étoiles et de strass. Dans leurs cabines, des types à la dentition partielle fumaient en délivrant des tonnes de tickets, je me suis présenté à l'un d'eux, Clément avait jeté son dévolu sur un tourniquet sophistiqué, on s'asseyait dans un engin blanc clignotant, ceintures bouclées le manège se mettait en marche, d'abord il tournait juste à pleine vitesse et on faisait moins les malins mais on n'avait encore rien vu. Une voix annonçait le début des choses sérieuses et on n'avait pas le temps de frémir qu'on se retrouvait déjà la tête en bas, pris dans un mouvement d'aspiration qui me rappelait mes rêves de mort, souvent je me réveillais en sursaut avec le sentiment qu'on venait de me sucer l'intérieur, que je m'étais retiré de moi-même emporté par un souffle extraordinaire. On est ressortis de là le ventre à l'envers et parfaitement livides. Pendant plusieurs minutes, le sol a tangué. Clément a voulu me faire goûter sa gaufre et j'ai failli la vomir. Je n'avais plus l'âge pour ces conneries. J'ai laissé ma place aux autos tamponneuses, je me suis contenté de payer et de regarder le spectacle avec Manon. Isabelle et Clément ont pris une voiture chacun, la sono diffusait des chansons de variétés à la mode, pour la plupart je ne les avais jamais entendues et je ne m'en portais pas plus mal, Sarah se foutait toujours de mon incapacité à m'adapter à des environnements sonores hostiles : Tu ne voudrais quand même pas qu'ils passent

Leonard Cohen du matin au soir, plaisantait-elle entre deux rayons d'un supermarché ou au comptoir d'un café, assise sur une chaise en plastique où l'on patientait tandis que, juchés sur des chevaux de bois, les enfants tournaient sans fin.

Le type au comptoir m'a rendu cinq euros sur les vingt que je lui avais tendus. J'ai attendu bien sagement ma monnaie.

– Ben non vous m'en avez filé dix.

Il m'a répondu ça d'une voix grasse et narquoise qui appelait soit le silence soit le coup de boule. À un autre moment de ma vie j'aurais sans doute opté pour la seconde solution et d'une certaine manière, vu les circonstances, je crois que ça m'aurait fait du bien de sentir son nez craquer sous mon front. Mais je me suis abstenu. J'ai ramassé mes tickets tandis qu'il tirait sur son cigare bon marché. Dans sa bouche trouée brillaient de fausses dents métalliques. Au fond je m'en foutais de mes dix euros, j'avais assez d'emmerdes comme ça. J'ai tendu les tickets à Clément et ils ont démarré en trombe, moins d'une minute plus tard le massacre commençait, ils rentraient dans tout ce qui bougeait, le petit avait l'air plutôt féroce au volant de son bolide. On les a observés un moment puis on s'est dirigés vers la grande roue, Manon la regardait tourner avec envie et se demandait si elle montait assez haut pour qu'on puisse voir la mer.

– On va vérifier ça avant qu'il ne fasse tout à fait nuit, j'ai dit, et on s'est installés face à face sur les banquettes suspendues.

J'ai allumé une cigarette et c'était parti, on s'est élevés tout doucement au-dessus des autres manèges, les lumières brillaient sous nos pieds et les sons se mélangeaient dans un brouhaha pâteux. On a fait trois tours d'affilée, Manon ne se lassait pas de monter et de descendre, à chaque passage quelque chose de nouveau attirait son regard. Un chalutier bleu et rouge, des filets de pêche gisant sur les quais, un voilier aux boiseries rutilantes, un bateau militaire avec ses officiers aux uniformes impeccables, les remparts et les lumières du château, la mer qui montait et semblait ignorer digues et falaises, ensablait les routes et le plain-pied des maisons. Tout paraissait la fasciner, la remplir. Des ondes de bien-être se répandaient dans mon ventre et le long de ma colonne vertébrale. Je lui ai fait signe et elle s'est levée de son banc pour me rejoindre. La nuit tombait et on s'en est repris pour trois tours.

— Tu t'es fait une copine à l'école, j'ai l'impression.

— Oui. Elle s'appelle Maylis et on joue tout le temps ensemble. Elle m'a dit que bientôt elle m'inviterait à la maison.

J'ai hoché la tête et je l'ai prise sur mes genoux, ses cheveux me caressaient le visage j'ai embrassé son cou, et de la voix la plus tendre possible j'ai murmuré à son oreille.

— Tu sais, après les vacances, tu vas aller dans une autre école.

— Encore ?

— Oui. Encore. Mais une école encore mieux. Avec des tas de jeux dans la cour, des jouets tout neufs dans la classe et surtout une maîtresse très gentille qui ne crie jamais.

— Et Maylis ?

— Maylis quoi ?

— Elle va changer d'école elle aussi ?

— Non. Je ne crois pas. Elle va rester dans celle-là mais on pourra l'inviter nous aussi, tu pourras lui montrer ta chambre et tes jouets, et puis je vous ferai un gâteau

Elle s'est tue un long moment, elle semblait réfléchir. La roue a ralenti pour la sixième fois et dans le haut-parleur, une voix de femme a annoncé l'imminence d'un prochain départ. Tout s'est soudain immobilisé mais Manon n'a pas bougé, perdue dans ses pensées elle fronçait les sourcils et fixait le vide.

— On y va ma loutre ?

Elle s'est levée et m'a suivi comme une somnambule. On a

rejoint les autres, ils s'apprêtaient à prendre place dans une barque immense et criarde, bientôt elle s'élèverait à la verticale, monterait à plus de trente mètres au-dessus du sol, et d'un seul coup serait lâchée dans le vide. C'était de loin l'attraction qui générait le plus de cris, rien qu'à la regarder j'avais des haut-le-cœur.

– C'est parce qu'ils ne veulent plus de moi ?

J'ai sursauté. Au bout de ma main Manon me tendait son visage minuscule et inquiet, cette gamine on ne pouvait rien lui cacher, elle avait toujours un temps d'avance et même quand elle paraissait s'absenter, ses oreilles et ses yeux captaient tout.

– De quoi tu parles mon ange ?

– C'est parce qu'ils ne veulent plus de moi que je dois changer d'école ?

– Mais non, ma chérie. Ça n'a rien à voir. C'est ma faute. Je me suis disputé avec ta maîtresse parce que je n'aime pas la manière qu'elle a de parler aux enfants, et encore moins sa façon de les traîner par le bras ou de leur tirer les cheveux.

La barque s'est mise à monter très lentement, Isabelle et Clément nous faisaient des signes de la main, ils souriaient de toutes leurs dents mais dans leur poitrine ça devait s'en donner à cœur joie. À son micro l'animateur redoublait de blagues vaseuses, bientôt il a annoncé la première descente. Le premier palier était à vingt mètres. D'où j'étais j'apercevais Isabelle mais pas Clément, les doigts sur la bouche elle a mimé le claquement de dents.

– Mais elle avait raison, tu sais. J'ai fait une grosse bêtise quand j'ai mangé la peinture.

Je me suis accroupi à sa hauteur, j'ai replacé son écharpe dans le col de son manteau, écarté une mèche de son front, essuyé le sucre au coin de sa bouche à l'aide d'un mouchoir. Dans mon dos ça s'est mis à hurler, quand je me suis retourné la barque avait rejoint le sol et Clément ouvrait des grands yeux terrorisés.

Je crois que s'il avait pu il serait ressorti aussitôt mais c'était trop tard, déjà l'engin remontait vers le ciel.

— C'est vrai que c'était une grosse bêtise, mais personne n'a le droit de te pincer ou de te tirer les cheveux, tu comprends?

— Même pas toi?

— Même pas moi. De toute façon jamais je ne pourrais faire un truc pareil. Même si tu m'énervais au plus haut point, même si tu étais la pire des petites filles.

Mes explications ont eu l'air de la satisfaire. Elle a respiré un grand coup comme elle faisait toujours quand elle prenait sur elle et on s'est tournés vers la barque, cette fois elle s'était arrêtée tout en haut, il n'y avait guère que la grande roue pour s'élever au-dessus d'elle, d'où ils étaient on devait avoir une belle vue sur la jetée et la corniche de la cité d'Aleth, l'horizon devait s'ouvrir et vous happer mais personne n'en avait rien à foutre, chacun était trop occupé à tenter de contrôler sa peur.

Ce soir-là, Isabelle est restée dormir à la maison et les enfants n'ont rien dit. Elle ne remplaçait rien ni personne. Ils le savaient aussi bien que moi, ce n'était même pas la peine d'en parler. Aucune plaie ne se soignait auprès d'elle. Ni les leurs ni les miennes. Elle était là et c'était tout, pendant un moment on ferait la route ensemble. Tant que ça nous conviendrait. Tant que tiendrait l'attelage. Tant que Sarah serait loin. On avançait comme ça à l'aveugle et ça nous allait. Elle avait ses propres fantômes, ses cicatrices, mais pas plus que je ne lui parlais des miens elle n'évoquait les siens. On aimait boire et baiser ensemble. Les petits la trouvaient tendre et joueuse. C'était l'essentiel. On verrait plus tard pour les détails. Il s'agissait de tenir debout et peu importaient les moyens.

Les enfants se sont couchés tard, une grève s'annonçait et viderait l'école pour quelques jours. Après ça ce seraient les vacances, avec Nadine et Alex on s'arrangerait comme on pourrait, au fond ça ne me dérangeait pas plus que ça, j'aimais mieux les savoir dans mes parages et passer mes journées en voiture commençait à m'user. On avait beau ouvrir les fenêtres ce n'était jamais vraiment de l'air, et tout défilait trop vite pour qu'on puisse sentir quoi que ce soit. Il faudrait songer à trouver autre chose. Les huîtres ou les oiseaux peu importait, pourvu que ce fût dehors et qu'il me restât du temps pour les sentiers.

Le vent a soufflé toute la nuit, la mer grondait jusque dans la maison. Manon craignait qu'elle ne s'envole ou que les murs ne s'écroulent, elle se planquait sous les draps et refusait de regagner sa chambre, de sa voix cassée Isabelle lui glissait des berceuses. Clément n'a pas tardé à pointer son nez. Lui non plus n'en menait pas large.

– C'est le vent, il a fait. Ça souffle trop fort.

À chaque bourrasque, la maison vibrait, les vitres se tendaient comme des arcs, et menaçaient de rompre. J'ai descendu tous les volets et monté les radiateurs. Ils étaient trois dans mon lit, Isabelle leur lisait des histoires de tempête, Clément écoutait ça comme s il avait quatre ans, ça devait lui faire du bien de baisser un peu la garde, de se laisser aller. J'ai fermé la porte et je suis allé au salon, j'ai allumé deux bougies débouché une bouteille de vin, Polly Jean Harvey déraillait. Dehors quelque chose a craqué. Je suis sorti et le vent m'a plaqué en arrière, il m'entrait par la bouche et les narines, j'en avalais des litres sans pouvoir respirer. Des paquets d'écume roulaient dans les graviers, d'autres voletaient à deux mètres du sol. La moitié du poirier gisait dans l'herbe noire. Le tronc s'était fendu en deux et les plaques de bois s'éparpillaient aux quatre coins du terrain. Près de la remise, le mimosa frissonnait, allongé les racines à l'air. Dans l'impasse aussi les jardins accusaient le coup, les arbres se pliaient et crissaient, au front de la maison d'en face les volets battaient et ne tenaient plus qu'à un gond. Les vitres ne tarderaient pas à exploser. J'ai poussé jusqu'à la falaise, le sable était livide et la mer aplatie. J'ai attrapé la rambarde pour ne pas tomber à la renverse, vingt kilomètres-heure de plus et je me faisais balader. Les embruns m'ont trempé en quelques secondes. Dans mon dos un bruit sourd a claqué malgré le vent. Je suis remonté et un poteau barrait la rue, les lignes s'étaient rompues et les lampadaires n'éclairaient plus rien. Je suis rentré et dans la maison, tout avait sauté, les radiateurs étaient déjà tièdes. Je suis allé chercher du bois dans la remise. Les lambris grinçaient, j'ai prié pour qu'ils tiennent. Dix minutes plus tard le feu crépitait dans la cheminée, les flammes étaient vertes et fumaient, diffusaient dans la maison leur odeur âcre. Isabelle et les petits sont descendus, ils se frottaient les yeux et grelottaient. J'ai tiré les trois matelas, côte à côte ça formait un lit géant sur le carrelage, les eaux pouvaient bien monter, pour Manon c'était un radeau. J'ai fini la bouteille en les regardant dormir, à la lueur du feu leurs traits se troublaient, devenaient vaguement liquides. J'ai sombré dans le fauteuil, saoul et abruti, les murs nous protégeaient, ils ne tomberaient pas de sitôt, j'avais confiance.

Au réveil, le ciel était bleu et rien qu'au silence, j'ai senti que le vent était tombé. J'étais en morceaux, j'avais dormi plié en quatre et mon corps me suppliait. Isabelle n'était plus là, elle avait dû partir vers sept heures, elle prenait son service à huit. Enroulé dans un drap, j'ai entrouvert les rideaux, sous le soleil radieux le jardin ne ressemblait plus à rien, un champ de bataille, un terrain vague. Mais pour le reste, la nuit n'avait été qu'un rêve. Dans l'impasse le poteau avait repris sa place, les lignes reliaient les maisons et filaient vers la ville comme si de rien n'était. Les radiateurs étaient brûlants et à l'étage, les lampes allumaient les murs. Les enfants se sont levés vers midi. Alex arriverait vers deux heures. La basse mer était prévue à quatre et il ne plaisantait pas avec ce genre de chose.

L'eau nous arrivait aux chevilles, sous le ciel sans nuages elle était transparente, le vent la striait et le fond sableux en contaminait la surface par éclats jaunes. Les roches et les algues ne fonçaient qu'à peine son bleu-vert. N'eût été le froid sec de l'air on se serait cru en été : au-dessus de nos têtes le soleil était plus bas qu'en juillet et ses rayons plus froids mais les couleurs étaient les mêmes. Munis de bottes et de gants épais Alex et Clément traquaient les crabes, ils soulevaient des pierres et sondaient la moindre flaque. Partout des amas rocheux surgissaient, et sous nos chaussures gonflées le sable était vaseux. Tandis que Nadine et moi on décrochait des bigorneaux ou qu'on fouillait le sable en quête de coques et de tellines, Manon scrutait le sol à la recherche des deux petits trous caractéristiques puis sortait de sa poche sa boîte de sel et en versait un peu. Au bout de quelques secondes le couteau apparaissait, d'abord son corps musculeux et gluant faisait résistance mais il suffisait de tirer dessus pour que ça cède dans un bruit de succion qui l'amusait autant qu'il la dégoûtait. Sitôt fait elle les renvoyait à l'eau et repartait à la recherche d'autres proies.

Avec Nadine on est allés jeter un œil aux garçons, leur besace fourmillait d'étrilles noires comme de l'encre, on avait l'air fin avec nos trois clams, nos deux ormeaux et notre huître. On n'avait pas encore prononcé le moindre mot qu'ils nous ont sommés de nous taire : ils traquaient un tourteau depuis cinq bonnes minutes et ne désespéraient pas de le déloger de son abri. Il me semblait peu probable que le simple son de nos voix puisse faire fuir la bête mais on s'est éloignés quand même, Alex ne rigolait jamais avec la pêche à pied, il avait à la ceinture tout un tas d'ustensiles rutilants dont j'ignorais la fonction, quand on était gamins je me contentais de marcher dans l'eau le pantalon retroussé aux chevilles et d'y plonger le visage les yeux ouverts, j'aimais me remplir de ces couleurs. Alex ramenait des sacs pleins à la maison et m'engueulait toujours quand je me précipitais dessus et vidais les assiettes.

– Les pêcheurs d'abord, disait-il, et mon père acquiesçait.

Ce dernier ne mettait jamais les pieds dans l'eau mais passait ses dimanches sur une pointe au bout de la plage du Val, il attirait les bars comme un aimant. Parfois il en ramenait quatre ou cinq et en refilait aux voisins, des grincheux qui n'aimaient pas le poisson mais n'osaient pas lui dire, un jour devant chez eux j'avais trouvé un sac plastique éventré, au milieu des ordures reposait un cadavre argenté, les goélands lui avaient réglé son compte, du sang coulait près des restes de nageoires et des yeux ne restait plus que les trous.

On est retournés à nos affaires. Nos doigts s'enfonçaient dans le sable meuble et gras sous le regard de Manon. Elle avait renoncé à agacer les crevettes et son épuisette orange gisait plus loin. Assise au milieu des moules elle laissait sa main négligemment tremper dans une mare d'eau glacée, parfois caressait une algue ou une anémone. Sans même s'en rendre compte on a dévié vers le large. Nadine tenait sa jupe à mi-cuisses, même à travers le jean l'eau froide me mordait les chevilles et les mollets, me brûlait les genoux puis le bas des cuisses. On a marché tout droit en serrant les dents, longé la plage les yeux rivés sur la Varde. Elle paraissait heureuse, grelottait en sifflotant une chanson idiote. Autour de nous, de temps à autre, un souffle de vent léger faisait frissonner la surface de l'eau. Un chien nous a coupé la route, il nageait la gueule hors de l'eau, la langue pendante et l'air joyeux, ses oreilles trempaient de chaque côté. Nadine a repiqué vers le sable, la peau de ses jambes était cramoisie et je ne sentais plus les miennes, deux bâtons de glace, raides et douloureux. On a fait demi-tour. D'abord j'ai senti mes cuisses revenir à la vie, puis ce furent mes mollets, pour les pieds il faudrait attendre une heure ou deux. Quelques mètres devant nous Manon avait entrepris de bâtir un château. Sans seau ni moule d'aucune sorte ça tenait plutôt de la montagne. Des coquillages et des bouts de bois venaient s'y nicher, figuraient des forêts et des massifs rocheux.

— Je sais que ça me regarde pas mais…

Je n'avais rien prémédité. Les mots me sont sortis de la bouche sans que je puisse rien y faire.

— Je n'aime pas voir Alex comme ça. Je crois qu'il est perdu…

— Il t'a dit quelque chose ?

— Bien sûr. Sinon tu penses bien. Tu fais ce que tu veux avec qui tu veux. Ça ne me regarde pas. Mais là Alex est au courant, alors ça change tout, non ?

Nadine s'est tournée vers moi et m'a regardé dans les yeux. Quelque chose chez elle m'échappait. Une sérénité qui cadrait mal avec la situation. Là-bas, Alex et Clément nous faisaient de grands signes. On leur a répondu d'un geste et ils se sont remis au boulot. Nadine a secoué la tête. Puis m'a souri tendrement.

— Ce n'est pas ce que tu crois, Paul, elle a dit. Ce n'est pas du tout ce que tu crois. Alex n'a rien à craindre.

Sur ces mots elle m'a planté et s'est mise à courir vers la mer en agitant les bras. Elle n'avait pas vingt ans, une gamine s'élançant dans le soleil diagonal. Alex s'est redressé triomphant, dans sa main droite il tenait un crabe énorme, même à cent mètres on le voyait agiter ses pinces. J'ai fait signe à Manon de me suivre et on les a rejoints, ils étaient trempés mais heureux, Clément tenait l'animal entre ses doigts et sa sœur touchait du doigt la carapace. On ne tarderait pas à l'ébouillanter. Je les ai laissés tous les quatre, la partie de pêche durerait encore un bon moment puis les petits dormiraient chez leur oncle, ils adoraient ça. J'ignorais ce qu'ils trouvaient là-bas. C'était si loin de notre vie d'avant.

Je suis rentré à la maison pour me changer. Dans le jardin en friche, une pie picorait la boule de graisse et le chat la guettait tapi dans l'herbe. Ils avaient élu domicile ici et Manon ne s'en plaignait pas, elle pouvait passer des heures à les observer. J'ai enfilé des vêtements froissés mais secs. La maison était silencieuse et les ampoules nues diffusaient partout leur lumière froide. Depuis l'emménagement tout était resté en l'état, sans décoration ou presque, réduit au strict minimum. Dans les chambres des gamins, les jouets, les livres et les affiches réchauffaient un peu mais dans l'ensemble, une impression glaciale se dégageait des pièces, ça me sautait au visage tout à coup, un instant je les ai imaginés chacun dans leur chambre et le silence tout autour, j'ai senti ses crocs me saisir et s'enfoncer dans ma peau, pendant ce temps je m'affairais dans le jardin ou bien je frappais mon sac au garage, allongé sur mon lit je faisais mine de lire mais restais des heures entières à contempler le plafond, j'ai pensé à ça et mon ventre et mes poumons ont rétréci d'un coup. À leur place je n'aurais eu qu'une envie : passer mes soirées chez Nadine et Alex, dans leur salon aux meubles laids mais réconfortants, noyés sous la tendresse de leurs sourires et de leurs petites attentions, enchaînant les jeux de société les dessins la pâte à modeler les découpages, depuis qu'on était là ils en avaient acheté des tonnes, leur garage en débordait on aurait dit que les enfants vivaient chez eux à demeure.

Bréhel sirotait une bière brune en contemplant la lumière du soir, d'après lui il fallait en profiter on annonçait la pluie et le froid pour demain, cette fois l'hiver allait prendre ses quartiers et en finir avec ses balbutiements, ses hésitations et ses revirements. Ici le temps changeait sans cesse, au sein d'une même journée on pouvait passer par tous les états possibles et rien ne s'installait jamais vraiment, on vivait sous un ciel instable et pour ma part j'avais toujours aimé cela, le monde semblait ne jamais devoir prendre de repos, tout vivait intensément, le ciel et la mer avaient leurs coups de sang leurs accalmies, rien n'était jamais posé ni égal. Assis au bar, Bréhel m'écoutait sans décoller la bouche de son verre. On a trinqué à son succès, l'examinateur lui avait délivré son permis le matin même, il avait paru très fébrile, Alex avait dû parlementer un peu mais le résultat était là.

— Toute ma vie ça a été comme ça. Les examens ça me rend nerveux, je perds tous mes moyens.

— Vous commencez quand votre nouveau boulot?

— Lundi.

— Et vous allez vous prendre un petit appartement?

— Finalement, non. Parfois ça me pèse mais au fond, j'aime bien vivre là-bas. Je suis tranquille avec mes oiseaux sur ma presqu'île.

— Enfin cet été vous serez moins tranquille.

— Ça ne me dérange pas. Deux mois d'animation par an ça me convient parfaitement. Et puis j'aime bien les touristes. Ils se font chier toute l'année et pendant deux ou trois semaines se la coulent douce au bord de la mer. Ils n'emmerdent personne. Ça me plaît de les voir comme ça. Tout le monde est détendu, tout le monde vit à son rythme et puis en short de bain tu ne sais plus qui a du pognon et qui n'en a pas, qui fait chier ses employés et qui en bave du matin au soir en s'entendant dire qu'il ne travaille pas encore assez.

On a trinqué de nouveau, Bréhel s'est penché sur son sac et en a sorti une veste de pêcheur vert émeraude.

— Tenez, c'est cadeau. Pour vous remercier.

Je l'ai passée, d'après lui ça m'allait à merveille, avec ma barbe mes cheveux trop longs mes yeux froids j'avais l'air d'un vrai loup de mer. J'étais juste un peu trop gros, le visage trop lisse pour faire illusion. Autour de nous les gens buvaient, certains tenaient leurs pailles comme des cigarettes et les coinçaient entre les dents, au bout d'un moment ils n'y tenaient plus et sortaient fumer sur la plage. On a quitté le bar pour s'installer près des vitres, la nuit tombait sur la marée montante, seul un trait d'écume permettait de distinguer l'eau du sable, lisse et brillant comme un miroir. Enfoncés comme des pachas dans nos fauteuils en cuir on a suivi la partie d'un œil, le poste était posé sur le piano, au milieu des boiseries ça jurait mais le patron ne ratait jamais un match, la télé ne servait qu'à ça, le reste du temps on écoutait du jazz en regardant les vagues, aux mauvais jours elles venaient battre jusque sur les vitres.

J'ai commandé deux rhums arrangés. À la mi-temps, Rennes accusait deux buts de retard. Le patron a soupiré tout en zappant sur le journal, cette année ils n'étaient bons à rien, les attaquants se prenaient les pieds dans le tapis et les défenseurs ne valaient pas tellement mieux. Restaient les milieux. Des types solides et appliqués mais sans génie. Il pouvait parler de ça pendant des heures. Personne ne l'écoutait, mais tout le monde l'aimait bien. On le laissait faire. J'ai jeté un œil à l'écran et cette photo ce visage, je les connaissais comme tout le monde ici. Mon cœur s'est mis à faire des bonds dans ma poitrine, j'ai dit au patron de monter le son, la voix du journaliste a enflé et un silence de mort a envahi la pièce. Sur sa droite dans son petit encadré, Justine souriait. Qu'est-ce qu'elle foutait à l'hôpital de Villeneuve-

Saint-Georges? On l'avait placée sous assistance psychologique mais apparemment ça allait, le «drame» avait eu lieu dans la forêt, ses cris avaient alerté un promeneur, le type n'avait rien eu le temps de faire il avait pris la fuite mais on avait son signalement. Nul doute qu'ici c'était le soulagement, sa disparition avait déjà suscité un émoi considérable. C'est sur ces mots qu'avait conclu le journaliste avant de passer à la suite. Le patron a éteint la télé, il n'avait plus le cœur à regarder le foot, ni personne d'ailleurs, les conversations ont repris dans un murmure, un bourdonnement inquiet dont rien ne ressortait. Dehors la nuit avait tout éteint, sur la promenade les lampadaires brillaient sans conviction, peinaient à éclaircir le monde.

J'ai laissé Bréhel sur la promenade. Je ne suis pas rentré chez moi. J'ai marché longtemps le long des hôtels alignés et des maisons à pignon, la mer se rapprochait on n'avait pas besoin de la regarder pour le savoir, il suffisait de tendre l'oreille et sa rumeur s'amplifiait, à chaque pas le bruit se faisait plus dense et plus profond. Au loin les remparts illuminaient la nuit et le clocher de la cathédrale s'opposait à l'horizontalité des choses, pointe effilée fichée dans le noir clinquant du ciel. J'ai rejoint la ville et de rares voitures me rasaient, la place était déserte et aux devantures des brasseries se restauraient des couples silencieux et vieillis. En retrait c'était l'ordinaire des déplacements professionnels : on dînait seul d'un filet de dorade ou en banquet décortiquait des langoustines, avant de regagner la chambre et son cortège de chaînes satellitaires, jusque tard l'écran posé sur le minibar nimberait la pièce d'un halo froid. J'ai contourné les rues en prenant par les remparts, à leur pied le clair de lune projetait les brise-lames en ombres longues et épaisses, parfaitement parallèles leurs diagonales paraissaient désigner les forts au large, on les distinguait à peine, deux blocs cubiques plantés dans du pétrole. Le chemin douanier tournait sur lui-même, d'ici on ne voyait rien du port de commerce, la ville semblait une île vouée à l'horizon. Quelques mètres en contrebas la retenue d'eau scintillait, piscine à ciel ouvert que dominait un plongeoir, la marée l'avalerait dans une heure à peine. Sur la droite s'élevait un monticule de terre de roche et d'herbes, il se cassait en falaise abrupte et naine, lui aussi les eaux l'encercleraient en se croisant, déjà la mer venait lécher les pavés de la voie romaine. Une nuit Caroline et moi nous y étions laissé prendre, durant quatre heures l'île n'avait plus été qu'à nous, je ne sais plus de quoi on avait parlé tout ce temps mais tout m'avait paru trop bref, son corps appuyé contre le mien et le blouson que j'avais ouvert pour l'y loger presque entière. Le long de la côte scintillaient quelques lumières, signalant des stations fantomatiques et vides, flottant dans des vêtements trop larges que l'été viendrait remplir, bou-tiques fermées et restaurants déserts, front de mer aux hôtels surannés, casinos silencieux où des vieilles faisaient tinter les machines à sous, jetant un œil aux vagues qui persistaient dans leur chanson têtue. Des couples d'Anglais y traînaient sans doute, passaient quelques jours au creux de villas mélancoliques, un abandon très doux les enveloppait, une tristesse diffuse mais déli-cieuse. J'ai longé le port de plaisance, les mâts brillaient sous la lune et le bar était désert, un serveur y patienterait jusqu'à trois heures, le temps devait lui sembler long dans ce décor de bois verni. Je suis entré boire un whisky. On a discuté au milieu des carapaces de tortues briquées luisantes, des barques renversées, des malles en bois, des rames des cartes des compas des cadrans des sextants des gouvernails, il attendait les vacances de pied ferme, quelques maisons rouvriraient et les enfants exilés à Rennes ou à Paris viendraient y passer quelques jours, puis reprendrait la saison morne.

Je suis entré sans sonner, personne n'a eu l'air étonné de me voir. Ils avaient fini de manger et s'écharpaient aux petits chevaux. Parfois j'avais l'impression d'un ordre inversé des choses. De la famille au complet j'étais l'oncle un peu saoul qui s'écroulait sur le canapé. Je fermais les yeux dans le roulis et les voix des enfants me berçaient. Au fond, je ne demandais rien d'autre, les savoir paisibles et légers auprès de moi, Sarah les faisait jouer dans le salon et je somnolais pas loin ou bien je lisais, de mon bureau laissais la porte ouverte pour les entendre. Manon a remporté la course, personne n'a eu le cœur de la battre. Je l'ai félicitée du bout des lèvres. Elle est venue se lover contre moi. J'ai ouvert un œil et il n'y avait plus que nous et la nuit, les autres étaient montés se coucher.

— J'ai peur, il fait trop noir.

J'ai allumé une lampe et j'ai recouvert l'abat-jour d'un tissu orange.

— Ça va mieux comme ça ? j'ai demandé.

— Oui, ça va. Tu sais ?

— Oui.

— Elle me manque trop maman.

— Je sais. Moi aussi elle me manque.

— Pourquoi on ne va pas la rejoindre ?

— Comment ça ?

— Pourquoi on ne va pas avec elle ?

— Parce qu'on ne sait pas où elle est.

— Oui mais si elle est morte.

— Eh bien ?

— Si elle est morte on a qu'à mourir tous les trois comme ça on sera avec elle.

— Faut pas dire des choses comme ça Manon.

— Pourquoi ?

— Je ne sais pas. Mais faut pas. À ton âge on ne peut pas vouloir mourir, même pour retrouver sa maman. Et puis tu sais personne ne sait ce qu'on devient quand on meurt.

– Tu crois quoi, toi ?

– Moi je crois que tout s'arrête mon ange. C'est tout.

– Alors quand je serai morte je ne serai pas avec maman ?

– Je ne pense pas, non.

Elle s'est blottie un peu plus et j'ai posé mon menton sur son crâne, imbriqués on regardait tous les deux vers la fenêtre, je ne pouvais pas le voir mais elle avait les yeux ouverts j'en étais sûr, elle ne pleurait pas et moi non plus, au-dehors on devinait les bateaux qui se balançaient, le vent s'était levé et les nuages couvraient la lune.

Le lendemain après les leçons je suis passé à l'hôpital, j'essayais d'y aller tous les jours, Élise ne voyait pas grand monde à part moi. Elle dormait à poings fermés, la lumière crue des néons accusaient le fripé du visage, ses traits relâchés par le sommeil, sa peau blanchie par la fatigue. Je me suis installé à mon poste, un gros fauteuil orange et crevé, dans les couloirs les gens allaient et venaient perfusés et reliés à des sacs de glucose, d'antibiotiques et de paracétamol. Une infirmière est entrée et m'a demandé de l'excuser, elle venait «faire les soins à la dame». J'ai quitté la pièce et au bout du couloir, perdue parmi les plantes, sa fille faisait les cent pas pendue au téléphone. C'était une femme inquiète, douce et menue, au visage enfantin malgré le tailleur strict, et toujours au bout d'un fil. Elle était arrivée la veille et n'avait pas pu passer plus de cinq minutes d'affilée dans la chambre, ses yeux vibraient si fort quand elle parlait, elle semblait perpétuellement au bord des larmes.

— Mais ils ne vont pas me lâcher… Ils ne peuvent pas rester cinq minutes sans m'appeler. On est sur un gros contrat et c'est la première fois qu'on me confie un dossier pareil, vous comprenez…

— Vous repartez quand ?

— Demain matin, je ne peux pas faire autrement. Si ça foire je suis virée. Déjà, mon chef est furieux que je me sois absentée deux jours.

— Et votre frère, votre sœur ?

—Pierrick est bloqué là-bas, sa femme est sur le point d'accoucher. Et je n'ai pas encore réussi à joindre Hélène. Excusez-moi, on m'appelle

Élise ne s'éveillait que rarement, égarée elle regardait autour d'elle, et chaque fois paraissait surprise et déçue de se trouver là. Je lui tendais des revues d'actualités dont elle n'avait que faire. Sortez-moi d'ici, me disait-elle, la voix faible et chevrotante je ne la reconnaissais plus, affaiblie ce n'était plus tout à fait Élise. Puis elle s'inquiétait de ses enfants, surtout elle ne voulait pas qu'on les dérange, ils avaient tant de choses importantes à faire, on n'allait pas les faire venir pour si peu.

—S'il vous plaît, Paul. Faites-moi la lecture.

D'une main hésitante elle attrapait un des livres empilés sur la table de nuit et me le tendait, je ne lisais jamais plus de dix pages, elle s'endormait en m'écoutant, sourire aux lèvres.

—Quand ils auront fini leur bazar vous me ramènerez chez moi, n'est-ce pas?

—Écoutez, on verra ce que diront les docteurs.

—Non. On verra ce que je dirai moi.

Je n'avais rien pu tirer des internes, pas plus que ce qu'Élise avait pu récolter elle-même, ça faisait six jours qu'on la trouvait de tubes et de sondes, épuisée et amaigrie elle flottait entre deux eaux, m'écoutait lire et s'endormait en regrettant sa maison ouverte sur la baie. Quand sa fille avait surgi dans la chambre elle m'avait lancé un regard noir.

—C'est vous qui l'avez prévenue, Paul? Je vous avais demandé de ne pas déranger mes enfants pour une banale petite grippe.

—Enfin maman, pourquoi tu dis ça, tu ne me déranges pas. T'es à l'hôpital, je viens te voir, c'est tout.

—Et toi, comment vas-tu ma chérie?

— Ça va maman. Ne t'inquiète pas pour moi.

— Tu as l'air épuisée. Tu devrais prendre des vacances.

— Je sais. Mais ça ne va pas être possible avant un petit bout de temps...

— Et les petits, ça fait longtemps que je ne les ai pas vus. Tu me les laisseras pour l'été ?

— On verra, maman... Si tu es sortie d'ici là, bien sûr, je te les enverrai. Mais tu sais, à leur âge ils s'ennuient vite, tu vas les avoir tout le temps dans les pattes.

— Penses-tu... Ils vont jouer au ballon sur la plage, leurs planches les attendent au garage, je les emmènerai manger des crêpes, tu verras, ils n'auront pas le temps de s'ennuyer...

Élise avait fermé les yeux et s'était laissé engloutir par le sommeil peuplé de jours heureux et pimpants, d'insouciance estivale et de gamins à demi nus resplendissant dans la lumière carnassière. Il m'avait semblé que cette fois elle y était allée d'elle-même, qu'elle s'y était réfugiée, quand jusqu'alors je l'avais vue lutter et résister de toutes ses maigres forces.

Elle a raccroché et s'est allumé une cigarette. Les gens l'ont fusillée du regard mais elle ne leur a pas prêté attention, entre deux taffes elle se rongeait les ongles, réduits au minimum elle n'en récoltait que des miettes.

— Vous avez pu voir le docteur ?

— Oui. Vous savez comment ils sont. Ils parlent par périphrases on ne comprend rien. Enfin si j'ai bien compris c'est pas terrible.

— Ils veulent la garder longtemps ?

— Il ne m'a pas dit exactement. Il a évoqué un « long séjour » mais je n'en sais pas plus... Je ne supporte pas de la voir comme ça. C'est trop dur. Vous auriez connu maman il y a quelques années, une vraie tornade. Mais tellement douce et souriante, tellement délicate. Une tornade douce et délicate, si ça veut dire quelque chose.

Je comprenais très bien ce qu'elle voulait dire. Au fond c'était ainsi que je la voyais moi aussi.

—Vous lui avez parlé des soins à domicile ? Élise m'a encore demandé de la ramener chez elle, hier soir. Elle dit qu'elle ne veut ni vivre ni mourir ici.

—Je sais. Mais le docteur ne veut rien entendre pour le moment. Il dit que les soins sont trop lourds et qu'il faut la maintenir sous surveillance.

Elle disait tout ça comme sous le coup de la panique, complètement dépassée elle me regardait comme on demande de l'aide, une bouée de sauvetage, elle n'avait que moi et maudissait ses frère et sœur, leur éloignement si commode.

—Et puis même avec quelqu'un en permanence auprès d'elle il faudrait que je sois là tout le temps.

—Vous pouvez peut-être vous relayer avec vos frère et sœur ?

—Je n'arrive même pas à les avoir au téléphone. On dirait qu'ils s'en foutent.

Au bord des larmes elle a écrasé son mégot dans la terre et son téléphone s'est mis à vibrer. Je suis retourné à la chambre. Élise était réveillée, elle avait légèrement redressé son lit et m'attendait, un livre ouvert posé sur les cuisses.

—Où est ma fille ?

—Dans le couloir. Elle passe un coup de fil.

—Elle est toujours débordée. Elle a de grandes responsabilités vous savez. Je suis tellement fière d'elle, elle a toujours été si brillante… Petite, c'était une toute petite chose adorable et fragile, j'avais toujours peur pour elle… Vous me faites la lecture ?

Je lui ai pris le livre des mains et je l'ai ouvert là où on l'avait laissé la dernière fois. Je n'y comprenais pas grand-chose, je lisais des phrases mais ce n'était que du son, leur sens ne parvenait pas jusqu'à mon cerveau. Elle a fermé les yeux et au fil des pages sa respiration a semblé s'apaiser, les mots fluidifiaient l'air, ouvraient ses poumons il fallait croire. Dans mon dos j'ai senti un courant d'air tiède, dans le reflet de la vitre j'ai reconnu sa fille, elle nous observait. Quand je me suis retourné elle avait disparu. J'ai reposé le livre au milieu des boîtes de médicaments. Élise dormait d'un sommeil calme et lisse. J'allais me lever quand d'un geste ferme elle m'a attrapé la main. Elle n'a même pas ouvert les yeux. Juste prononcé quelques mots avant de s'assoupir tout à fait.

— Je sais que je vais mourir, Paul. Mais ce n'est pas bien grave. La seule chose, c'est que je ne veux pas partir ici. Je veux partir chez moi.

Je lui ai promis ce que je ne pouvais tenir, je lui ai dit ce qu'elle voulait entendre, que pouvais-je faire d'autre ? J'ai enfilé mon manteau et je suis sorti, dans le couloir sa fille parlait toute seule, le portable à l'oreille. Dehors il faisait gris et froid, Bréhel ne s'était pas trompé, cette fois c'était parti, on plongeait dans l'hiver. J'ai récupéré les gamins chez Nadine et nous sommes rentrés. On allait passer le week-end au chaud, décorer la maison, dévaliser les magasins de la vieille ville, se payer des crêpes, un cinéma pourquoi pas, le McDo la piscine. Cette fois j'allais m'occuper d'eux, m'y consacrer à plein temps, j'allais cesser de vivre à leur côté pour vraiment vivre avec, j'allais cesser de m'absenter, de me réfugier en moi-même et de me perdre au creux de contrées glacées et cotonneuses, de pays blancs et silencieux. J'allais cesser de fuir. Je n'allais plus les lâcher d'une semelle, j'allais les sortir, inventer des jeux, des histoires. J'allais leur parler de leur mère et de la vie d'après.

III
À PERTE DE VUE

Combe est passé me chercher vers sept heures. J'avais déjà bu deux whiskies et on en a descendu deux autres, il avait besoin de ça pour supporter. Il aimait la boxe mais c'était sa fille, et ça lui vrillait le ventre de la voir encaisser les directs au foie, de sentir les crochets glisser sur le cuir des masques de protection. On a pris sa voiture, un vieux modèle aux fauteuils éventrés. On avait l'impression de rouler dans un cendrier géant. À l'arrière une couverture pleine de poils recouvrait la banquette, parsemée de papiers, de chemises cartonnées et d'enveloppes non ouvertes. Les *Suites pour violoncelle* emplissaient l'habitacle, la nuit leur allait bien, et le défilé des feux troubles à l'horizon, le ruban des voitures au milieu des champs fuyant vers la ville. Combe était silencieux, inhabituellement tendu, de temps à autre il fredonnait de sa voix grave et onctueuse, me regardait à la dérobée, comme sur le point de prononcer des mots qu'il ravalait aussitôt, et retournait à la route, absorbé par l'horizon noir. Je me suis enfoncé dans mon fauteuil et j'ai fermé les yeux, la sensation de déplacement, l'alcool et la musique me plongeaient dans une ouate tiède et douce, j'étais lourd et paisible, comme au bord de sombrer dans le sommeil.

Le toit de plastique ondulé était couvert de feuilles mortes et les poutres s'écaillaient en lambeaux de peinture. Dans le hall aux murs rosés se déplumait un sapin maigre, quatre boules et trois guirlandes lui faisaient office de décoration, on a tendu nos billets à des hôtesses tirées à quatre épingles et pailletées, leurs peaux brillaient et leurs pommettes se coloraient d'un rose tirant sur le fuchsia. Au comptoir un type tirait des bières dans des verres en plastique, on en a pris quatre et on est entrés dans la salle, Combe avait une préférence pour les gradins, d'après lui on voyait mieux que sur les chaises. Personnellement je n'en étais pas convaincu mais je n'ai rien dit, autour de nous les gens s'installaient en bavardant, le gymnase semblait beaucoup trop grand pour le ring et le parquet grinçait sous les chaussures. Soudain les lumières se sont éteintes et la voix du speaker s'est perdue dans l'espace. Tout le monde s'est mis à gueuler ou à siffler. La salle a rétréci d'un coup, un projecteur immense a arrosé l'aire de combat et on n'a plus vu qu'elle. Des lumières se sont mises à clignoter et on a envoyé les fumigènes. Les infrabasses faisaient vibrer le sol, je les sentais jusque dans ma poitrine. Un type en chemise blanche et pantalon noir est entré micro en main, d'une voix de canard il a annoncé le programme de la soirée, il avait les cheveux teints et la gueule cassée. À chaque nom les gens hurlaient, les applaudissements crépitaient comme des galets sous les vagues. Les deux premiers gamins sont entrés et l'ambiance est devenue surchauffée, l'endroit était littéralement méconnaissable. Les gosses n'avaient pas plus de quinze ans et au bout de leurs bras comme des allumettes, leurs gants semblaient des boules de Noël qui giclaient dans la lumière. Ça boxait tout en vitesse et en esquives, les deux mômes avaient l'air montés sur ressorts, inépuisables. Les trois reprises sont passées en un éclair, le plus grand a tenu l'autre en respect grâce à son allonge, il en usait avec un flegme épatant. L'autre avait beau enchaîner les crochets il ne l'atteignait jamais vraiment. Trois autres duos leur ont succédé, les boxeurs montaient en âge et gagnaient en muscles ce qu'ils perdaient en grâce. Les coups claquaient plus profond, rien qu'à les entendre j'avais mal. À la dernière reprise un type a mis genou à terre et l'arbitre l'a compté, son adversaire venait de lui décocher un direct en pleine mâchoire, on avait tous senti ses dents gicler malgré les protections.

Les filles sont entrées sous des cascades de musique techno et de lumières stroboscopiques, Combe m'a désigné une des deux boxeuses, elle était vêtue d'acier, le satin gris brillait comme un capot de voiture neuve.

—C'est ma fille…

Les cheveux noués en deux tresses, les yeux perçants maquillés de noir elle a enlevé son peignoir. Tout le long de ses bras et de ses jambes, les muscles saillaient, fins et découpés au couteau.

—Elle est belle, hein?

J'ai acquiescé. Combe ne tenait plus sur son siège, ses jambes tremblaient et ses pieds battaient le bois, il ne savait plus quoi faire de ses mains, les frottait ou bien se les mordait avant de les passer dans ses cheveux. Le match a débuté et quand sa fille s'est pris son premier direct, j'ai eu la sensation qu'on l'avait touché en plein visage. Il a grimacé et s'est affaissé d'un coup sur son banc. Les cinq rounds ont défilé sans une seconde de répit. Les filles rendaient coup pour coup, celle de Combe était aussi féline et précise que l'autre était puissante et brouillonne, si elle tenait jusqu'au bout elle l'aurait aux points, la grosse boxait dans le vide la plupart du temps, il s'agissait de ne pas se laisser enfermer dans les cordes. La petite Combe l'agaçait en lui tournant tout autour, lui balançait des petites droites de mouche dans la gueule et dès que l'autre se découvrait l'attaquait dans le gras du ventre en mitraillette. Au bout d'un moment j'ai senti que la grosse s'essouf-flait, elle grimaçait et ses gestes étaient trop lents, deux crochets plus tard elle perdait pied et on sonnait la fin du match. Combe suffoquait à moitié, à bout de souffle il rayonnait de bonheur et de fierté. L'arbitre a annoncé la décision des juges, puis on lui a remis sa ceinture. Combe n'en pouvait plus, je me suis même demandé s'il allait se mettre à pleurer.

— Vous voulez rester ? Moi je sors.

Le match vedette de la soirée allait débuter. On est sortis à l'instant où les boxeurs rentraient, tête baissée ils envoyaient des crochets dans l'air. La lumière du hall nous a aveuglés, c'était comme entrer dans un autre monde, tout paraissait si triste et usé, la crudité des murs de plâtre et des néons, les couloirs carrelés les bancs d'écoliers les panneaux de liège tout nous sautait au visage. À la sortie des vestiaires, les plus jeunes avaient remis leurs survêtements, ils se vannaient en riant et les petits frères contemplaient les vainqueurs avec des étoiles au fond des yeux. Plus loin dans le couloir un attroupement s'était formé, j'ai reconnu la fille de Combe, encore en tenue elle avait ôté son casque et dénoué ses cheveux, graissés par la sueur ils encadraient son visage aigu et mat, on avait beau essayer pas moyen de trouver la moindre ressemblance avec son père. Il a tourné la tête vers elle et s'est dirigé vers la sortie, lourd et échoué, lion de mer ridé, vaincu par la pesanteur.

— Vous n'allez pas la voir ?

Il n'a pas répondu et dehors le froid nous a giflés. On a cherché un moment sa voiture sur le parking. Il regardait droit devant lui, complètement absent et refermé. On n'y voyait rien. Combe a pressé sa clef et des phares ont clignoté vingt mètres plus loin. Quand il s'est laissé tomber dans son siège, son ventre a touché le volant. J'ai cru que la voiture allait s'affaisser avec lui. Les yeux vitreux et noyés dans le givre, il a mis la soufflerie en marche et s'est vidé d'un long soupir.

— Vous devriez peut-être y retourner, non ?

— Pour quoi faire ?

— Ben j'en sais rien. Vous êtes venu voir votre fille, elle vient

de gagner son match. Je ne comprends pas bien ce qu'on fout
là.

—Rien. On ne fout rien. Elle ne sait même pas qui je suis.

Peu à peu tout s'est éclairci, progressivement le parking est
apparu, net et silencieux sous l'éclairage maigre. De la salle montait
une rumeur étouffée, des applaudissements et des cris la transper-
çaient parfois.

—Vous savez ce que c'est. Je suis un vieux con mais avant ça, j'ai été
un jeune con. Je les ai laissées elle et sa mère. Je ne me sentais pas prêt.
La petite avait un an. J'ai retrouvé sa trace et voilà. Vous ne pouvez
pas savoir ce que ça m'a fait la première fois que je l'ai vue se prendre
un direct. J'ai eu envie de monter sur le ring et de la sortir de là.

—Et vous ne vous êtes jamais présenté?

—Non.

—Vous ne croyez pas que c'est le moment?

—Je ne crois pas non.

Il a mis le contact mais la voiture est restée immobile. La *Quatrième Suite* s'est élevée tandis qu'il se noyait dans ses pensées.
Soudain il s'est redressé et a ouvert la portière. Le moteur continuait à tourner pour rien.

—Qu'est-ce que vous allez lui dire?

—Je ne sais pas. Pardon. Que j'ai été con. Que je regrette. Que
je l'ai manquée. Qu'elle m'a manqué.

Il est sorti et je l'ai regardé se mouvoir entre les voitures garées.
J'ai monté le volume et j'ai fermé les yeux, le violoncelle vibrait
jusque dans mon ventre et l'archet me caressait les veines. Il s'est
mis à pleuvoir, le grésil picotait la tôle. Perché sur le toit d'une
Kangoo, un goéland égaré gueulait. Je me suis endormi.

Quand la portière s'est ouverte, j'ai sursauté et mon cœur a fait
le tour de ma poitrine. Combe s'est mis au volant. Il a démarré

sans un mot. On est sortis du parking et de là jusqu'à l'autoroute il n'a pas desserré les dents, sauf pour s'allumer trois clopes à la file, qu'il a écrasées dans le cendrier plein à ras bord. D'un geste sec il a éteint l'autoradio et on n'a plus entendu que le moteur et le crissement des essuie-glaces, le frottement feutré des pneus sur le macadam détrempé.

—Alors?

—Alors rien, il a répondu d'une voix excédée. Je n'ai pas pu. Ça ne rime à rien. C'est des conneries tout ça.

De la paume de sa main il a frappé le volant, on a fait un léger écart mais il s'est repris aussitôt.

—Qu'est-ce qu'elle en a à foutre de ma gueule, d'abord, hein? Elle s'est très bien passée de moi jusqu'ici et je ne vois pas pourquoi ça changerait, merde.

Il roulait trop vite et tentait de se calmer en respirant profondément.

—Je suis désolé. Je ne vois pas pourquoi je vous emmerde avec mes histoires. Vous en avez assez avec les vôtres, putain.

—C'est rien, j'ai répondu. Et puis j'ai vu un sacré match...

On approchait de la Rance, le givre couvrait les rues d'un drap gris pâle et tout dormait, la zone commerciale et le parking du Carrefour où tournaient trois mobylettes, le McDo où dînaient quelques solitaires. La plupart des maisons étaient éteintes, pourtant il n'était pas si tard, elles grelottaient face aux assauts du vent d'hiver. On s'est garés devant chez moi. Tout était allumé. Je lui ai proposé de venir boire un verre mais il a refusé. Par la fenêtre à plusieurs reprises j'ai vu passer Justine et les gamins, elle les gardait et ils n'avaient pas l'air couchés. J'ai regardé l'heure: il n'était pas loin de onze heures mais ce n'était pas si grave. Après tout c'étaient les vacances.

—Elle va comment la petite?

—Ça va. Pour le moment elle s'est installée chez une copine.

—Elle n'est pas chez sa mère?

—Elle ne veut pas y retourner. Elle ne s'entend pas trop bien avec son beau-père.

—Le fameux Johnny.

—Vous le connaissez?

—Comme ça. Un gros con.

—Ouais. J'ai bien l'impression.

J'ai posé un pied sur le bitume. Le front collé au carreau de sa chambre Manon m'a fait un signe de la main et je lui ai répondu, la pluie m'a piqué la main comme une dizaine d'aiguilles d'acupuncture.

—Anderen.

—Oui?

—Écoutez, je ne voulais pas vous emmerder avec ça mais j'ai dû vérifier deux trois choses à votre sujet pendant qu'on recherchait la gamine.

—Je vous écoute.

—Vous déconnez mon vieux. Vous ne pouvez pas continuer à donner des cours comme ça. Alors, soit vous vous débrouillez pour obtenir votre licence. Soit vous arrêtez. Je vous donne deux mois.

—OK, j'ai dit en sortant de sa bagnole.

J'ai refermé la portière et il a baissé sa vitre.

—Il ne faut pas m'en vouloir. Normalement j'aurais déja dû fermer la boutique de votre frère…

—Pas de problème, inspecteur.

—Putain ne m'appelez pas comme ça.

—Comment vous voulez que je vous appelle?

—José…

—Pas de problème José.

– Ça va aller ?

– Ça va aller.

Je n'ai rien trouvé de mieux à répondre. Ça irait, on ferait aller, c'était devenu mes devises et je commençais à m'y habituer, chaque jour qui se levait je regardais le ciel en me demandant ce qui allait bien pouvoir me tomber dessus, je priais juste pour que ce ne soit pas trop grave et que ça épargne les enfants. Dans le salon les guirlandes clignotaient, *le Roi des papas* chantait à fond et les tables étaient couvertes de dessins inachevés.

– Ça s'est bien passé ? ai-je demandé à Justine.

– Super, elle a répondu en me lançant un sourire à couper le souffle.

J'étais crevé. Je me suis écroulé sur le canapé tandis qu'elle enfilait son manteau. Les enfants sont venus me rejoindre et on s'est endormis en regardant le sapin, de temps en temps je plissais les yeux pour voir troubles les lumières. Comme quand j'étais môme. Manon et Clément faisaient pareil et on était bien pris dans les traînées orange et vertes et mauves, l'odeur de clémentine et de forêt, le scintillement des boules et le bruit de la pluie au-dehors. Je ne sais pas comment on a fait pour tenir toute la nuit mais c'est ce qu'on a fait, on a dormi là jusqu'au petit matin, habillés et posés les uns sur les autres. Empilés on s'accrochait comme sur un radeau.

C'est le téléphone qui nous a réveillés. Je me suis laissé glisser sur le carrelage en maintenant les enfants sur le canapé. Ils se sont tournés vers le dossier dans un même mouvement et se sont remis à dormir. Combe voulait me voir, c'était urgent.

Je roulais trop vite mais ça n'avait rien à voir. Je roulais toujours trop vite. Au volant je m'absentais, et quand par hasard mes yeux tombaient sur le compteur il indiquait cent soixante-dix. Sarah râlait à cause des gosses, mes parents étaient déjà morts en bagnole ça suffisait comme ça, non ? Je ralentissais jusqu'à la prochaine absence. Je me suis arrêté près du Mans, un café dégueulasse dans une station-service mais il ne fallait pas que je m'endorme. J'ai passé un coup de fil à Alex et tout allait bien, les enfants venaient de s'habiller ils allaient prendre leur petit-déjeuner, je ne devais pas m'inquiéter, Nadine et lui s'en occuperaient du mieux possible. Je les avais laissés la veille au soir. J'avais décidé de partir à l'aube. Alex avait paru surpris.

– Qu'est-ce que tu vas foutre à Paris ?

– Je vais voir un producteur.

– Tu t'es remis à écrire ?

– Non. Enfin, pas vraiment. Il a un projet pour moi. Une commande.

– Sur quoi ?

– Les derniers jours de Nino Ferrer.

– Ben c'est gai encore ton truc.

– C'est pour ça qu'ils ont pensé à moi…

– Bon et tu reviens quand ?

– Le 24 dans la soirée.

– Putain tu déconnes pas, hein ? Tu penses aux gamins.

–À quoi tu crois que je passe mes jours et mes nuits?

–Excuse-moi. De toute façon la boutique est fermée jusqu'au 1ᵉʳ. Et puis Nadine est ravie tu penses bien.. Sinon j'ai une bonne nouvelle.

–Vas-y.

–Nadine et son type, c'est fini.

–Comment tu le sais?

–Je le sais.

–Ben mon salaud. On peut dire que t'as eu chaud.

–Ouais. On peut dire ça comme ça.

Je suis reparti et le jour était presque levé, une brume laiteuse s'effilochait sur les champs et les vallons, bientôt on s'approcherait de l'Île-de-France et tout deviendrait morne et plat, des terres brunes à n'en pas finir. J'ai mis le dernier album de Johnny Cash, il chantait à deux doigts de la mort et sa voix ne tenait plus qu'à un souffle. J'étais dans le coton de la route et le chauffage me léchait le visage, la voiture avançait toute seule sur l'autoroute déserte, de temps à autre je me relevais comme si on venait de me coller une claque. Je suis arrivé comme ça dans les environs de Paris. J'avais rendez-vous vers midi et il n'était pas dix heures, j'ai décidé de faire un détour par chez nous. Bien sûr ça n'avait aucun sens, bien sûr il était trop tôt pour que les choses me parviennent autrement, bien sûr tout était pareil et tout à fait familier, les rues les immeubles et les tours qui faisaient de l'ombre au jardin. Les nouveaux propriétaires avaient tondu le gazon taillé les broussailles mais au fond rien n'avait changé. C'était juste un peu plus net. Et plus triste aussi. J'ai croisé deux trois voisins ils se demandaient ce que je foutais là et moi aussi. Bien sûr on n'a pas trouvé grand-chose à se dire. Les enfants ça allait et l'école c'était toujours pareil, fallait les pousser mais on faisait avec et sinon, c'est comment la Bretagne, la mer est belle il pleut pas trop ? Mais ça m'a fait du bien de tout retrouver intact, c'était comme une preuve, quelque chose avait bien eu lieu, je n'avais pas rêvé. La vie d'avant, la vie tranquille, la bonne vie, simple et modeste, petits bonheurs au jour le jour, la fatigue du boulot des enfants du temps qui passe mais c'était tout, faire des puzzles sur le tapis m'allonger près d'eux devant un dessin animé, embrasser Sarah dans le cou l'entendre prendre sa douche, une bière en été des cacahuètes sur la chaise longue près des hortensias, baiser dormir enlacés lire la tête sur son ventre, la regarder partir au matin et retrouver la maison silencieuse et calme. Lire le journal, boire un verre, fumer des cigarettes. Jeter un œil au ciel. Rêver à la mer. Y aller quelques jours au printemps, quelques autres en été, la douceur d'une vie de sel et de sable. Et puis de temps en temps, quand l'argent voulait bien venir, s'enfuir à Prague, à Barcelone, à Lisbonne ou à Rome, Sarah marchait dans ses ruelles orange et sanguines, Clément lui tenait la main et Manon lui prenait son ventre. C'était presque Noël et le tendre vent nous caressait piazza Navona, les ballons d'hélium se détachaient clinquants sur le ciel, le petit canardait les passants à coups de pistolet à bulle, ça faisait un bruit d'enfer et les lumières clignotaient dans la nuit, le Christ étincelait au front de Santa Maria di Trastevere.

Paris baignait dans une lumière dégueulasse. On attendrait cinq heures, la nuit tombée et les guirlandes pour trouver un peu de chaleur. J'ai traversé des halls, des tas de types en uniforme me saluaient, je leur ai demandé mon chemin et c'était un foutu dédale de couloirs et d'escaliers.

– Bonjour, j'ai rendez vous avec Mr Galland.

– Vous êtes ?

– Paul Anderen.

– Très bien. Patientez un moment il va vous recevoir.

Rien qu'à sa voix j'avais compris qu'il s'agissait de Sarah. Combe avait pris des détours invraisemblables pour m'exposer les faits. On avait retrouvé l'agresseur de Justine. Il avait avoué trois meurtres, des femmes dont il avait dissimulé les corps. On les avait déterrés et l'un d'eux pouvait appartenir à la mienne. Les lieux, les dates, tout correspondait. Je m'étais levé et j'étais sorti sans attendre la suite.

— Vous allez où ? il avait gueulé en me suivant dans les couloirs.

Galland m'a fait entrer dans son bureau. Mon cœur cognait dans mes tempes. C'était un type étroit et tout en os, cheveux ras et petites lunettes rectangulaires. Devant lui s'empilaient des enveloppes et des dossiers. J'ai reconnu les radios de Sarah, panoramiques dentaires et fractures diverses, dans les jours qui avaient suivi sa disparition on m'avait dit de les garder au cas où et ça m'avait rendu dingue, d'un côté tout le monde semblait s'en foutre et de l'autre on envisageait froidement que ça puisse servir. Et voilà c'était maintenant. Ça allait servir. J'ai cru que j'allais m'évanouir ou me liquéfier sur place, perdre forme, pareil à ce sable étrange qui devient sec et fluide dès qu'on le retire de l'eau. Le type parlait d'une voix monocorde et à bas volume. En quelques mots il m'a fait le point sur la situation : le corps qu'on avait retrouvé présentait les mêmes caractéristiques que celui de Sarah, âge taille schéma osseux implants couronnes empreintes dentaires, est-ce que je pouvais le suivre ? Il s'est levé et m'a précédé dans une pièce presque nue. Sur une table immense s'étalaient la montre de Sarah, sa jupe orange son chemisier vert son imper beige, le tout taché, étiqueté et recouvert de terre. J'ai vomi à ses pieds, c'est sorti en un grand jet blanchâtre, je n'ai rien pu retenir, je me vidais et tout tournait autour de moi. Il m'a pris par le bras et m'a guidé dans son bureau. Son assistant m'a fait asseoir et m'a tendu un verre d'eau.

On ne m'a pas montré le corps. En ce qui les concernait, ils avaient assez d'éléments. Je leur ai demandé d'attendre le plus possible avant de communiquer les éléments à la presse, le temps de me débrouiller avec les enfants. Les deux autres femmes restaient à identifier, ils ne pouvaient rien me garantir, quelques jours tout au plus. Je leur ai dit d'aller se faire foutre, j'ai signé les papiers et je me suis tiré. Dehors c'était l'après-midi mais j'ai eu la sensation d'entrer dans une nuit profonde. Je n'ai plus la moindre idée de ce qui s'est passé ensuite, j'ai erré dans des rues sans début ni fin, j'aurais voulu que l'une d'entre elles débouche sur la mer. Autour de moi tout s'élançait vertical, les immeubles griffaient le feutre gris du ciel, des voitures passaient et Dieu sait où elles allaient, et tous ces gens qui étaient-ils vers où couraient-ils je n'en avais pas la moindre idée. Je ne savais plus non plus où j'avais foutu ma voiture. Il faisait horriblement froid et sur les quais de la Seine je me suis allongé et j'ai vomi encore. Je crois bien que j'ai dormi un peu. Je me souviens mal. Ou alors seulement du bourdonnement dans mon crâne des coups d'aiguille dans mon ventre et de ma gorge qui refusait de laisser entrer et sortir l'oxygène. Je ne sais plus où j'ai couché ce soir-là ni avec qui. Je ne sais plus rien. Je me suis réveillé dans un lit je ne savais pas ce que je foutais là. L'hôtel était crade et les murs tombaient en lambeaux. Sous le lit au moment de me lever, j'ai vu se carapater une tribu de cafards. Une eau jaunâtre sortait des robinets crasseux, je m'en suis passé sur le visage puis sur le corps, je suis resté des heures sous le jet glacé. Après ça je suis sorti dans le matin gris et j'ai traversé Paris à la recherche de ma bagnole. Elle était là où je l'avais laissée, en travers du pare-brise un PV frissonnait. Une pluie fine semblait monter du bitume.

De l'autre côté de la rue, la mer avait réduit le sable à un croissant étroit et les voiliers se balançaient, on pouvait toujours craindre qu'ils s'entrechoquent, ça n'arriverait jamais. Au loin, la vieille ville était sur le point de se noyer et le ferry semblait deux fois plus gros qu'elle. Dans la maison de mon frère, il n'y avait personne. Ils étaient sortis et c'était mieux ainsi, j'avais prié pour qu'ils ne soient pas là, j'avais roulé pendant quatre heures abruti de fatigue et de chagrin, aucune pensée n'avait pu se former dans mon cerveau, j'étais sous le choc, son impact sourd me laminait avec l'assurance implacable et la fermeté désinvolte du rouleau compresseur. J'ai imaginé les enfants se balader avec Alex et Nadine dans les allées de la fête foraine et ça m'a fait du bien. Sur la plage ils couraient derrière un ballon. Ou dans les allées du supermarché poussaient leur caddie, demain c'était Noël, on allait le remplir de friandises et de fruits secs, de pâte d'amandes et de châtaignes. Je suis sorti de la voiture et j'ai enjambé le petit portail. Les fenêtres étaient couvertes de peinture blanche, Clément avait dessiné un père Noël un traîneau des montagnes, Manon des sapins et des cadeaux carrés décorés de rubans. J'ai fait le tour de la maison, du petit jardin on entendait encore les bateaux, sur les quais des types passaient leurs samedis à les briquer, à les vernir à les repeindre, bricolaient leurs moteurs installaient leurs nouveaux équipements, c'était à se demander s'ils ne restaient pas plus de temps à terre qu'en mer sur leur engin. Le kayak d'Alex gisait dans l'herbe cuite, légèrement blanchie par la gelée du matin. Sur la droite, le vent avait décroché le lierre de son mur de pierre, emportant de minuscules morceaux de plâtre. J'ai fouillé dans la remise impeccable, tournevis et clés classés par taille, perceuse rutilante dans sa mallette fermée, cisailles serpes et sécateurs cloués au mur. Les galeries étaient posées à même le sol, il fallait déplacer les vélos pour les prendre, je les ai traînées jusqu'à la voiture puis je les ai fixées sur le toit. Je me retournais toutes les trois secondes : un gamin en train de faire un coup et qui redoute de se faire choper. J'ai tiré le kayak du jardin jusqu'au trottoir, puis je l'ai hissé sur la galerie, ça pesait trente kilos à peine mais j'avais les bras en feu, j'ai tout lâché et le gros morceau de plastique orange s'est écrasé sur le bitume dans un boucan mat. Je m'y suis repris à deux fois mais j'ai fini par y arriver. J'ai roulé vers la presqu'île. Il faisait froid et sec, un vrai temps d'hiver et le ciel idoine, lavé et transparent, la mer glacis acide éblouissant, au large ça se perdait dans une brume lavande. Un cheval est passé près de moi, le cavalier se tenait très droit et m'a salué d'un geste de la main. Allongé près du kayak j'ai bu trois rasades, du whisky que j'avais acheté la veille au soir ne restait qu'un fond. J'ai fermé les yeux, l'air très pur m'inondait les poumons et le soleil givré me mordait la joue gauche, je la sentais rougir. D'une main je caressais le plastique orange, lui aussi chauffait doucement, l'autre creusait le sable gelé, j'en avais partout, dans la nuque les cheveux les chaussettes. L'oreille collée au sol j'entendais résonner les sabots, l'animal est parti au galop vers la pointe puis il a fait demi-tour. Quand il est repassé j'ai à peine ouvert les yeux. Je me suis endormi dans la foulée, il s'éloignait et la marée emportait les eaux.

Je me suis réveillé à trois bons mètres du kayak, mes mains allaient et venaient dans les oyats comme dans la chevelure d'un géant. La plage était déserte et frigorifiée, nimbée d'une lumière rose. J'ai traîné le kayak jusqu'à l'eau, j'ai dû m'y enfoncer à mi-cuisses, j'ai eu l'impression de les perdre. Pendant toute la traversée elles sont restées mortes. Je ramais et l'air me raclait les poumons, mes bras mon torse et mes épaules, tout s'embrasait douloureusement. Peu à peu mes oreilles et mes mains se sont muées en blocs de pierre et mon sang s'est figé, congelé il ne circulerait plus avant longtemps. Au loin, l'île semblait s'éloigner à mesure que j'avançais, de la plage on croyait la toucher du doigt mais ballotté par les flots elle devenait inaccessible. Le soleil se reflétait en plaques d'argent liquide, autour de moi les oiseaux volaient en courbes longues, leurs cris perçants me vrillaient les tympans, la tête me tournait mais le kayak glissait sur l'eau comme sur une mer de glace, filait par grands élans lisses et grisants. Au large les îlots se découpaient en barrières édentées et à l'ouest, le soleil embrasait Fréhel. Des bandes de couleurs dégradées se superposaient par couches régulières, du blanc au mauve tout un nuancier y passait, une débauche invraisemblable. Les fous de Bassan rasaient l'eau à quelques mètres seulement, en tendant la main j'aurais pu les sentir me frôler, caresser leurs plumes humides. J'ai passé une barre rocheuse, à son sommet un cormoran m'a suivi du regard, en quelques battements d'ailes il s'est approché puis s'est enfoncé sous l'eau avant de réapparaître quelques mètres plus loin, un poisson dans le bec. Je n'avais pas fait la moitié du parcours, j'étais à bout de forces et le soleil touchait les falaises. J'ai fait une pause, allongé sur le plastique et la rame le long du corps, les yeux au ciel et le cœur net, j'ai fermé les yeux et tout s'est mis à tanguer. Fondu au roulis j'épousais le balancement de l'eau, je ne sentais plus mon corps. C'est là que Sarah m'est apparue, apaisée, paisible, lumière bienveillante au creux des ténèbres, bougie dans la cendre. Elle semblait tout droit descendue du ciel, je la suivais dans les rues calmes d'une ville inconnue, sa jupe orange dépassait de son imperméable beige, je fixais ses chevilles très blanches puis la courbe du mollet, la ruelle descendait vers la mer, serpentait parmi les façades de faïence, aux murs les glycines s'accrochaient en cascade, elle s'est retournée et son visage était très pur et reposé, elle m'a soufflé un baiser avant de disparaître. J'ai ouvert les yeux et elle était là, elle se tenait au-dessus de moi, les épaules très nues et la poitrine presque découverte, elle a retiré sa tunique de soie pourpre et m'a planté sa langue entre les dents, je sentais le poids très doux de ses seins contre ma poitrine, de sa main elle a déboutonné mon jean, pris ma queue et l'a guidée dans le moite de son ventre. J'entendais gueuler les oiseaux mais je ne voyais plus qu'elle, ses yeux sa bouche ses épaules et ses seins, j'ai joui dans une déchirure lumineuse, éclatante, un éclair brûlant. Après ça il n'y a plus eu que la nuit criblée d'étoiles, têtes d'épingle fichées dans du velours. Le kayak dérivait au hasard, la température chutait sans relâche, je claquais des dents et ne sentais plus aucun membre. Je me suis remis à ramer, sous le plastique la mer grouillait, vibrante et musculeuse, dure comme de l'écorce. Au loin, l'île se distinguait à peine, une ombre aplatie. J'ai débarqué sous des lambeaux anthracite, la lune baignait le sable dur. Je m'y suis allongé, chiffon abandonné là et roulé en boule, mes doigts s'enfonçaient parmi les débris de coquillages et pas un instant Sarah n'a quitté mon cerveau. Sa manière de souffler les mèches de ses cheveux tombant sur son visage, de remonter une bretelle, de disparaître presque entière sous l'eau du bain, seuls ses seins dépassant de la surface. Sa voix quand elle racontait des histoires aux enfants, ses coups de téléphone tandis qu'ils faisaient la sieste, les glaçons qu'elle passait sur son front dans le jardin en été, les livres qu'elle lisait sous le vieux cerisier, dévorant les pages à toute allure allongée sur la vieille couverture, lunettes sur le nez et mâchonnant une herbe. Sa démarche toujours pressée quand je la croisais dans la rue et qu'elle ne le savait pas, son visage toujours soucieux, front plissé et yeux idem, les fermant tout à fait au moment d'aspirer la fumée de ses cigarettes mentholées, tout à fait clos quand je la baisais et que sa bouche semblait quémander et manquer d'air. Je me suis endormi engourdi par le froid, recroquevillé et abruti de fatigue.

Quand je me suis réveillé la mer s'était éloignée, l'aube ne pointait pas tout à fait et au large, le kayak n'était qu'une ombre et dérivait lentement. La mer l'avait pris en montant, il partait vers le sud en se balançant très légèrement, on le retrouverait dans quelques heures sur une plage de la côte. J'ai tenté de me lever. J'avais le front brûlant, je tremblais de tous mes membres et pour le reste je n'étais plus que glace. L'aube me tournait tout autour et foutait le paysage de travers. J'ai attrapé mon téléphone et j'ai composé le 15, puis j'ai cru tomber dans un trou sans fond, j'ai eu la sensation de chuter et que rien jamais ne viendrait m'arrêter. Après ça tout est devenu tellement irréel, le bateau au large et les deux types sur leur Zodiac, leurs gestes pour me soulever et m'emmener avec eux, la couverture de survie et leurs questions que je n'entendais que de loin, mes réponses noyées dans le coton et recouvertes par le grondement de la mer. L'ambulance et les couloirs de l'hôpital, l'aspirine et le glucose qui couraient dans mes veines, les monceaux de laine sous quoi j'étais enfoui, toutes les trois minutes une infirmière venait me prendre la température et je la voyais trouble dans mon demi-sommeil. J'ai mis trois bonnes heures à revenir à moi, un flic m'a bombardé de questions et tout le monde était furieux, si je croyais qu'ils n'avaient rien de mieux à faire un jour comme celui-là... J'ai regardé l'heure et c'était presque la nuit, les enfants allaient m'attendre et s'inquiéter. Je me suis levé, j'ai enfilé mes vêtements encore humides et j'ai traversé l'hôpital, la chambre 224 c'était celle d'Élise et j'y suis entré mais son lit était vide, et autour pas la moindre trace de qui que ce soit. J'ai croisé une infirmière, je lui ai demandé si Élise était rentrée chez elle, à la torsion de sa bouche à ses yeux désolés j'ai compris : Élise était morte elle aussi. J'ai marché jusqu'à la voiture et j'ai foncé vers la vieille ville. Chez Jules, j'ai acheté une tenue complète et je l'ai gardée sur moi. Les vendeurs me regardaient effarés. Je leur ai demandé un sac pour tous mes trucs gorgés d'eau, dans la glace j'étais livide et secoué de frissons, les yeux brillants et la peau luisante de fièvre j'avais l'air d'un dingue. Après ça j'ai fait la tournée des magasins de jouets, il ne restait plus grand-chose j'ai pris un peu au hasard, les bouffées de chaleur succédaient aux sueurs froides, une vendeuse m'a proposé de m'asseoir. J'ai tout fourré dans le coffre et je me suis garé à quelques mètres de la maison. Le sapin clignotait et éclairait la fenêtre, les dessins apparaissaient puis disparaissaient. J'ai incliné le siège, j'ai monté le chauffage à fond et j'ai dormi une heure ou deux. Quand je suis entré dans le salon les gamins se sont jetés sur moi, Alex m'a lancé un regard à la fois furieux et soulagé, qu'est-ce que j'avais encore branlé ils avaient cru que je n'arriverais jamais. J'ai sorti du champagne de mon sac et Nadine est venue m'embrasser. Dans sa robe de velours noir et avec ses bijoux Manon la trouvait belle à mourir et elle n'était pas loin d'avoir raison. Alex n'était pas mal non plus, il avait passé une chemise blanche un pantalon noir et s'était fait couper le peu de cheveux qu'il lui restait, ça le rajeunissait de cinq ou dix ans.

— Tu me files un coup de main pour les huîtres.

Les gamins se sont remis à fourrer les dattes avec de la pâte d'amandes bleue jaune et rose. Des cantiques se déployaient dans le salon, au pied du sapin une grande crèche de papier accueillait le bœuf, l'âne, Marie Joseph et les Rois mages, ils étaient tous réunis autour du petit dans son berceau de paille.

—Je ne vous savais pas si croyants, j'ai fait.

Alex a haussé les épaules et je l'ai suivi à la cuisine, une dinde cuisait dans le four et sur la table, le foie gras attendait d'être découpé en tranches.

—C'est ton fils qui a réclamé la crèche, imagine-toi. On a discuté un peu lui et moi, eh bien tu devrais surveiller ses lectures.

—Comment ça?

—Ben il est à fond. Le paradis, la Vierge, Notre Père qui êtes aux cieux et tout le bordel… Tu ne savais pas?

Il m'a tendu le couteau et j'ai pris une huître dans le creux de ma main. Du menton il m'a désigné un gant de protection jaune. Lui en portait un bleu mais j'avais toujours détesté ces trucs.

—Tu préfères te bousiller la main, peut-être? Noël aux urgences, merci j'ai déjà donné.

—Attends. C'est arrivé une fois. J'en ai ouvert des milliers depuis et ça ne s'est jamais reproduit.

—Fais voir tes mains.

C'est vrai qu'elles ne plaidaient pas en ma faveur, des dizaines de plaies rougissaient un peu partout, certaines fraîches de quelques jours à peine.

—Dis donc, t'as les mains gelées.

D'un geste paternel il a touché mon front, effleuré mes tempes.

—T'es glacé, mon vieux. Il fait si froid que ça à Paris?

Je n'ai rien répondu, j'ai aspiré la chair grise aspergée de citron et je me suis remis au boulot, Alex n'avait jamais été très doué pour ça, d'habitude il râlait tout le temps que durait l'opération mais là non, il chantonnait ou sifflotait c'était selon.

— Tu es vachement joyeux, dis donc. C'est Noël qui te fait cet effet-là ?

Il m'a jeté un regard indéchiffrable, d'une malice inhabituelle chez lui, avant de poser une dernière huître sur le plateau et de le porter au salon.

— Allez, apéro…

Autour de la table, les gamins en étaient déjà à leur troisième verre de Champomy et vidaient des bols entiers de cacahuètes et de saucisses cocktail. Alex a débouché le champagne et Nadine se trémoussait bizarrement sur son siège, elle ne tenait pas en place. On a trinqué à la venue du père Noël et aux cadeaux, Manon voulait jouer à y croire et s'impatientait déjà, il faisait nuit elle voulait monter se coucher, elle prétendait entendre les cloches mais ce n'était que le tintement des voiliers. On a bu chacun une gorgée et Nadine a pris la parole sur un ton cérémonial.

— Alex et moi on a quelque chose à vous annoncer.

Je les ai regardés tous les deux, ils me fixaient comme si j'étais censé deviner la suite, j'avais le cerveau en bouillie et la vue trouble, les pensées s'entrechoquaient sous mon crâne mais j'étais infoutu de les mettre à l'endroit et de faire en sorte qu'elles ressemblent à quelque chose. J'en étais réduit à essayer de tenir debout et à retenir mes larmes au milieu des voix d'anges et des lumières.

— Tu ne devines pas ? J'attends un bébé.

Tous les deux ils avaient les yeux tellement brillants, ils étaient tellement beaux à voir, je les ai serrés fort ils ont paru surpris au début mais ils se sont laissé faire. Les enfants nous ont rejoints et on est restés un moment collés les uns aux autres, nos fronts se touchaient nos cheveux s'emmêlaient, c'était comme une prière où se confondaient l'enfant à venir et le souvenir de Sarah, j'ai fondu en larmes et sur le coup j'ai eu l'impression de me délivrer de quelque chose, les mots n'avaient pas franchi mes lèvres encore mais les gestes étaient les mêmes.

On s'est rassis complètement étourdis et on a commencé à gober nos huîtres. Tout le repas s'est déroulé dans un climat de joie étrange et déplacé mais c'était aussi bien comme ça, les enfants respiraient une insouciance que je ne leur avais plus connue depuis des lustres, tout à Noël et à la venue de leur future cousine. Manon avait décrété que ce serait une fille et qu'elle s'en occuperait comme de sa propre sœur, sur le coup j'ai pensé, C'est dingue comme à travers une naissance la vie peut parfois nous reprendre dans son mouvement inéluctable, nous porter vers l'avant sans qu'on puisse y résister vraiment. Bien sûr je me trompais sur toute la ligne, bien sûr j'étais en pièces, mais confusément, ce soir-là dans la chaleur de Noël, le bonheur où nageaient Alex et Nadine, le scintillement des guirlandes et l'odeur de résine, quelque chose me semblait redevenir possible. Je me disais qu'en dépit de son atrocité, la mort de Sarah avait levé l'hypothèse de son retour, et avec elle un flou et une incertitude insupportables. Les enfants ne le savaient pas encore, moi non plus au fond, mais nous avions fini de tourner en rond et d'errer sans but la gueule ouverte et les yeux au ciel en quête de réponses. Nous allions passer à une autre étape : tenter d'avancer avec au flanc cette plaie béante, faire notre vie avec ça, aussi inconcevable que ce soit. Oui. C'est ainsi que je voyais les choses à ce moment précis. Mais la vérité était beaucoup plus simple et brutale. Je n'avais pas encore réalisé. J'avais beau avoir vu ses vêtements je n'avais pas réalisé. J'avais beau savoir comment les choses s'étaient déroulées tout ça demeurait abstrait et irréel. Je n'avais encore rien vu.

Nadine avait préparé une galette, on a tiré les rois quinze jours en avance, Manon s'est cachée sous la table et elle a demandé à

ce qu'on découpe six parts. Un instant j'ai pensé qu'elle voulait
en réserver une pour sa mère et cette pensée m'a anéanti mais
ce n'était pas ça, au moment d'attribuer les morceaux de gâteau
elle a prononcé deux fois le nom de Nadine, selon elle elle devait
manger pour deux désormais, et en toute chose une part supplé-
mentaire devait revenir au bébé. Revenue parmi nous, Manon a
soulevé la croûte. La fève dépassait légèrement de la frangipane.
Je fus son roi et passai le reste de la nuit avec ma couronne sur la
tête.

Après le repas les petits sont montés à l'étage et je leur ai dit
d'éteindre les lumières, le père Noël ne passerait que s'ils dormaient à poings fermés. Manon et Clément jouaient le jeu avec
une conviction surprenante : ils ne parlaient plus qu'à voix basse
et, assis face à face sur le bord de la fenêtre, écartaient légèrement
le rideau en quête d'un traîneau, d'un renne ou d'une poudreuse
d'étoiles. Alex et moi on a disposé les cadeaux au pied du sapin,
sur la table les enfants avaient laissé un chocolat chaud pour le
vieux Santa Claus et deux carottes pour ses animaux. Nadine les
a fait disparaître et j'ai sonné à la porte. Alex a pris sa grosse voix
et m'a demandé si les enfants avaient été sages et s'ils dormaient.
J'ai répondu que oui et lui ai proposé de se reposer. Il voulait
bien boire quelque chose de chaud mais n'avait pas beaucoup
de temps, il lui restait beaucoup d'enfants à visiter. J'ai refermé
la porte et les gamins ont déboulé dans le salon. Le rituel était
immuable et datait de notre enfance, papa prenait la voix du père
Noël et dialoguait avec notre oncle, tandis que dans le noir de
notre chambre à l'étage nous pouffions de rire planqués sous les
couvertures. Manon et Clément étaient chargés de cadeaux eux
aussi, elle avait fait des tas de dessins et quelques colliers pour
Nadine, de son côté le petit avait vidé sa tirelire pour nous payer
des bougies, de l'encens et un petit bracelet. Je me suis demandé

où et quand il avait pu acheter tous ces trucs, il semblait aussi heureux de nous les offrir que d'ouvrir ses paquets. À la fin les jouets les DVD les jeux vidéo et les boules de papier cadeau déchiré recouvraient la totalité du tapis. Sous le sapin il ne restait plus que nos chaussures et, un peu à l'écart, pour personne, une peinture et un collier fabriqué par Manon. Je me suis tourné vers elle, elle coiffait sa Barbie Belle au bois dormant.

– C'est pour qui, ce qui reste ?

– Ben. Pour maman. Quand elle reviendra.

Elle a répondu ça sur un ton si naturel, les choses semblaient tellement aller de soi pour elle, je l'ai embrassée sur les cheveux et je suis sorti, le cœur en charpie. Dehors le froid de la nuit était égal à celui du jour, si bien que l'air en paraissait presque adouci malgré la morsure première. J'ai fait quelques pas sur la promenade, la mer était haute et vue du port de plaisance, on ne pouvait rien dire de son état, elle pouvait très bien se déchaîner plus loin tout en restant calme ici. Je me suis assis sur les marches et j'ai allumé une cigarette. Le pub était fermé et à part moi il n'y avait personne dehors, partout on couchait les enfants ou bien on passait aux digestifs. Alex m'a rejoint avec deux cigares, d'un geste tendre il a posé sa main sur mon épaule et m'a attiré contre lui. Puis il s'est allumé son havane et la première taffe a paru le remplir d'un bonheur indescriptible. Je l'ai regardé faire, un moment je me suis demandé à quel jeu il pouvait bien jouer, s'il réalisait qu'il n'y avait pas plus d'une chance sur mille pour que ce gosse soit de lui mais je n'ai pas eu le temps d'y réfléchir.

– Je sais bien ce que tu te dis… il a fait.

J'ai allumé mon cigare en le faisant bien tourner sur lui-même. Une odeur de bois, de terre, de caramel et de réglisse s'est mise à flotter dans l'air.

– Je ne suis pas con, a-t-il poursuivi. Depuis cinq ans on a fait tous les examens de la terre. Mais qu'est-ce que tu veux que ça me foute ? Nadine voulait un enfant. Et moi aussi. Elle a fait ce qu'il fallait. Qu'est-ce que ça change ?

Sa sagesse m'a collé des larmes dans les yeux. J'ai tiré sur mon San Cristobal et une forêt de pins où courait la bruyère m'a poussé dans le ventre et les poumons. On les a fumés jusqu'à la bague, au moment où on les écrasait deux goélands se sont mis à gueuler pour rien ni personne. Sous les réverbères, un chien pissait et au bout de sa laisse un type coiffé d'une chapka grise nous a souhaité joyeux Noël. Quand on est rentrés les gamins étaient encore sur le tapis à faire l'inventaire de leurs cadeaux. On a bu nos whiskies en les regardant, Alex m'a confié qu'il s'en faisait pour la petite, il faudrait bien qu'un jour ou l'autre je trouve un truc à lui dire au sujet de Sarah. Je me suis contenté d'acquiescer, c'était Noël, Nadine était radieuse, les enfants jouaient et sur la chaîne les anges chantaient, pour rien au monde je n'aurais voulu briser tout ça.

Ils sont montés se coucher un peu après une heure, Alex et Nadine les ont imités une demi-heure plus tard et je suis resté seul dans le salon. J'ai allumé la télévision et je me suis endormi devant une église où des grosses Noires en tunique bleu nuit hurlaient des gospels.

Le lendemain, Isabelle et son fils Gaël sont venus déjeuner à la maison. Ils se sont pointés les bras chargés de cadeaux, elle les yeux allumés, maquillée, coiffée, vêtue d'or et de soie, resplendissante et drôle, bavarde et riant pour un rien, lui les cheveux ras et les muscles secs, des yeux de chien-loup dans un visage creusé et là-dessus, une voix et des gestes d'une douceur insoupçonnable. Les enfants ne s'y sont pas trompés, ils l'ont adopté aussi sec et toute la journée se sont disputé son attention. J'ai fait rissoler des Saint-Jacques, griller des bars, flamber des bananes, on a mangé tout ça en un clin d'œil, dans la douce fatigue des lendemains de fête. Après le café, je me suis écroulé sur le canapé, j'étais claqué, Isabelle m'a rejoint, le soleil nous tombait dessus de toute sa bienveillance, on a somnolé comme ça bienheureux tandis qu'au jardin, les gamins essayaient de planter des buts à leur nouvelle idole. Bréhel est entré sans sonner et nous a trouvés à moitié endormis, ses paquets débordaient de pulls marins, de cabans et de vareuses. Gaël en a fait le plein, il n'avait emporté que le strict minimum et manquait de vêtements, plus les jours passaient et plus son envie de repartir en mer s'amenuisait, il envisageait de prolonger son séjour de quelques semaines, Isabelle en rajeunissait à vue d'œil. Justine est entrée à son tour, en la voyant j'ai senti mes poumons se déchirer comme du mauvais papier, je me suis excusé et je suis allé vomir, dans ma tête rien n'était très clair mais ça me sortait par la bouche et me retournait les tripes de la voir là, de l'imaginer face à ce type, elle finissait par se confondre avec Sarah et des images revenaient du tréfonds, des images enterrées redoutées tenues à distance, ces images abominables où Sarah souffrait, suait la terreur et finissait par mourir mutilée… Quand je suis revenu Justine m'a souri et j'ai fui son regard. Elle n'a pas relevé, elle était occupée à tout autre chose, avec Gaël cette façon qu'ils avaient de se manger des yeux ça ne trompait personne. Ils se sont assis dans un coin, totalement absorbés l'un par l'autre et on ne les a plus entendus de l'après-midi. Les enfants sont revenus frigorifiés et couverts de boue. Ils n'ont pas pris le temps de se débarbouiller et se sont lancés dans une partie de bataille navale. J'ai fermé les yeux. Bréhel venait d'ouvrir son journal et le commentait à voix haute, Isabelle s'étirait, Justine et Gaël pouffaient de rire toutes les trois secondes. Enroulé dans mon vieux plaid orange, je me suis levé et j'ai préparé du thé. Les enfants réclamaient leur lait au chocolat. Par l'embrasure j'ai contemplé tout ce petit monde et j'ai prié pour que rien ne change, pour que tout reste en l'état pour les siècles futurs. Ou que tout s'arrête et disparaisse sans cri ni douleur. Mais le pire était à venir. Ce n'était même qu'un début. Le pire était certain. Il avait déjà eu lieu. Nous n'étions pas au bout de nos peines. Je le savais. Les jours qui suivraient seraient les plus douloureux, les plus violents, les plus déchirants de notre vie et j'ignore encore comment nous avons pu nous sortir de tout ça, rester vivants tous les trois.

Le lait frémissait doucement, il n'allait pas tarder à s'échapper de la casserole. J'ai éteint et j'ai collé mon front à la fenêtre. Dehors, le ciel se découpait en larges bandes contradictoires : des litres de lumière dorée se déversaient sur la cour, par l'ouest les nuages noirs et violets déferlaient à toute vitesse, bientôt la pluie allait s'abattre sur les maisons au coude à coude, frottées les unes aux autres, serrées en retrait de la mer, poussées à l'eau par le pays tout entier, suspendues juste au-dessus, en lisière, marginales et fragiles, menacées mais debout.

Réalisation : PAO Éditions du Seuil
Achevé d'imprimer par CPI Firmin Didot
à Mesnil-sur-l'Estrée
Dépôt légal : janvier 2009. N° 646-3 (94409)
Imprimé en France